EIFELMORD

Andreas J. Schulte, Schriftsteller, Jahrgang 1965, verheiratet, zwei Söhne, ist geboren und aufgewachsen in Gelsenkirchen und lebt heute mit seiner Familie in der Nähe von Andernach. Neben seinen Krimis und Thrillern schreibt und veröffentlicht er auch Kurzgeschichten und historische Kriminalromane. www.andreasjschulte.de

ANDREAS J. SCHULTE

EIFELMORD

Eifel Krimi

emons:

Lust auf mehr? Laden Sie sich die »LChoice«-App runter, scannen Sie den QR-Code und bestellen Sie weitere Bücher direkt in Ihrer Buchhandlung.

Bibliografische Information der Deutschen Nationalbibliothek
Die Deutsche Nationalbibliothek verzeichnet diese Publikation in der Deutschen Nationalbibliografie; detaillierte bibliografische Daten sind im Internet über http://dnb.d-nb.de abrufbar.

© Emons Verlag GmbH
Alle Rechte vorbehalten
Umschlagmotiv: dioxin/photocase.de
Umschlaggestaltung: Nina Schäfer, nach einem Konzept von Leonardo Magrelli und Nina Schäfer
Umsetzung: Tobias Doetsch
Gestaltung Innenteil: César Satz & Grafik GmbH, Köln
Lektorat: Lothar Strüh
Druck und Bindung: Prime Rate Kft., Budapest
Printed in Hungary 2023
ISBN 978-3-7408-0822-8
Eifel Krimi
Originalausgabe

Unser Newsletter informiert Sie regelmäßig über Neues von emons:
Kostenlos bestellen unter www.emons-verlag.de

Dieser Roman wurde vermittelt durch die Literaturagentur Lesen&Hören, Berlin.

Für dich, Tine! (Du weißt, warum.)

Natürlich achte ich das Recht.
Aber auch mit dem Recht darf man
nicht so pingelig sein.

Konrad Adenauer, Januar 1960

Prolog

19. April 1956, Bonn am Rhein

Willy Klockner war es gewohnt zu warten. Seit fast sieben Jahren chauffierte er den Chef. Tag für Tag, ohne Ausnahme. Nicht ein einziges Mal war Klockner in diesen Jahren krank gewesen, er war stolz darauf. Und es gab noch etwas, worauf er stolz war: Er hatte gelernt wegzuhören. Egal, ob der Chef bei der Durchsicht eines Aktenordners etwas vor sich hin murmelte oder er einen Gast mitfahren ließ – was auf dem Rücksitz des Mercedes 300 gesprochen wurde, interessierte Klockner nicht. Natürlich hörte er zu, und natürlich machte er sich auch seine eigenen Gedanken, aber er hatte sich vorgenommen, zu schweigen. Für ihn war das eine Frage der Ehre. Er konnte sich nicht daran erinnern, wann der Chef das letzte Mal die Trennscheibe in der Limousine hochgekurbelt hatte. Umso erstaunter war er darüber, dass heute alles anders war.

Es begann schon damit, dass er in seinem Dienstzimmer angerufen wurde und man ihm mitteilte, dass der Kanzler heute früher zurück nach Rhöndorf fahren wolle. Außerdem würden noch zwei Herren mitfahren. Klockner solle die beiden in der Godesberger Rheinallee abholen und zum Bundeskanzleramt bringen, dort würde dann der Kanzler zusteigen. Es war eigentlich nicht seine Aufgabe, irgendwelche Taxidienste zu übernehmen, aber er wollte sich auch nicht einem Wunsch von oben widersetzen.

Die beiden Gäste hätten nicht unterschiedlicher sein können: der jüngere klein, korpulent und nervös, der ältere groß, hager, beinahe ausgemergelt – und sehr ruhig. Sie stiegen wortlos hinten ein. Während der Fahrt von Bad Godesberg zum Bundeskanzleramt flüsterte der kleine Dicke seinem Begleiter etwas zu, doch der schüttelte nur stumm den Kopf. Willy Klockner stieg aus und meldete am Eingang sein Eintreffen. Keine fünf Minuten später kam der Chef aus dem Gebäude, wie jeden Tag hatte er auch diesmal wieder Akten unter dem Arm. Klockner öffnete die hintere Tür der Limousine und deutete eine Verbeugung an. Er schloss die Tür, ging um das Fahrzeug herum, stieg selbst ein und startete den Motor.

»Nun, meine Herren, ich hoffe, Sie haben gute Nachrichten.« Im Rückspiegel konnte Klockner beobachten, wie der kleine Dicke heftig nickte. »Alles ist geregelt. Was jetzt noch fehlt, ist die Bestätigung der Serienreife.«

Die Stimme des Bundeskanzlers gewann an Schärfe: »Was jetzt fehlt, meine Herren, ist etwas, das nicht aussieht wie eine Seifenkiste. Verlangen Sie wirklich, dass wir diesen Witz aus Pappe und Sperrholz akzeptieren?«

Zum ersten Mal schaltete sich der Hagere ein, seine Stimme klang heiser, fast, als könne er gar nicht laut sprechen. Willy Klockner hatte schon früher Männer kennengelernt, die so sprachen. Männer, denen im Krieg das Gas die Stimmbänder verätzt hatte.

»Man wird großzügig sein, sehr großzügig.«

»Schon das Amt Blank konnte sich keine Großzügigkeit leisten, und jetzt, wo wir endlich erreicht haben, was wir wollten, werden wir nicht damit beginnen, uns zur Witzfigur zu machen.«

Der Kanzler sagte das, als würde er über eine Einladung zum Tee plaudern, trotzdem zuckte der Hagere zusammen, als sei er gerade geschlagen worden. Aber er fing sich rasch. »Sie sollten sich trotzdem das Angebot anhören.«

»Also gut. Ich höre.«

Klockner sah im Rückspiegel, wie die beiden Männer nervöse Blicke tauschten, dann deutete der Hagere mit einer verstohlenen Handbewegung nach vorne. In diesem Augenblick rutschte sein Jackett zur Seite. Der Mann trug eine Pistole im Schulterholster. Bei Klockner, dem ausgebildeten Polizisten, schrillten sämtliche Alarmglocken, aber der Chef blieb die Ruhe in Person.

»Machen Sie sich mal um meinen Fahrer keine Sorgen.«

»Wir machen uns keine Sorgen um Ihren Fahrer, Herr Bundeskanzler, wir machen uns Sorgen um die Zukunft dieses Landes. Darüber, was passiert, wenn alles schiefgeht oder es dem Feind zu Ohren kommt.«

»Wie ich bereits sagte: Ich höre.«

»Wir reden von verschiedenen Beträgen und von einer Einzelzahlung. Eine Zahlung in Höhe von fünfzig Millionen D-Mark.«

Und dann geschah das, was Willy Klockner nicht für möglich gehalten hätte. Konrad Adenauer kurbelte die Trennscheibe des Mercedes 300 nach oben.

Mehr als sechs Jahrzehnte später

Ein Apartment in Kaiserslautern

»Komm schon, Schwesterherz, ich brauch das Geld auch gar nicht lange. In spätestens einer Woche hast du die Kohle wieder. Ich kann doch nichts dafür, dass die Bank Probleme mit meiner EC-Karte hat. Die haben mir fest versprochen, das ganz schnell zu lösen. Aber die Fachhochschule macht Stress, weil ich die Semestergebühren noch nicht überwiesen habe, wir sollen die Bücher direkt kaufen und die Exkursion im Voraus bezahlen. Habe ich alles schon mit meinem Bankberater geklärt.«

»Wie viel, Ben?« Linda Becking schaute ihren jüngeren Bruder prüfend an, suchte in seinem Gesicht nach Anzeichen einer Lüge. Im Geschichtenerzählen war Ben unübertroffen. Doch sein Gesicht war diesmal der Inbegriff von Unschuld.

»Hör mal, ich will dich nicht linken oder so. Mit wem soll ich sonst über solche Sachen sprechen? Glaubst du mir nicht?«

»Ben, sag mir einfach, wie viel.« Linda schaute aus ihrem Wohnzimmerfenster. Sie hasste sich dafür, dass sie überhaupt Zweifel hatte, aber Ben hatte zu oft ihr Vertrauen missbraucht. Auf der anderen Seite war er ihr Bruder, neben ihrem Dad der einzige Mensch, den sie in Deutschland hatte. Nach dem Unfall der Eltern hatte sie sich um Ben gekümmert. Um einen neunzehnjährigen Ben, der nicht genau wusste, was er machen wollte. Und um ihren Vater.

Am Anfang war alles glattgelaufen, Ben und sie waren ein gutes Team. Sie konnten sich blind aufeinander verlassen in diesem fremden Land, das sie nur von gelegentlichen Besuchen bei den Großeltern und aus Erzählungen kannten. Der Bruch war vor etwas mehr als einem Jahr gekommen.

Neben seinem Studium hatte Ben sich mit einem Freund selbstständig gemacht und ein kleines Start-up-Unternehmen gegründet – sozusagen eine Garagenfirma, aus der ein Weltkonzern werden sollte. Die Voraussetzungen dafür waren gar nicht schlecht gewesen. Ben war ein brillanter Informatiker, ein kluger Kopf, der bei Geschäftsverhandlungen überzeugen konnte, wenn er wollte. *Wenn* er wollte. Das ist der Knackpunkt, dachte Linda. Ganz häufig wollte Ben nicht. Das Geld, das Linda als Startkapital zugeschossen hatte, würde sie wahrscheinlich nie wiedersehen. Es kam irgendwann, wie es kommen musste, Linda stellte Ben zur Rede. Sie bestand darauf, zumindest einen Teil des Geldes wie vereinbart wieder zurückzubekommen. Immerhin waren es ihre Ersparnisse. Ben hatte sie damals geldgierig genannt, hatte ihr vorgeworfen, dass sie kein Vertrauen in ihn setzen würde. Und sie, sie hatte sich nicht getraut, klare Grenzen zu ziehen. Danach war nichts mehr wie vorher gewesen. Danach begannen die kleinen Lügen, die Ausflüchte, das Hinhalten.

Aber verdammt, er ist immer noch mein kleiner Bruder. Linda verzog das Gesicht.

»Hey, Linda, es ist auch wirklich nicht viel: fünfhundert Euro, nicht mehr. Am Ende des Monats bekomme ich die nächste Entnahme aus der Firma. Und dann kann ich dir die fünfhundert zurückzahlen, meinetwegen sogar mit Zinsen.«

Linda schüttelte alle Gedanken an die Vergangenheit ab. Es war ganz einfach: Entweder sie vertraute ihm, dann konnte sie ihm auch die fünfhundert Euro geben, oder sie weigerte sich. Einfache Entscheidung. Zugeben, dass sie ihrem eigenen Bruder nicht mehr über den Weg traute? Nein, sagte sich Linda, so weit bin ich noch nicht. So weit will ich auch nie kommen.

»Okay, Ben, schreib mir deine Bankverbindung auf, dann überweise ich dir das Geld.«

»Cool, danke, Linda. Aber wie ich schon sagte, mit meiner EC-Karte gibt es Probleme, also kann ich das Geld dann nicht von meinem Konto abheben. Wir machen das anders. Komm, lass uns was trinken gehen, dann sind wir sowieso in der Stadt, und am Bahnhof gibt es doch einen Geldautomaten, dann könntest du mir das Geld direkt in bar geben.«

Linda Becking seufzte. Aber gesagt war gesagt, sie würde jetzt keinen Rückzieher machen. »Also gut, wir gehen was trinken, und ich hebe das Geld ab. Aber es sollte nicht zu spät werden, ich muss morgen um sieben zum Dienst.«

»Yes, Ma'am, Special Agent, Ma'am.« Ben schlug die Hacken zusammen und salutierte grinsend.

»Hör schon auf, du blöder Kerl«, sagte Linda lachend. Ben küsste sie auf die Wange und strich sich dann lässig die schwarzen Haare aus der Stirn.

»Danke, Linda.«

Das fühlte sich an wie früher. Linda nahm sich vor, sich öfter an dieses Gefühl zu erinnern.

Rechtsanwaltskanzlei Dremel

»Was soll ich sagen, Herr David, das hier ist nicht das, was ich erwartet habe. Ich hatte mir davon ... ähm, mehr versprochen.«

Das glaube ich dir aufs Wort, dachte ich bei mir und sagte laut: »Nun, Frau Dr. Dremel, Sie haben die Fotos. Ich werde Ihnen in den nächsten Tagen meine Rechnung schicken.« Ich schob den Besucherstuhl zurück und nahm meine Tasche vom Boden hoch, aus der ich die Fotoabzüge geholt hatte. Diese lagen jetzt auf dem Schreibtisch der Anwältin.

»Moment, Moment, Herr David, nicht so schnell. Meine Mandantin hatte den Verdacht, dass ihr Mann eine Affäre hat, und jetzt präsentieren Sie mir Fotos, in denen dieser Mann mit einer jungen Frau Arm in Arm am Deutschen Eck am Koblenzer Rheinufer steht. Da muss es doch noch mehr Aufnahmen gegeben haben.«

Ich hatte gehofft, schnell aus diesem Büro verschwinden zu können. Der Auftrag stank zum Himmel, und ich hatte keine Lust, Teil der Spielchen von Frau Dr. Dremel zu sein. Tatsächlich war ich mir nicht mal sicher, ob ich ihr eine Rechnung schicken würde.

»Sehen Sie, Herr David, meine Kanzlei hat gute, sehr gute Kontakte hier in der Region. Ich habe finanzkräftige Mandanten in Bonn und Köln. Es wäre durchaus vorstellbar, dass ein privater Ermittler von diesen Kontakten profitieren könnte.«

Susanne Dremel, die mir schon bei unserer ersten Begegnung erklärt hatte, dass sie zu den erfolgreichsten Anwältinnen am Mittelrhein zählte, legte die perfekt manikürten Hände zusammen. Dezente Goldkette am Handgelenk, ein kleiner Diamant am Finger. Das Alter blieb irgendwo tief unter den Make-up-Schichten verborgen. Älter als fünfundvierzig, jünger als sechzig.

»Damit es keine Missverständnisse gibt, Frau Dr. Dremel: Ich verzichte auf weitere Aufträge von Ihnen oder von Mandanten, die Sie vertreten.«

Dr. Dremel zuckte zurück, als hätte ich gerade auf ihren Schreibtisch gespuckt. »Wie können Sie es wagen –«

»Es gibt keine Mandantin und keinen Verdacht auf eine Affäre. Dieser Mann dort, Eduard Köhler, lebt seit vielen Jahren getrennt von seiner Frau.«

»Bezichtigen Sie mich etwa der Lüge?«

»Genau das, Frau Doktor. Ich habe mich gefragt, warum Sie einen Ermittler mit Falschinformationen füttern und auf einen Mann ansetzen. War nicht schwer, herauszubekommen. Man muss sich nur fragen, wer ein Interesse daran hat, Eduard Köhler mit Dreck zu bewerfen.«

»Das muss ich mir nicht länger anhören. Bitte verlassen Sie mein Büro, Herr David.«

»Ich schlage vor, ich verzichte auf ein Honorar, als Gegenleistung hören Sie sich den Rest an. Dann wissen Sie auch, warum Sie mich nie mehr anrufen müssen. Was halten Sie von diesem Deal?«

Dr. Dremel presste wütend die Lippen zusammen, ich beschloss, das als ein Ja zu deuten.

»Der schärfste Konkurrent von Köhler als Immobilieninvestor ist Stefan Bauer. Übrigens der Stefan Bauer, mit dem Sie auf diversen Fotos Arm in Arm im Internet zu sehen sind, Frau

Doktor. Ich empfehle Ihnen dringend: Wenn Sie eine Verbindung geheim halten wollen, sollten Sie keine Facebook-Postings veröffentlichen. Dieser Ratschlag ist übrigens kostenlos, geht sozusagen aufs Haus. Also ist klar, es gibt hier als Auftraggeber keine Frau, die eine Affäre vermutet, sondern einen Geschäftsmann, der gerne ein paar indiskrete Fotos von seinem Konkurrenten hätte. Vielleicht haben Sie ja einen Tipp erhalten, dass sich Köhler öfter mit einer jungen Frau trifft, und Sie witterten Morgenluft.« Ich deutete auf die Fotos. »Machen Sie sich wegen der Dame keine Hoffnung, das ist Tina, Köhlers erwachsene Tochter. Ich fürchte, die Fotos werden für Ihren Freund Bauer keine Munition sein, um Köhler unter Druck zu setzen. Guten Tag, Frau Dr. Dremel.«

Ich wartete keine Antwort ab, nahm meine Tasche und ließ das Büro samt fassungsloser Anwältin hinter mir. Während ich draußen auf dem Parkplatz zu meinem Auto ging, dankte ich im Stillen meinem Freund Steffen, der für mich Frau Dr. Dremel und Eduard Köhler durchleuchtet hatte. Was Steffen im Netz nicht fand, gab es nicht, so viel stand fest.

Ich hatte mich bei diesem Auftrag vor einen Wagen spannen lassen, den ich nicht zu ziehen bereit war.

»He, David, warten Sie!«

Ich schaute über die Schulter zurück und seufzte leise. Der Assistent von Frau Dr. Dremel steuerte auf mich zu. Der Knabe war noch keine dreißig, kompakt und kräftig. Seine ganze Körperhaltung strahlte Selbstbewusstsein aus. Solche Typen kannte ich, die hielten sich, weil sie selten Gegenwind bekamen, für die Krone der Schöpfung. Der Mann war offenbar für die Doppelrolle als Assistent und Bodyguard engagiert worden. Der grimmige Gesichtsausdruck ließ erahnen, was jetzt kam. Akt zwei im Schmierentheater. Frau Doktor wollte sichergehen, dass ich ausreichend eingeschüchtert wurde, um nicht auszuplaudern, welche Spielchen sie trieb.

»Hören Sie, David«, begann der Knabe und kam drohend näher, »ich soll Ihnen ausrichten, dass das, was Sie sich da zusammengedichtet haben, Blödsinn ist.« Er stieß mir mit der flachen Hand vor die Brust. »Sollten Sie das weitererzählen, könnte es ziemlich unangenehm für Sie werden.« Mit einem zweiten Stoß wollte er wohl unterstreichen, *wie* unangenehm es werden könnte. Ich griff zu, packte sein Handgelenk, machte einen schnellen Schritt zur Seite und drehte seinen Arm nach hinten. Die Folge davon: Mr. Assistent musste sich nach vorne beugen und knallte unsanft mit der Stirn gegen den Türrahmen meines Pick-ups. Ich bog den Arm noch ein Stückchen höher. Nur so zur Sicherheit, damit ich seine ungeteilte Aufmerksamkeit hatte.

»Es könnte unangenehm werden, ja? Dann hören Sie mir mal gut zu. Punkt eins: Wem ich was erzähle, entscheide ich. Punkt zwei: Immer schön achtgeben, wen man versucht herumzuschubsen. Haben Sie das verstanden?«

So wie Mr. Assistent da vorgebeugt stand, war er wohl nicht so richtig gewillt, länger zu plaudern.

»Beim nächsten Mal, wenn Sie mir drohen, werde ich Ihnen zeigen, was ich unter unangenehm verstehe. Alles klar?«

Ein Stöhnen als Antwort, gefolgt von einem hektischen Nicken. Ich ließ den Arm los. Der Knabe rieb sich das Handgelenk, schaute mich wütend an und machte dann ein paar Schritte rückwärts, um aus meiner Reichweite zu kommen.

»Dafür werden Sie noch büßen«, presste er hervor.

Ich stieg derweil wortlos in meinen Wagen.

Zehn Minuten später war ich auf der B 9 in Richtung Andernach unterwegs und fluchte leise vor mich hin. Ich hätte dieser Rechtsanwältin einfach telefonisch absagen sollen, das hätte mir Ärger erspart, aber wie so oft war mir mein verdammter Stolz dazwischengekommen. Wem versuchte ich eigentlich etwas zu beweisen?

Jahrelang war ich Ärger nicht aus dem Weg gegangen. Ich hatte als Militärpolizist und NATO-Sonderermittler einer Spezialeinheit gedient. Bei einem Bombenanschlag in Afghanistan hatte ich dann meinen linken Unterarm und damit die Aussicht auf weitere Außeneinsätze verloren. Meine Vorgesetzten wollten mich zu einem Schreibtischjob überreden, aber das hätte ich nicht ertragen. Der Zufall wollte es, dass mein Onkel überraschend starb und mir die Hälfte des Campingplatzes Pönterbach in der Nähe des Laacher Sees vererbte. So fand meine Karriere als Ermittler im Staatsdienst ein jähes Ende und meine Arbeit als Campingplatzmanager einen Anfang. Zusammen mit meiner Tante Helga führte ich seitdem diesen Platz. Verschiedene Zufälle sorgten dafür, dass meine Ermittlervergangenheit zu mir zurückkehrte. Nun ja, den Entschluss, eine Lizenz zu beantragen, um als privater Ermittler tätig zu sein, hatte ich schon selber und im Vollbesitz meiner geistigen Fähigkeiten gefasst. Als ich den Wagen durch das Brohltal Richtung Laacher See lenkte, fragte ich mich allerdings, ob das wirklich eine gute Idee gewesen war.

Stützpunkt der 5th Military Police Battalion/Kleber Kaserne, Kaiserslautern

»Hi, hier ist Ben. Versucht es später noch mal, oder hinterlasst mir eine Nachricht.«

»Ben – ich bin's, Linda. Ruf mich an.« Major Linda Becking knallte den Hörer aufs Telefon. Verdammt, verdammt, verdammt.

Zum dritten Mal hatte sie nur Bens Mailbox erreicht. »Ben, wo steckst du?«, murmelte sie.

»Ärger, Linda?«

James Hilton, ihr Teampartner innerhalb des CID, der Kriminalpolizei der US-amerikanischen Streitkräfte, schaute von seiner Akte hoch.

»Ist gut, Jim.« Linda lächelte schief. »Es ist nur Ben, der wieder Ärger macht. Ich habe ihm Geld geliehen, und er hat hoch und heilig versprochen, es Anfang der Woche zurückzuzahlen. Angeblich gab es Probleme mit seiner EC-Karte.«

»Angeblich?«

»Ich weiß nicht mehr, was ich ihm glauben soll, und der Vertrauensverlust schmerzt mich mehr als das fehlende Geld. Bei Ben läuft nur die Mailbox. Es ist zum Verrücktwerden.«

»Ja, so sind sie, die kleinen Brüder. Bestimmt hat er das Geld noch nicht zusammen und traut sich jetzt nicht, den Anruf anzunehmen.«

»Er hat mir gesagt, dass er schon vor Tagen eine größere Summe erwarten würde. Außerdem kennst du Ben nicht. Der macht keinen Rückzieher oder verschwindet, sondern vertraut darauf, dass er dich bequatschen kann. Und um ehrlich zu sein, das ist ihm bislang auch immer wieder gelungen.«

»Geh nicht zu hart mit ihm ins Gericht. Sieh mal, außer dir und deinem Dad hat Ben doch niemanden. Ich wette, in Kürze steht er vor deiner Tür und entschuldigt sich.« Jim stand auf. »Ich hol mir einen Kaffee, willst du auch einen?«

»Oh ja, bitte.«

Jim verließ den Raum, und Linda versuchte, sich auf einen Rundbrief zu konzentrieren, der an alle Abteilungen gesendet worden war. Doch ihre Gedanken schweiften immer wieder zu der Frage ab: Warum geht Ben nicht ans Telefon?

Sie wollte in der Dienstzeit und Jims Gegenwart keine unnötigen privaten Telefonate führen, aber weil sie gerade allein war, konnte sie ebenso gut schnell anrufen. Rasch suchte sie im Internet nach der Telefonnummer und wählte.

»Comtech – guten Tag.«

»Ja, hallo, mein Name ist Linda Becking. Ich bin die Schwester von Ben. Ich hätte gerne mit Mark gesprochen.«

»Augenblick, ich schau mal, ob der Chef frei ist.«

Linda seufzte in die Pausenmusik hinein. Mark und Ben hatten beide viel in diese Firma gesteckt, aber Mark war jetzt offenbar der Chef. Wo stand Ben in der Hierarchie? Hätte er sich nur ein bisschen mehr engagiert, würde sie jetzt vielleicht mit seiner Sekretärin telefonieren.

»Linda? Hi du, das ist ja ein Ding, dass du anrufst.« Mark klang höflich mit einem Hauch Bedauern.

»Wieso?«

»Na ja, ich habe schon ein schlechtes Gewissen wegen Ben. Ich hab mir schon seit Tagen gesagt, du musst unbedingt mal Linda anrufen.«

Linda versuchte, die Informationen in ihrem Kopf zu ordnen.

»Du wolltest mich wegen Ben anrufen? Okay, das ist nett, aber wir telefonieren doch sonst auch nicht miteinander. Und warum hast du ein schlechtes Gewissen?«

»Weil ich ohne lange zu diskutieren auf seinen Vorschlag eingegangen bin. Vor drei Monaten brauchte er Geld, und er hat mir dafür seinen Anteil an der Firma überschrieben. Hey, und jetzt haben wir einen dicken Auftrag an Land gezogen, wir starten gerade richtig durch, und eigentlich ist das auch Bens Verdienst. Er hat schließlich einen Großteil der Software programmiert.«

»Moment mal, Mark. Ben hat dir seine Firmenanteile überschrieben, und zwar schon vor drei Monaten?«

»Drei Monate oder lass es vier sein, die Zeit fliegt, wenn du so viel zu tun hast wie wir. Ich wollte dich anrufen, um mich bei dir nach Ben zu erkundigen. Vielleicht hätte er ja Bock, als Freelancer für uns zu arbeiten.«

»Du hast keinen Kontakt zu Ben?« Linda bemühte sich, das Schrille wieder aus ihrer Stimme zu nehmen.

»Nö, wie gesagt, ich wollte dich längst anrufen, weil auf seinem Handy nur die Mailbox rangeht.«

Ja, das weiß ich selber, dachte Linda.

»Hör mal, Mark, Ben hat mir in der letzten Woche gesagt, dass er eine größere Geldsumme von dir erwartet.«

»Echt? Da hast du ihn bestimmt falsch verstanden. Ich meine, du kannst nicht Firmenanteile verkaufen und trotzdem Entnahmen erwarten.«

»Ja, mag sein. Du, ich muss Schluss machen, wir haben gleich ein Meeting.«

»Ist gut, Linda. Aber was wolltest du denn eigentlich von mir?«

»Ich … ich hatte eine Frage zum Thema Start-ups und … ähm, na ja, ich hatte gehofft, ich könnte dein Know-how nutzen. Aber das eilt nicht. Ich würde mich einfach nächste Woche noch mal melden.«

»Jederzeit, Linda. Und wenn du mit Ben sprichst, dann sag ihm, er soll anrufen.«

»Ich werde es ihm ausrichten.«

Linda zeichnete nachdenklich mit ihrem Bleistift kleine Kreise auf ihren Notizblock. Sie hatte ganz sicher nichts falsch verstanden. Ben hatte gelogen, wieder einmal. Sie wollte im Grunde gar nicht wissen, was er mit dem Geld aus dem Verkauf der Anteile gemacht hatte – vor vier Monaten!

Vielleicht war es ganz gut, dass er gerade nicht ans Telefon ging, ansonsten hätte er eine ziemliche Standpauke zu erwarten.

»Hier ist dein Kaffee. Alles okay?«

Linda nahm den Becher entgegen und lächelte halbherzig.

»Ja, alles gut. Und – danke für den Kaffee, Jim.«

Nichts ist gut, dachte sie, zumindest nicht, wenn es nach meinem Bauchgefühl geht. Der Kaffee war heiß, stark und süß, aber er konnte den fahlen Geschmack von Betrug nicht wegspülen.

Ein Büro in Bonn

Er hatte sein Netz gespannt. Über Jahre und Jahrzehnte hinweg. Ein ganzes Netz von virtuellen Stolperdrähten. Wie richtige, reale Stolperdrähte schlugen sie Alarm. Eine Anfrage in einer Datenbank, ungewöhnliche Polizeimeldungen, Hinweise in Lageberichten, Feedback von Informanten – lauter einzelne dünne Stolperdrähte, die ihn warnen sollten.

Aber mit den Jahren war es ruhig geworden. Einschläfernd ruhig. Seine Aufmerksamkeit hatte nachgelassen. Er gewöhnte sich an die Sicherheit. Vorbei, das war jetzt Geschichte. Weil nicht einer seiner Drähte Alarm ausgelöst hatten, sondern gleich mehrere hintereinander.

Verärgert schloss er sein Computerprogramm und griff zum Telefon. Er hatte immer noch die richtigen Kontakte. Als jemand am anderen Ende der Leitung den Anruf annahm, verzichtete er auf eine Begrüßung. Reine Zeitverschwendung, denn sein Name wurde ja im Display angezeigt.

»Wen haben wir aktuell hier vor Ort?«

»Schmitt und Heller.«

»Sind die beiden gut?«

»Wären sie es nicht, würden sie nicht für uns arbeiten.«

»Sie sollen sich umgehend mit mir in Verbindung setzen. Ich habe einen Auftrag für sie, aber er könnte schmutzig werden.«

»Das wird ihnen egal sein.«

»Umso besser.«

Keine Begrüßung, keine Verabschiedung. Wozu auch? Er hatte einen Auftrag erteilt, und er erwartete, dass er erfüllt wurde.

Campingplatz Pönterbach

Unseren Campingplatz konnte man recht schnell erreichen. Von der A 61 einfach die Ausfahrten Wehr, Mendig oder Kruft nehmen und dann Richtung Laacher See und Andernach-Kell fahren. Und obwohl der Platz verkehrsgünstig höchstens eine Viertelstunde von der Autobahn entfernt lag, hätte man nicht im Traum darüber nachgedacht, so ruhig war es hier. Wenn nicht gerade irgendwo im Wald eine Kettensäge heulte oder auf den Wiesen im Tal ein Traktor herumkurvte, konnte man mit Fug und Recht behaupten, dass das Pöntertal ein wirklich ruhiger Flecken war.

Ich hatte diese Ruhe in den letzten Jahren schätzen gelernt. Mein Freund Kalle Seelbach dagegen behauptete immer, dass diese Ruhe nicht förderlich für das Geschäft eines Ermittlers sei. Er musste es wissen: Kalle war erstens aus Kell und damit im Gegensatz zu mir ein Einheimischer und zweitens Polizist in Andernach und damit vom Fach. Er war es auch, der mir monatelang in den Ohren gelegen hatte, ich solle doch endlich wieder als Ermittler arbeiten. Was ich nun schon seit ein paar Monaten ganz offiziell tat, wenn auch nebenberuflich. Hauptjob Campingplatzmanager, Nebenjob Privatdetektiv – das gab es wahrscheinlich auch nicht alle Tage. Als ich aus dem Pick-up stieg, den wolkenlos blauen Sommerhimmel über mir und den harzigen Kieferndust in der Nase, atmete ich einmal tief durch. In einer Sache war ich mir sicher. Auf solche Kunden wie Frau Dr. Dremel und ihre Mandanten konnte ich gut verzichten. Da mähte ich doch lieber den ganzen Tag lang die Zeltwiese, als dass ich mich mit solchen Auftraggebern herumschlug.

»Hallo, Paul, na, wie war es?« Helga kam die Außentreppe des Haupthauses herunter. Im letzten Jahr war sie siebenundfünfzig geworden, aber das hatte nichts zu sagen. Diese kleine Frau mit ihren grauen kurzen Haaren war ein wahres Energiebündel.

»Ich habe, denke ich, ziemlich überzeugend deutlich gemacht, dass ich an dieser Art von Aufträgen nicht interessiert bin.«

Helga kannte die Hintergründe, wir hatten keine Geheimnisse voreinander – zumindest, was mein Leben hier betraf. Ein paar Dinge aus meiner Vergangenheit würde Helga allerdings nie erfahren.

Den Fall Dremel hatten wir besprochen. Aus gutem Grund, Helga war eine begnadete Zuhörerin und stellte die richtigen Fragen.

»Glaubst du, dass diese Anwältin Ärger machen wird?« In Helgas Frage klang weniger Besorgnis als vielmehr Neugierde mit.

»Ich denke nicht. Sie weiß, dass sie mehr zu verlieren als zu gewinnen hat.«

Ich drehte mich Richtung Laden um. Hier war nicht nur die Rezeption unseres Platzes untergebracht, man konnte auch Zeitungen und Zeitschriften, Brötchen, Getränke, Eis und ein paar Grundnahrungsmittel kaufen. Außerdem lag im hinteren Bereich des Ladengebäudes meine kleine Wohnung – und genau dorthin zog es mich.

»Nicht so schnell, mein Lieber. Wo willst du hin?«

»Na ja, ich dachte an umziehen, Milchkaffee trinken, etwas ausruhen und danach Hecke stutzen.«

»Ach, die Hecke hat Zeit, und ausruhen kannst du dich später. Nein, nein, wir werden jetzt zusammen nach Koblenz fahren.«

»Was willst du denn in Koblenz?«

Erst jetzt fielen mir ein cremefarbener Umschlag in ihrer Hand und ein unternehmungslustiges Blitzen in ihren Augen auf.

»Das hier ist heute früh mit der Post gekommen.« Helga wedelte mit dem Umschlag. »Polizeioberkommissar Karl-Günther Seelbach und Polizeikommissarin Tanja Dievenbach geben ihre Verlobung bekannt. Wir sind am Samstag eingeladen. Und deshalb solltest du die Hecken warten lassen und mit deiner alten Tante nach Koblenz fahren. Ich glaube, als künftiger Trauzeuge solltest du dir ein neues Sakko oder vielleicht sogar einen Anzug gönnen, und ich möchte mir für die Hochzeit noch ein Sommerkleid kaufen.«

Den Begriff »alte Tante« meinte Helga natürlich nicht ernst. Sie hatte so wenig mit einer alten Tante gemeinsam wie ich mit einem Anzugträger. Schon vor Jahren hatte sie mir verboten, sie Tante zu nennen, so alt wäre sie noch nicht.

»Kalle und Tanja heiraten?«

»Dafür, dass du als Ermittler wirklich ein schlauer Kopf bist, stellst du manchmal ausgesprochen dumme Fragen.« Helga zwinkerte mir zu. »Hattest du denn Zweifel, dass sie es einmal tun werden?«

Ich dachte daran, wie rasant sich die Beziehung zwischen Kalle und Tanja in den letzten Monaten entwickelt hatte. Mein Freund war schwer verliebt, was man ihm nicht übel nehmen konnte. Tanja war eine tolle Frau: gut aussehend, klug und mit einem wunderbaren Sinn für Humor. Dazu kam, dass sie eine bemerkenswerte Polizistin war. Daher fand ich es eigentlich nicht überraschend, dass die beiden heiraten wollten. Was mich überraschte, war die Tatsache, dass ich jetzt nach Koblenz fahren musste, statt in aller Ruhe an der frischen Luft ein paar Hecken zu kürzen.

»Das hat doch alles bestimmt noch Zeit«, sagte ich.

»Hat es nicht, heute ist es ruhig, die nächsten Gäste haben sich erst für morgen und übermorgen angemeldet, und wie ich dich kenne, würdest du am liebsten auf formelle Kleidung jeglicher Art verzichten. Dass du einmal mit Freuden Uniform getragen hast, kann ich mir kaum vorstellen. Und jetzt werden wir losfahren, unterwegs kann ich dir dann noch den Rest erzählen.«

»Den Rest?«

»Ja, ich habe mit Kalles Mutter telefoniert, du wirst als Trauzeuge auch eine Rede halten müssen.«

Gott bewahre, da jagte ich doch lieber ein paar verrückte Mörder.

»Ach Paul, wenn du jetzt dein entsetztes Gesicht sehen könntest«, lachte Helga. Ich seufzte und hielt ihr die Beifahrertür auf. Mit Kalle würde ich mal ein ernstes Wort reden müssen. Trauzeugenrede – der hatte sie ja nicht alle.

»Lass uns versuchen, möglichst schnell wieder zurück zu sein. Nicht wegen der Hecken, sondern weil ich Kalle noch den Hals umdrehen muss.«

Koblenz am Rhein

»Ich finde, dieser Anzug passt Ihnen wie angegossen.« Die Verkäuferin wuselte um mich herum und zupfte am Rücken der Anzugjacke, um ihre Aussage zum »perfekten« Sitz noch zu unterstreichen. »Außerdem haben Sie eine hervorragende Stoffqualität gewählt.«

Okay, sie hatte nicht ganz unrecht, der dunkelgraue Anzug sah wirklich gut aus. Ich hatte aber einfach nach einem grauen Anzug gefragt und ihn angezogen, von der gezielten Auswahl der Stoffqualität konnte wirklich keine Rede sein. Abgesehen davon war ich ziemlich zufrieden, denn für mich das Passende zu finden, war nicht einfach. Mit meinen eins dreiundneunzig brachte ich gerade mal fünfundachtzig Kilo auf die Waage. Normalerweise waren bei Anzügen in meiner Größe entweder die Ärmel und die Hosenbeine zu kurz, oder die Schultern schlabberten. Dieser Anzug dagegen saß tatsächlich *perfekt*.

»Es ist eine gute Idee, dass wir Hose und Jacke in unterschiedlichen Größen kombinieren können, da bewährt sich unser Baukastensystem«, sagte die Verkäuferin stolz. Das klang so, als wäre sie die Erfinderin dieser Idee gewesen. Der Preis der Perfektion aus Stoff war übrigens auch nicht ohne.

»Die Zeiten, in denen ein Mann unbedingt BOSS tragen musste, sind ja auch vorbei. Die Designer unserer Anzugmodule haben sogar in Mailand für Aufsehen gesorgt.«

Glaubte ich unbesehen. Für den Preis dieses Anzugs, pardon, der Module Hose und Jacke, hätte ich auch in Mailand Urlaub machen können.

»Da bin ich wieder.« Helga kam mit einer Einkaufstasche in der Hand aus dem Aufzug. Sie blieb stehen und musterte mich mit schräg gelegtem Kopf. Dann nickte sie anerkennend. »Der sitzt aber wirklich gut, Paul, den solltest du nehmen.«

»Nicht wahr«, bestätigte die Verkäuferin, »ich sagte gerade Ihrem ... ähm ...«

»Neffen«, soufflierte ich.

»Ihrem Neffen, dass wir hier mit einer ganz besonderen ägyptischen Wollmischung ein ausgesprochen knitterfreies Gesamtbild haben.«

Von ägyptischer Wolle und knitterfreiem Gesamtbild hörte ich gerade zum ersten Mal. Aber ich hatte auch keine Lust auf weitere Anproben.

»Wissen Sie was, den nehme ich. Ach, und packen Sie doch bitte noch ein weißes und ein schwarzes Oberhemd in Kragenweite dreiundvierzig mit dazu.«

Für einen Moment hatte ich die Verkäuferin aus dem Takt gebracht, denn sie hatte sich wohl noch auf eine längere Diskussion eingestellt. Aber hey, der Anzug saß gut, und ich konnte hier möglichst schnell wieder raus – da war jeder ausgegebene Euro ein gewonnener Euro.

»Krawatten und Anzugschuhe –«

»Habe ich, herzlichen Dank«, unterbrach ich die weitere Angebotsaufzählung und ging zur Umkleidekabine.

Im Spiegel sah ich, wie Helga lächelnd den Kopf schüttelte. Aber sie sollte sich nicht beschweren. Wir hatten, was wir wollten, und das in Rekordzeit.

Kaiserslautern

Linda hatte in Rekordzeit alles zusammen – nur war es nicht das, was sie wollte. Verärgert lehnte sie sich zurück. Die Fakten auf ihrem Notizblock erzählten eine unerfreuliche Geschichte. Ben hatte nicht nur die Firmenanteile versilbert, er hatte auch sein Studium geschmissen. Das Auto, zu dem sie übrigens auch einen Anteil beigetragen hatte, war verkauft worden. Dafür besaß Ben jetzt ein altes Wohnmobil. Diese Information stammte von Bens WG-Mitbewohner Hendrik, der Linda auch bereitwillig berichtet hatte, dass Ben schon seit vier Tagen nicht mehr zu Hause gewesen sei, und das, obwohl er mit dem Putzen des Treppenhauses an der Reihe gewesen wäre.

Bens Treppenhaus kann mir gestohlen bleiben, dachte sie, ich will wissen, wo der Kerl steckt. Noch beunruhigender als Bens Verschwinden aus der WG war nämlich die Information, dass sein Bankkonto leer war. Linda hatte sich daran erinnert, dass sie eine Verfügungsberechtigung für sein Konto hatte, ein Überbleibsel aus der Zeit, als sie noch mit Ben zusammengelebt hatte. Ein Anruf bei der Bank brachte es an den Tag: Es hatte nie Probleme mit dem Konto oder einer EC-Karte gegeben.

Er hat mich nach Strich und Faden belogen und manipuliert. Die Kleiner-Bruder-in-Not-Nummer hatte wieder mal funktioniert. Linda war wütender auf sich selbst als auf Ben.

Das Handy auf ihrem Schreibtisch klingelte.

»Linda Becking!«

»Linda, hi, ich bin's, Ben.«

»Ben, wo bist du? Sag mal, hast du sie noch alle? Du belügst mich, du verkaufst deine Firmenanteile, du –«

»Hoho, mal langsam, Schwesterherz. Das mit Mark kriege ich schon wieder auf die Reihe. Seine Vorstellung von Ruhm teile ich nicht. Der wollte aus unserer Firma eine stinknormale Softwareschmiede machen. Öde Einrichtung von Netzwerken und Computern verbunden mit langweiliger Warenwirtschaft. SAP für Arme sozusagen. Da habe ich besser einen Schlussstrich gezogen. Ich wollte dich nur nicht beunruhigen. Ich hätte dir das schon noch beim nächsten Mal erzählt.«

»Mich nicht beunruhigen? Du spinnst ja komplett. Mich beunruhigt, dass ich dir kein einziges Wort mehr glauben kann, weil du mich ständig anlügst.«

»Echt jetzt, mach mal langsam und komm wieder runter. Ich bin schließlich keine zwölf mehr. Also: Ich ruf nur kurz an, um dir zu sagen, dass ich für ein paar Tage an die Mosel fahre. Mit dem Womo, einfach mal den Sommer genießen. In unserer WG mit Lou und seinem Schlagzeug auf der einen Seite und Hendrik mit seinem Putzfimmel auf der anderen Seite finde ich einfach keine Ruhe. Ich verbinde also das Angenehme mit dem Nützlichen, lass mir die Sonne auf den Bauch scheinen und lege den Grundstock für den nächsten Erfolg, ich habe dabei ein super Gefühl. Auf dem Campingplatz in Treis-Karden ist für mich ein Stellplatz reserviert. Ich ordne meine Gedanken, und wenn ich wieder da bin, lege ich los.«

»Du legst los? Womit?«, fragte Linda ungläubig.

»Ich soll für ein Münchener Unternehmen ein neues Sicherheitsprogramm konzipieren, das ist aber nur der Anfang. Den Rest verrate ich dir, wenn wir uns wiedersehen. Du wirst staunen, Schwesterherz, versprochen.«

»Nein, warte. Ich –«

»Ciao, Linda.«

Ben hatte aufgelegt. Linda starrte auf ihr Smartphone, und mit einem leisen Wutschrei warf sie es auf den Couchtisch. Sie boxte in ein Sofakissen – das half ihr jedoch auch nicht weiter.

Ben, das ist jetzt echt einmal zu viel gewesen, dachte sie. Mir reicht's, sieh du zu, dass du eine andere Dumme findest.

Auf dem Tisch klingelte und vibrierte das Smartphone gleichzeitig.

»Ben, wenn du glaubst, dass du so einfach –«

»Entschuldigen Sie, spreche ich mit Linda Becking? Hier ist Schwester Katrin aus dem Marienstift. Sie sollten, wenn es Ihre Zeit erlaubt, möglichst bald zu uns kommen. Ihrem Vater geht es nicht gut.«

Mister C

Das »Mister C« war seit zwei Jahren einer der angesagtesten Nachtclubs der Region. Nicht, dass es eine reichliche Auswahl gegeben hätte, aber unter den wenigen war das »Mister C« eindeutig der König. Selbst an einem Mittwochabend war die Tanzfläche im Keller voll, die Bar im Stockwerk darüber war belagert, und die wummernden Bässe aus den Boxen waren so laut, dass die Drinks auf der Theke zitterten.

Carsten Höpper nickte rhythmisch mit dem Kopf. Er liebte das »Mister C«, allein schon wegen des Namens, es war ja fast so, als wäre es sein eigener Laden – C wie Carsten. Er schaute sich um, erhaschte einen Blick auf eine Frau, die etwas abseits stand und sich gerade mit einer lässigen Bewegung die langen braunen Haare hinter das Ohr strich. Hübsche Beine, nette Figur, kein hässliches Gesicht, nein, ganz und gar nicht hässlich.

Carsten schob sich unauffällig näher. Sie nahm gerade einen Cocktail von Fred, dem Barkeeper, entgegen und bemerkte Carsten offenbar aus den Augenwinkeln. Mit einem Lächeln wandte sie sich ihm zu. Hoppla, dachte Carsten, doch älter, als ich gedacht hatte. Hätte ich auf den ersten Blick gar nicht vermutet. Carsten korrigierte seine Einschätzung von Mitte zwanzig kurzerhand um zehn Jahre nach oben. Eigentlich schade, damit war sie in seinem Alter. Er schätzte die etwas Jüngeren, die waren einfach leichter zu beeindrucken. Aber das warme Lächeln wirkte nicht abweisend, da konnte er ebenso gut weitermachen.

»Hi, bin der Carsten, Carsten mit C wie in ›Mister C‹, alles klar?«

In acht von zehn Fällen war er mit diesem Spruch erfolgreich. Ein paar von seinen One-Night-Stands waren sogar noch am nächsten Morgen davon überzeugt gewesen, mit dem Clubbesitzer persönlich die Nacht verbracht zu haben. Nicht sein Problem.

Der eher neutrale Blick signalisierte, dass er dieses Mal mit seiner Clubbesitzer-Masche bei der schönen Unbekannten keinen Treffer gelandet hatte.

»Hi, Carsten mit C.«

Ihre Stimme ist der Hammer, dachte Carsten. Da schwang Erfahrung mit, so etwas leicht Rauchiges und Verruchtes, als wüsste sie ganz genau, was sie heute noch tun wollte. Carsten schluckte trocken. Für einen Moment dachte er daran, sich zurückzuziehen, aber der Blick, mit dem sie ihn anschaute, war geradezu magisch.

Außerdem hatte er ja noch gar nicht richtig angefangen.

»Lust auf einen weiteren Cocktail? Fred an der Bar macht einen wirklich passablen Manhattan.«

»So, macht er das? Und was nennst du einen passablen Manhattan, Carsten mit C?«

»Ich würde dafür zwei Teile ordentlichen Rye Whiskey nehmen, keinen billigen fünf Jahre alten Fusel. Dazu einen Teil roten Wermut und zwei Spritzer Angosturabitter. Alles kommt in ein mit Eiswürfeln gefülltes Rührglas. Am Ende würde ich den Cocktail durch ein Barsieb in einen vorgekühlten Martinikelch abseihen. Nebenbei: Fred besteht ja auf seiner Cocktailkirsche, aber auf die könnte ich zur Not verzichten, Hauptsache, die Zutaten sind erstklassig. Ich trinke meinen Manhattan übrigens straight up, also ohne Eis im Glas. Zufrieden?«

Die unbekannte Frau lehnte sich zurück. Carsten sah, wie

ihr enges T-Shirt über den Brüsten spannte, und er bereute es nicht, sie angesprochen zu haben.

»Klingt in meinen Ohren mehr als akzeptabel. Davon nehme ich einen. Ich bin die Ellen. Mit E. Vielleicht wollen wir uns ja da drüben hinsetzen.« Ellen deutete auf einen Zweiertisch, der eben von einem Pärchen geräumt worden war.

»Klar, setz dich schon mal, Ellen, ich bestell die Drinks.« Carsten machte Fred mit einem Handzeichen auf sich aufmerksam, dabei schaute er Ellen hinterher, die mit wiegenden Schritten zu dem kleinen Tisch hinüberging. Sogar ihr Gang wirkte auf ihn aufreizend, irgendwie provozierend, bestimmt wusste sie genau, wie sie sich bewegen musste, um so rüberzukommen. Geil, dachte Carsten.

»Und, bist du hier Stammgast, Carsten?« Ellen schaute ihm bei ihrer Frage tief in die Augen. Auf dem Tisch standen mittlerweile sechs leere Gläser. Drei Manhattan, aber sie wirkt nicht mal angeheitert, dachte Carsten.

»Was?« Er war irgendwie abgelenkt.

»Ich hab dich gerade gefragt, ob du hier Stammgast bist.«

»Ja, kann man so sagen. Doch, ich mag den Club. Dich habe ich aber hier noch nie gesehen.«

»Ach, ich wollte schon immer mal herkommen. Weißt du, mein Bruder schwärmt die ganze Zeit vom ›Mister C‹, und jetzt, da ich in der Gegend war, dachte ich, ich schau mich mal um.«

»Und, gefällt er dir?«

»Oh, sehr.«

Carsten spürte, wie Ellens Fuß aufreizend langsam an seiner Wade hinaufwanderte.

»Sag mal, Carsten, wenn du Stammgast bist, kennst du sicher auch meinen Bruder.«

»Keine Ahnung, wie heißt er denn?« Carsten hatte Mühe, sich auf Ellen zu konzentrieren, die Cocktails und Ellens Fuß schmälerten seine Aufmerksamkeit.

»Hier, ich habe ein Foto.« Ellen holte ihr Handy aus einer kleinen Handtasche und hielt es ihm hin.

»Hey, ja, das ist Ben.«

Ellen beugte sich vor. »Mir ist sehr warm, wollen wir nicht mal kurz zusammen an die frische Luft gehen?« Sie fuhr sich mit der Zungenspitze über die Lippen, und ihre Fingerspitzen berührten zart seine Wange.

Carsten nickte. Vielleicht etwas zu heftig, dachte er. »Super Idee.«

Als sie draußen vor dem Club standen, atmete Ellen tief durch. »Komm, ich denke, da drüben haben wir es ruhiger.« Sie griff nach seiner Hand und zog ihn in Richtung einer schmalen Gasse, die neben dem Club in den Hinterhof führte. Bereitwillig ließ sich Carsten von ihr führen. Den Tritt sah er nicht kommen. Ellen wirbelte herum und rammte ihm ihr Knie in die Hoden. Carsten ging stöhnend in die Knie.

»Er weiß, wer der Kerl ist.«

Was redet Ellen denn da, schoss es Carsten durch den Kopf, während er spürte, wie ihm die Manhattans sauer die Kehle emporstiegen. Eine Faust packte ihn vorne am Hemd, dann ein Schlag mit der flachen Hand. Blut füllte seinen Mund. Er hatte sich auf die Zunge gebissen.

»Keine Sorge, Ellen, er wird reden.«

Carsten wurde hochgerissen und in die Gasse gezerrt. Er wollte schreien, um Hilfe rufen. Aber er wurde einfach mitgeschleppt.

»Ich hoffe für dich, dass du wirklich genug weißt.« Die tiefe Männerstimme ließ ihn angstvoll aufstöhnen.

»Was … was wollt ihr?«, nuschelte er.

»Nur ein paar Antworten.«

Carsten sah weiter hinten in der Gasse ein paar Müllcontainer. Große, bedrohliche Schatten. Der nächste Schlag traf ihn in die Nieren. Eine Schmerzwelle explodierte in seinem Körper, dann verschwammen die Schatten vor seinen Augen.

Campingplatz Pönterbach

Die Ärzte hatten mir in der Reha geraten, regelmäßige Lockerungsübungen zu absolvieren. Und damit ich dabei durch meinen fehlenden Unterarm nicht allzu sehr eingeschränkt wurde, gab es ein paar Vorschläge, was ich tun könnte. Alles hübsch zusammengefasst auf zwei DIN-A4-Seiten, Abbildungen inklusive. Am ersten Tag hatte ich alles brav im Beisein von Uta, meiner Physiotherapeutin, ausgeführt. Am zweiten Tag bat ich sie, mein eigenes Morgentraining wiederaufnehmen zu dürfen: Dehnübungen zum Warmwerden, gefolgt von Sit-ups und Liegestützen und danach verschiedene Kombinationen aus Tritt- und Schlagtechniken.

Ich besitze drei schwarze Gürtel, den ersten hatte ich mir mit sechzehn Jahren verdient. Uta trainierte regelmäßig selbst Kampfsport, aber es gab in meinem Trainingsprogramm wohl ein paar Dinge, die sie noch nie gesehen hatte. Am Ende war ich mit meinen Übungen fertig, sie zerriss die Blätter mit den Trainingsempfehlungen und riet mir, nicht weiter auf die Ärzte zu hören. Ein guter Rat, den ich seitdem jeden Morgen befolgte.

Auch heute stand ich deshalb um kurz nach sechs in meinem kleinen Wohnzimmer und konzentrierte mich auf eine Abfolge von Techniken, die sich vor Jahrhunderten irgendein unbekannter Mönch im fernen Japan ausgedacht hatte.

Eine halbe Stunde später wischte ich mir den Schweiß von der Stirn und schaltete die Espressomaschine ein, die leise gurgelnd zum Leben erwachte. Zugeben – es hatte Zeiten gegeben, da war mir das Morgentraining leichtergefallen, aber einarmige Liegestütze waren nun mal schwieriger, und ich war auch keine sechzehn mehr. Ich trank meinen Milchkaffee und ging im Kopf den Tag durch, als mein Handy mit einem leisen Ping den Empfang einer Nachricht signalisierte. Ich stellte die Tasse ab und entsperrte das Handy.

»Hi, Paul. Wenn du Zeit hast, dann komm doch bitte um eins nach Kell. Viele Grüße, Kalle«.

Nichts gegen ein Treffen mit Kalle, aber konnte er, wenn er

schon eine Nachricht schickte, nicht wenigstens auch schreiben, warum er mich an einem Mittwochmittag treffen wollte? Alter Geheimniskrämer.

Ich antwortete per Sprachnachricht, einhändiges Tippen fand ich auf dem Smartphone eher lästig.

»Hi, Kalle, hab deine Nachricht gelesen. Was gibt es denn so Spannendes?«

Ich leerte die Tasse und ging unter die Dusche. Als ich wieder angezogen und bereit für ein Frühstück war, holte ich meine Prothese aus der Ladestation. Ich fand es immer noch … sagen wir mal, unheimlich, was meine bionische Hand an Bewegungsmustern gespeichert hatte. Aber dieses technische Meisterstück ermöglichte mir vieles, was ich mit meiner einfachen alten Prothese nicht gekonnt hatte. Essen mit Messer und Gabel, um mal nur ein Beispiel zu nennen. Die verschiedenen Bewegungsmusterprogramme konnte ich über mein Smartphone auswählen. Zuerst war mir das zu viel Technik gewesen, zu anfällig, aber mittlerweile wollte ich die bionische Hand nicht mehr missen, sie ließ mich ganz oft vergessen, dass da nur noch ein Stumpf an meiner linken Seite war. Das Anlegen war mir mittlerweile in Fleisch und Blut übergegangen und dauerte nur noch wenige Minuten. Ich war gerade fertig, als Kalles Antwort eintraf.

»Oh, schon wach? Tanja und ich brauchen deinen Rat, also komm und bring Hunger mit.«

Lächelnd schaltete ich das Handy wieder aus. Tanjas und Kalles Verlobungsvorbereitungen schienen ja in vollem Gange zu sein. Na gut, wenn dabei für mich ein Mittagsessen heraussprang, wollte ich mich nicht beschweren. Was mir allerdings Sorgen machte, war, dass sie von mir sicher eine spritzige, launige Rede erwarteten. Ich beschloss, darüber beim Rundgang über den Platz nachzudenken.

Auf der A 62 kurz vor Kaiserslautern

»Der Überfall auf einen vierunddreißigjährigen Autohändler in Kaiserslautern gibt der Polizei immer noch Rätsel auf. Der Mann wurde gestern Nacht von Passanten in der Nähe eines bekannten Nachtclubs gefunden. Möglicherweise wurde er Opfer eines Raubüberfalls. ›Hier wurde mit roher Gewalt vorgegangen‹, so ein Polizeisprecher. Der Mann wurde brutal zusammengeschlagen. Das Opfer schwebt immer noch in Lebensgefahr. Die Verletzungen als Folge von Schlägen und Tritten machten eine Notoperation notwendig. Die Motive liegen weiter im Dunkeln. Wir werden weiter berichten. Und nun zum Sport. Die Krise beim 1. FCK hält weiter an ...«

Linda schaltete das Radio aus. Meldungen über Raubüberfälle oder zu Tode geprügelte Opfer waren das Letzte, was sie hören wollte. Sie wählte Bens Mobilnummer, aber wieder sprang nur die Mailbox an.

»Ben. Ich bin's, Linda. Ich war in Bitburg. Dad geht es schlechter, er hatte einen weiteren Schwächeanfall, und die Ärzte wissen noch nicht, woran es liegen könnte. Ruf mich an, wenn du das hier abhörst, egal, wie spät es ist.«

Es ist zum Verrücktwerden. Ausgerechnet jetzt, wo Ben sich entschieden hat, so richtig Mist zu bauen, muss sich Dads Zustand verschlechtern, dachte Linda. Während sie über die A 62 zurückfuhr, wanderten ihre Gedanken zu dem Tag, an dem sich ihr Leben komplett verändert hatte. Kurz zuvor hatte sie sich entschieden, nach Deutschland zu gehen. Sie hatte sich beim CID beworben. Die ersten Gespräche waren erfolgreich verlaufen. Ihre Eltern unterstützten sie bereitwillig. Als sie dann schon seit einem halben Jahr in Deutschland war, besuchten ihre Eltern sie. Ein übermüdeter spanischer Lastwagenfahrer und sein tonnenschwerer Truck beendeten in wenigen Sekunden die Urlaubsreise in good old Germany. Ihre Mutter starb noch am Unfallort, ihr Vater erlitt so schwere Kopfverletzungen, dass er dauerhaft zum Pflegefall wurde – mit gerade mal dreiundfünfzig Jahren. Linda entschied sich damals, Ben zu sich zu holen, und brachte ihren Vater in einem Bitburger Pflegeheim mit angeschlossenem Krankenhaus unter, weil ein Kollege dorthin gute Beziehungen hatte. Der Rest war eine lange Geschichte aus zu kurzen Besuchen, großer Verantwortung und einem dauerhaft schlechten Gewissen.

Linda wischte sich mit einer Hand über die Augen. Es half ja nichts. Ben war seinen eigenen Weg gegangen, mit mäßigem Erfolg. Selbst wenn sie beschlossen hätte, nicht mehr bei der Army zu arbeiten, sondern sich rund um die Uhr selbst um ihren Dad zu kümmern, wäre er auch nicht gesund geworden. Aber das alles zu wissen, hieß nicht, dass dadurch das Gefühl verschwand, vielleicht doch Fehler gemacht zu haben.

Nun, zumindest kann mir Ben nicht vorwerfen, ich wäre nicht für ihn da gewesen, dachte Linda mit einem Anflug von Verbitterung und Trotz.

Eine halbe Stunde später parkte sie ihren Wagen zu Hause vor dem Apartmentblock. Sie war froh über die Entscheidung, dass sie sich einen halben Tag freigenommen hatte. Auf ihrem Arbeitszeitkonto standen weiß Gott genug Überstunden. Deshalb gab es auch nie Diskussionen, wenn sie länger in Bitburg bei ihrem Vater bleiben musste.

Das Marienstift besaß ein paar Zimmer für den Fall, dass Angehörige übernachten wollten oder mussten. Linda hasste diese Zimmer. Wenn sie ehrlich war, verabscheute sie das ganze Haus. Dabei tat diese Einrichtung sicherlich alles, um die Patienten gut zu versorgen. Aber die Atmosphäre aus Hoffnungslosigkeit, Verzweiflung und Krankheit, gepaart mit dem allgegenwärtigen Geruch von Desinfektionsmitteln und Krankenhaus, bedrückten sie bei jedem Besuch mehr. Vielleicht war das auch der Grund, dass sie jedes Mal ein weiteres Stück Hoffnung verlor, der Zustand ihres Vaters könne sich eines Tages auf wundersame Weise verbessern. Natürlich war das nicht der Fall. Im Gegenteil, so wie es jetzt aussah, führte sein Weg wohl nur noch bergab. Linda nahm sich vor, darüber später zu grübeln. Nicht jetzt.

Duschen, umziehen, ein frühes Mittagessen und dann ab zum

Dienst, dachte Linda. In den nächsten Tagen standen, sollte nicht ein aktueller Fall dazwischenkommen, Schreibtischarbeiten an, was ihr nichts ausmachte. Die Aktenablage lenkte sie von ihren Grübeleien ab.

Linda stieg aus und ging über den schmalen Weg vom Parkplatz zur Haustür. Das Apartment hatte sie vor mehr als einem Jahr gemietet, als Ben aus der damals gemeinsamen Wohnung ausgezogen war, um seine eigenen Wege zu gehen.

Ein großes Wohnzimmer, ein kleineres Schlafzimmer, Küchennische und Bad – in ihren Augen war das mehr als ausreichend. Und der gesichtslose moderne Wohnblock mit den zahlreichen Einzelapartments sicherte ihr eine gewisse Anonymität. Hier wunderte sich keiner über ihre unregelmäßigen Arbeitszeiten, und sie musste sich keine Gedanken über Nachbarschicksale machen. Als Linda die Tür aufschloss, blieb sie abrupt stehen.

»Fuck! Das darf doch nicht wahr sein!«

Ihr Wohnzimmer war komplett verwüstet. Schubladen waren herausgerissen, die Kissen ihres Sofas hatte jemand aufgeschlitzt, Schaumstoff und Füllung quollen hervor. Bücher lagen auf dem Boden herum. Linda verfluchte sich dafür, dass sie ihre Dienstwaffe nicht dabeihatte. Langsam und vorsichtig betrat sie die Wohnung. Bemüht, kein Geräusch zu machen, schlich sie zum Schlafzimmer. Auch hier ein Bild der Verwüstung. Ihre Kleidung und ihre Wäsche waren achtlos aus den Schränken gerissen worden. Nur der kleine Tresor im Kleiderschrank war noch an seinem Platz. Kein Wunder, der Tresor war zwar nicht groß, aber von einem erfahrenen Schlosser in der Wand verankert worden. Linda bückte sich, tippte den Code ein und legte ihren rechten Daumen auf ein Sensorfeld. Ein kleines grünes LED-Lämpchen leuchtete auf, und mit einem Klicken öffnete sich die Verriegelung. Rasch griff sie nach ihrer Dienstwaffe und zog sie heraus. Dann schloss sie den Tresor und lud die Pistole durch. Schon besser. Mit der Waffe in der Hand fühlte sie sich nicht mehr so schutzlos. Linda atmete einmal tief durch.

»Na wartet, ihr Arschlöcher!«

Sie war sich zwar ziemlich sicher, dass sie allein im Apartment war, trotzdem überprüfte sie die kleine Kochküche und das Badezimmer. Nein, hier war niemand mehr. Sie sicherte die Pistole und setzte sich auf das, was einmal ihr Sofa gewesen war. Was hatte das alles zu bedeuten? Ein normaler Einbruch war das nicht. Hier hatte jemand nach etwas gesucht. Vor allem aber hatte der Suchende keinen Wert auf Unauffälligkeit gelegt. Auch das war eine Aussage. Vielleicht sogar eine Warnung, aber eine Warnung wovor?

Linda bückte sich und hob einen Bilderrahmen auf. Das Glas war zersplittert, aber das Foto ihrer Eltern war unbeschädigt geblieben. Wutträen stiegen ihr in die Augen. Wer zum Teufel nahm sich das Recht, ihre Wohnung zu betreten und zu verwüsten? Und was hatte sie, das es wert war, hier alles auf den Kopf zu stellen? Sollte sie die Polizei rufen? Musste sie ihren Vorgesetzten über diesen Einbruch informieren? Linda zögerte. Auch wenn sie es nicht mit Bestimmtheit sagen konnte, hatte sie doch das Gefühl, dass nichts fehlte. Irgendjemand hatte etwas gesucht und nicht gefunden. Nur was?

Spontan und ohne wirklichen Grund beschloss sie, diesen Einbruch nicht zu melden. Sie schaute sich um, ging im Kopf die einzelnen Schritte durch, mit denen sie das Chaos beseitigen würde, und erstarrte. Auf die weiße Wand über der Kommode hatte jemand mit dickem Filzstift drei Worte geschmiert: »Grüßen Sie Ben!«

Ein Büro in Bonn

»Wir haben einen Namen.«

»Das wurde aber auch Zeit.«

Am anderen Ende der Leitung blieb es still. Der Alte wartete. Er hasste es, einzulenken, aber seine Neugierde war schließlich doch größer als sein Stolz.

»Also gut, Sie haben einen Namen, das ist gut. Darf ich auch erfahren, wie der Name lautet?«

Der Alte nahm sich vor, die Unverschämtheit, die ihm hier gerade wiederfuhr, vom Rechnungsbetrag abzuziehen. Er hasste Respektlosigkeit, und noch mehr hasste er es, um etwas zu bitten, das hatte er sich schon vor Jahrzehnten abgewöhnt.

»Benjamin Becking.«

»Ist das alles?«

»Unsere Quelle kannte nur den Namen, es gibt, soviel wir wissen, eine Schwester. Über sie werden wir mehr erfahren.«

»Ich hoffe, Ihre Quelle hält dicht.«

Er war vorsichtig, wenn er mit Laien zusammenarbeiten musste. Wie schnell konnten Details verraten werden, wie schnell konnte ein ganzes Projekt scheitern.

»Unsere Quelle wird nicht reden, jedenfalls nicht so bald. Und wenn, dann hätte sie nur wenig zu berichten.«

Der Alte zog anerkennend eine Augenbraue hoch. Er hatte Schmitt und Heller unterschätzt. Offenbar beherrschten die beiden ihr Metier, und das, obwohl ein Part des Duos eine Frau war. Der Stimme am Telefon nach eine ausgesprochen selbstbewusste Frau. Der Alte nahm sich vor, seinem Kontakt den Kopf zu waschen. Der hätte ihm schon viel früher sagen müssen, dass bei Schmitt und Heller ein Weibsbild dabei war. Na gut, daran ließ sich jetzt nichts mehr ändern, und das bisherige Ergebnis sprach für sich.

»Das freut mich zu hören, ich hatte gerade angefangen, mir Sorgen zu machen.«

»Hören Sie damit auf.«

»Womit?«

»Damit, sich Sorgen zu machen. Wir haben diesen Job angenommen, und wir werden ihn durchziehen, sauber, ohne Zeugen, ohne Aufsehen.«

»Nun, ich wusste ja nicht, wie Sie …«

Der Alte brach mitten im Satz ab. Ungläubig schaute er auf das Display seines Smartphones. Die Verbindung war unterbrochen worden. Er schnaubte wütend. Diese Schlampe hatte es doch tatsächlich gewagt, mitten in einem seiner Sätze aufzulegen. Er ermahnte sich zur Ruhe. Das waren Profis, okay. Aber bei der Endabrechnung würde er das letzte Wort haben. Er hasste Respektlosigkeit.

Rotwein oder Pale Ale

Den Vormittag verbrachte ich mit all den Kleinigkeiten, die zu dem Betreiben eines Campingplatzes gehörten. In erster Linie beantwortete ich Reservierungsanfragen. Schließlich begannen Ende des Monats die Schulferien, und etliche Stammgäste nutzten unseren Platz als Zwischenstopp für die weitere Reise in den Süden. Ich klärte mit dem Bäcker in Nickenich, einem Nachbarort, die Bestellungen für die nächsten Tage, kümmerte mich um die Abfalleimer auf unserem Platz und mähte ein Stück Wiese.

Das Wetter war großartig, zumindest nach meinem Empfinden. Vom Tal her wehte ein leichter Wind, und die Temperatur lag bei knapp fünfundzwanzig Grad. Wenn es nach mir ging, musste es nicht viel wärmer werden.

Kurz nach zwölf duschte ich zum zweiten Mal an diesem Tag und zog mich um. Als ich aus dem Laden trat, schaute Helga vom Balkon herunter.

»Paul, hast du Lust, heute Mittag mit mir zu essen? Ich habe einen Spießbraten im Backofen.«

»Tut mir leid, Helga, aber Kalle und Tanja haben mich gebeten, bei ihnen in Kell vorbeizukommen. Ich soll Hunger mitbringen, hat Kalle geschrieben. Dein Spießbraten schmeckt bestimmt auch morgen noch lecker, darf ich dann bei dir essen?«

»Oha, sollst du etwa den Schiedsrichter bei der Menüauswahl spielen?«

»Ich habe keine Ahnung, aber ich befürchte, auf etwas in der Art läuft es hinaus.«

»Dann grüß mir die beiden. Und such etwas Anständiges aus. Du kennst ja meinen Geschmack.«

Ich winkte ihr zum Abschied noch einmal zu und schlenderte zu unserem alten Pick-up. Ich hatte schon den Autoschlüssel in der Hand, als ich es mir anders überlegte. Warum sollte ich mit dem Auto fahren? Ich war früh dran und hatte noch viel Zeit. Kalle hatte von ein Uhr gesprochen. Ich konnte ebenso gut nach Kell laufen. Außer der Zufahrtsstraße zu unserem Campingplatz gab es noch einen anderen Weg nach Kell, einen Feldweg, der nach ungefähr einem Kilometer auf einen Wanderweg stieß. Der sogenannte Traumpfad lockte regelmäßig ganze Wandergruppen an. Von diesem Traumpfad wiederum führte ein schmaler Wirtschaftsweg zu Kalles Haus. Ich musste lediglich eine knappe halbe Stunde zügig gehen, eine Wohltat bei den Wetterbedingungen.

Als ich an Kalles Haustür schellte, hörte ich ein lautes »Wir sind hinten, die Gartentür ist offen«.

Ich folgte dem Ruf und ging den schmalen Weg zwischen Hecke und Hauswand entlang. Kalle hatte das kleine Einfamilienhaus vor ein paar Jahren günstig gekauft. Dazu gehörte ein recht großer Garten, in dem Kalle und ich schon oft gegrillt hatten. Kalles Wohnzimmer besaß bodentiefe Fenster, die sich zur Seite schieben ließen. Auch jetzt waren die Scheiben weit geöffnet, sodass Kalles ganzer Stolz, eine sündhaft teure Soundanlage, zum Einsatz kommen konnte. Als ich um die Hausecke bog, blieb ich stehen. Denn diesen Anblick hatte ich nicht erwartet. Mein alter Freund Kalle stolperte mit hochrotem Kopf über die Terrassenplatten, während Tanja laut schimpfte: »Walzer, Kalle, endet als Wort auf einem r. R wie rechts. Du musst mit dem rechten Fuß beginnen.«

Als die beiden mich sahen, beendeten sie die Tanzübung. »Paul, lieber jage ich jeden Tag ein paar Verbrecher, als noch einmal mit Kalle den langsamen Walzer zu üben«, beschwerte sich Tanja, nachdem sie mich umarmt hatte. »Mein künftiger Ehemann hat null Rhythmusgefühl, Schwierigkeiten, rechts und links auseinanderzuhalten, und führen kann er gar nicht.«

»Herzlichen Dank aber auch. Ich habe dich doch gleich gewarnt. Meine Schwester hat mir letzte Woche mit Ach und Krach ein bisschen Discofox beigebracht. Ich bin nicht derjenige, der auf der Hochzeitsfeier einen langsamen Walzer aufs Parkett bringen will, das war deine Idee.«

»Du hast doch schon mal geheiratet, musstest du damals mit Claudi nicht tanzen?«, fragte ich.

Kalle grinste über das ganze Gesicht. »Claudi war der Hochzeitstanz nicht so wichtig. Ich habe mich damals so durchgemogelt.«

Tanja schüttelte lächelnd den Kopf und verkündete mit gespieltem Ernst: »Durchgemogelt! Nicht mit mir. Ich habe neun Jahre lang getanzt. Auf unserer Hochzeit werden etliche meiner Freundinnen, die mit mir in der Tanzschule waren, dabei sein. Da will ich mich doch nicht blamieren. Nein, mein Lieber, bis zur Hochzeit wirst du den langsamen Walzer beherrschen. Oder ich gehe mit Paul auf die Tanzfläche. Du hast die Wahl.«

Ich hatte gerade einen Schluck Mineralwasser aus dem Glas getrunken, das mir Kalle in die Hand gedrückt hatte. Bei Tanjas letztem Satz verschluckte ich mich vor Schreck und versuchte hustend, wieder Luft zu holen.

Tanja schlug mir auf den Rücken. »Hoppla, bist du etwa auch so ein Tanzmuffel?«

»Nein, ich habe mir nur die Gerüchteküche vorgestellt, die unweigerlich zu brodeln beginnen wird, wenn du den Walzer mit mir statt mit Kalle tanzt.«

»Ach, in der Beziehung pflegen wir eine offene Partnerschaft«, sagte Kalle lachend. »Nur zu, Paul. Tanz du mit ihr.«

»Ja von wegen, du willst dich doch nur aus deiner Tanzpflicht stehlen«, widersprach ich.

»Als ob du es besser könntest.«

Ich zwinkerte Tanja zu, hielt ihr meine rechte Hand hin und zog sie in Tanzposition. Für einen Moment schloss ich die Augen und konzentrierte mich. Ich legte meine rechte Hand flach auf ihren Rücken, vorsichtig schlossen sich die Finger meiner bionischen Hand um ihre. Und dann tanzten wir auf

Kalles Gartenterrasse langsamen Walzer. Schon nach den ersten Grundschritten fielen mir ein paar Figuren ein, die ich früher beherrscht hatte. Am Ende des Liedes blieben wir für eine Sekunde regungslos stehen, dann ließ ich Tanja los und deutete eine leichte Verbeugung an. Die strich sich die kurzen blonden Haare aus der Stirn und strahlte mich an. Kalle dagegen stand wie angewurzelt da und bekam vor Staunen den Mund nicht zu.

»Dreck, Pest und Verdammnis, wie mein Opa immer sagte, wo zum Teufel hast du so tanzen gelernt?«

»Ich hatte Privatstunden in Brüssel, weil ich die Gattin des französischen Botschafters auf einen NATO-Ball begleiten musste. Zwei Wochen intensives Training, ein bisschen was ist zum Glück wohl hängen geblieben. Und die gute Nachricht: Madame ist in den zehn Tagen, die ich sie bewachen sollte, nicht entführt worden.«

Neben mir prustete Tanja los. »Ach, Schatz, wenn du dich jetzt sehen könntest. Aber sieh es doch mal so, Paul hat tanzen gelernt, und das in so kurzer Zeit. Dann besteht bei dir doch auch noch Hoffnung.«

Kalle kam zu mir und schlug mir auf die Schulter. »Paul, du erstaunst mich immer wieder. Bin ich froh, dass du unser Trauzeuge bist.«

»Trauzeuge ist das Stichwort. Ihr beide wolltet, dass ich heute Mittag zu euch komme. Aber doch ganz sicher nicht, weil ich Walzer tanzen kann.«

»Nein, wir brauchen dich als Schiedsrichter«, antwortete Tanja. »Am Samstag wollen wir bei unserer Verlobungsfeier grillen. Kalle besteht auf Steaks, ich bin ja eher für Geflügelspieße. Es wird natürlich auch noch zwei vegetarische Gerichte geben, aber das wäre uns heute zu viel geworden. Wir haben also Steaks und Geflügelspieße vorbereitet, die grillen wir gleich, und dann musst du sagen, was am Samstag auf den Tisch kommt.«

»Macht doch einfach beides«, antwortete ich. Salomon war gegen mich ein kleines Licht, fand ich.

»Das ginge natürlich«, sagte Kalle. »Die nächste Frage ist

noch schwieriger, es geht darum, ob wir Rotwein oder Echt-Keller-Kalle-Bräu servieren.«

Bier selbst zu brauen, war Kalles Leidenschaft. Und was er braute, schmeckte ausgesprochen gut.

Ich sah immer noch kein Problem. »Rotwein oder selbst gebrautes Bier – auch das könntet ihr doch beides anbieten. Es gibt sowieso mehr als ein Getränk bei eurer Feier. Ihr werdet ja bestimmt auch alkoholfreie Getränke vorrätig haben.«

»Ja, sicher. Aber Kalle will unbedingt sein neues Bier servieren. Nach einem ganz neuen Rezept gebraut. Ich bin aber keine Biertrinkerin, da musst du, Paul, ran und verkosten«, sagte Tanja und verdrehte leicht genervt die Augen.

»Zwei Achtzig-Liter-Gärfässer habe ich fertig, die müssen nur noch auf Flaschen gezogen werden. Dauert höchstens einen Nachmittag«, sagte Kalle.

»Bevor du hundertsechzig Liter Bier abfüllst, solltest du erst einmal langsamen Walzer lernen. Aber ihr beide habt ja diese Woche frei, da könnt ihr noch üben«, erwiderte ich.

Kalle seufzte und hob theatralisch die Hände. »Wo ist sie geblieben, die Loyalität unter Freunden? Fall mir nur in den Rücken, alter Kumpel. Ich sollte besser mit Bonzo und Steffen telefonieren, die wissen wenigstens mein selbst gebrautes Bier zu schätzen.«

»Hey, mal langsam. Ich habe nichts gegen dein Bier. Wobei ich zuerst mal dein neues Rezept probieren sollte, bevor ich zustimme, dass es bei der Verlobung serviert werden kann.«

Tanja hakte sich bei mir unter. »Dann mal los und ans Probieren. Die Grillkohle müsste so weit sein, dass wir die Steaks und die Geflügelspieße auflegen können. Wir haben einen trockenen Merlot und Kalles neues Bier. Du wirst wohl beides trinken müssen, Paul.«

Ein Glück, dass ich zu Fuß gekommen bin, dachte ich.

Stützpunkt der 5th Military Police Battalion/Kleber Kaserne, Kaiserslautern

»Und du willst wirklich eine Woche Urlaub nehmen, nur weil Ben sich nicht am Telefon meldet?«

Linda hörte schon an Jims Tonfall, was ihr Partner von ihren Plänen hielt. Sollte sie ihm sagen: Ja, ich muss Ben suchen, er steckt in Schwierigkeiten?

Sie wusste, dass Jim im Grunde recht hatte. Ben war unverbesserlich, und es würde überhaupt nichts bringen, ihm ins Gewissen zu reden. Aber die Nachricht, die an ihre Wand geschmiert worden war, machte ihr Sorgen.

Sie war nicht bereit, mit Jim darüber zu sprechen. Linda war klar, dass das kein normaler Einbruch gewesen war. Jemand hatte gezielt etwas gesucht, etwas, das mit Ben zu tun hatte.

Jim würde darauf bestehen, alles an ihren Vorgesetzten zu melden. Was aber, wenn Ben in krumme Geschäfte verstrickt war? *Kann ich meinen eigenen Bruder ans Messer liefern, ihn der Polizei und einem Richter übergeben?* Linda kannte die Antwort, sie hatte sie schon gekannt, als sie auf dem zerschnittenen Sofa im Apartment gesessen hatte. Eine CID-Ermittlung ist das Letzte, was ich will, dachte Linda. Womöglich würden andere Special Agents das Ganze übernehmen. Was auch immer Ben getan haben mochte, sie wollte ihrem eigenen Bruder nicht den CID auf den Hals hetzen. Jedenfalls nicht, bevor sie sich Gewissheit verschafft hatte, was da los war.

Sie spürte Jims fragenden Blick, er wartete immer noch auf eine Antwort. Sie schaute von ihren Unterlagen auf, die sie sortiert hatte, und sagte möglichst beiläufig: »Ach was, Jim, Ben ist mit dem Wohnmobil auf einem Campingplatz in Treis-Karden an der Mosel. Die vermieten dort auch feste Wohnwagen, ähnlich wie Ferienhäuser, so einen habe ich für mich gebucht. Ich werde die sonnigen Tage ausnutzen und am Wasser ein bisschen Sonne tanken. Du bist es doch, der mir immer in den Ohren liegt, dass ich mal ein paar Tage freimachen soll und Entspannung nötig hätte. Also, genau das habe ich vor.«

Jim hat es nicht verdient, dass ich ihn anlüge, dachte Linda, aber so ist es besser.

»Wenn du dich dabei ausruhen und entspannen würdest, okay. Aber wenn du Pech hast, hat sich Ben längst auf die Socken gemacht, und dann verbringst du deine freie Zeit nicht am Wasser, sondern mit der Suche nach ihm.«

Linda lächelte, eine stumme Bitte um Vertrauen. Jim schien sie zu verstehen, denn er hob resigniert die Hände. »Bitte, also gut. Mach, was du willst, aber sieh wenigstens zu, dass du auch an dich denkst und dir eine Auszeit gönnst.«

»Das werde ich, versprochen.«

Linda nahm ihre Umhängetasche und stand auf.

»Mein Antrag ist eingereicht, ich werde das Handy anlassen. Wenn also etwas sein sollte, ruf einfach an oder schick eine Nachricht.«

»Okay, okay. Wann willst du an die Mosel fahren?«

»Gleich morgen früh. Ich werde heute noch packen und könnte morgen zum Mittagessen bei Ben sein.«

Wenn ich ihn finde, ergänzte Linda im Stillen.

»Dann viel Spaß im Urlaub.«

Ein Nachtclub in Wiesbaden

Wenn ein erfolgreicher Geschäftsmann eine Ware besaß, die besonders begehrt war, dann konnte er, der Verkäufer, den Preis bestimmen. Ilja Antonov war ein erfolgreicher Geschäftsmann. Nur dass er keine Autos, keine Kaffeebohnen oder Kühlschränke im Angebot hatte, sondern Drogen, Waffen und junge Frauen. Frauen, die er über Mittelsmänner bezog und die in seinen Clubs anschafften oder an den Meistbietenden verkauft wurden.

Wer zahlte, bekam die Ware, wer nicht zahlte, bekam Ärger mit Ilja. Klare Absprachen, vorhersehbar, ohne Überraschungen. Umso wütender war er, wenn jemand gegen diese Absprachen verstieß.

War das wirklich nötig? Er tat doch alles, um bei einem Deal von Anfang an unmissverständlich festzuhalten, was er liefern würde und welche Bezahlung er dafür erwartete. Aber die Geschäftsmoral war in den letzten Jahren schlechter geworden. Immer öfter sah sich Ilja gezwungen, Geschäftspartner zu ermahnen. Die erste Mahnstufe war in der Regel eine Erinnerung daran, was man vereinbart hatte. Natürlich versäumte Ilja es nicht, bereits zu diesem Zeitpunkt deutlich zu sagen, was bei der zweiten Mahnstufe geschehen würde: Eine zertrümmerte Kniescheibe gehörte auf jeden Fall dazu. Das war sozusagen Standard, denn Ilja hatte gelernt, keine halben Sachen zu machen.

Aber er war kein Unmensch, sondern nur darauf bedacht, seine Deals durchzuziehen, deshalb beließ er es meist beim Zertrümmern der Kniescheibe.

In der Regel reichten die Mahnstufen eins und zwei aus, um säumige Geschäftspartner zur Vernunft zu bringen. In Mahnstufe drei beschäftigten sich Iljas Männer auch mit den Familienangehörigen der Schuldner. In den zurückliegenden zehn Jahren hatte es allerdings höchstens ein oder zwei Fälle gegeben, wo die dritte Mahnstufe nötig geworden war.

Was war nur aus der Geschäftswelt geworden? Gedankenverloren schaute er aus dem großen Fenster. Unten auf dem Parkplatz trafen die ersten Gäste ein. Ilja seufzte leise, dann drehte er sich in seinem lederbezogenen Chefsessel zurück an den Schreibtisch und musterte seine drei Mitarbeiter. Die hatten stumm auf ihren Stühlen vor dem Schreibtisch gesessen und darauf gewartet, dass er eine Entscheidung traf.

»Er ist also nicht gekommen?«, fragte Ilja. Der größte der drei Männer, Vladimir, ein fast zweiter Meter großer, schrankbreiter Hüne, schüttelte den Kopf.

»Er kannte den Treffpunkt und wusste, dass wir auf ihn warten würden. Aber Fehlanzeige, Boss. Wir haben auch in der Wohnung seiner Schwester gesucht. Nichts, kein Hinweis.«

»Das ist bedauerlich. Ich habe den Kleinen wirklich gemocht.

Am Computer ist er ein Genie, seine Verschlüsselungssoftware, die er für mich entworfen hat, ist großartig. Nur deshalb hatte ich zugestimmt, dass er im Club spielen kann. Aber unser begnadeter Computerexperte ist am Pokertisch leider eine Null. Ich habe ihm das selber ins Gesicht gesagt und auch, was passieren wird, wenn er seine Schulden bei mir nicht begleicht. Aber hat das etwas genützt?«

Ilja schüttelte bedauernd den Kopf. Seine Männer wussten, dass er auf eine solche Frage keine Antwort erwartete, also schwiegen sie.

»Findet ihn, und wenn ihr ihn gefunden habt, macht ihm deutlich, dass er einen Fehler begangen hat. Bleibt an seiner Schwester dran, ich weiß, die beiden stehen sich sehr nahe. Bestimmt weiß sie mehr.«

»Das übliche Programm?«, fragte Jegor, einen guten Kopf kleiner als Vladimir, aber ebenso breit und muskulös.

»Natürlich! Wir haben einen Ruf zu verlieren. Wenn bekannt wird, dass wir in einem Fall nachgegeben haben, wäre das ein Dammbruch, ein Signal an all diejenigen, die bei uns Spielschulden machen. Ach ja: Wenn möglich, verschont seine Hände, der Kleine soll noch eine Computertastatur bedienen können.«

Viktor, der dritte Mann, der vor dem Schreibtisch saß, war deutlich schmaler als die anderen beiden, trotzdem umgab ihn eine Aura der Bedrohung. »Wie viel Zeit haben wir?«, fragte er heiser.

»Der Kleine hat das Treffen mit euch versäumt, wir sollten möglichst rasch Nägel mit Köpfen machen. Findet Ben Becking.«

»Und die Schwester?«

Ilja seufzte. »Was soll ich sagen: mitgehangen, mitgefangen. Das überlasse ich euch.«

Als seine Männer den Raum verlassen hatten, stand Ilja auf, nahm eine vorbereitete Flasche aus dem Weinkühler und goss sich ein Glas Riesling ein. Für einen Moment verlor er sich in dem Geschmack und den Aromen, die der Wein auf seine Zunge zauberte. Mit einem zufriedenen Schnalzen setzte er sich zurück an seinen Schreibtisch und begann die aktuellen Geschäftszahlen auszuwerten.

Ilja hasste das Bild von Russen, das in vielen Köpfen existierte. Grobschlächtige Kerle, die wodkasaufend Geschäfte machten und sentimental wurden, wenn es um Mütterchen Russland ging. Er dagegen achtete auf sein Gewicht, trug Anzüge, die sein britischer Schneider für ihn fertigte, und liebte ein kühles Glas Riesling. Und was Russland, die Heimat seiner Eltern, betraf – nun, abgesehen davon, dass er dort gutes Geld verdiente, konnte ihm der Rest gestohlen bleiben. Entlang des Rheins besaß er fast zwanzig Nachtclubs, achtzehn, um genau zu sein, und der neunzehnte würde im kommenden Monat eröffnet. Alles ganz legale Unternehmen und eine wunderbare Fassade für die Verschleierung seiner Waffen- und Drogengeschäfte. Sollten seine russischen Geschäftspartner ruhig damit angeben, welche hochrangigen Politiker sie in der Tasche hatten. Ihm war es lieber, unauffällig im Hintergrund zu agieren. Umso wichtiger war es, Ben Becking aufzustöbern. Bei dem Kleinen habe ich mir eine Schwäche erlaubt, dachte Ilja missmutig. Den Fehler muss ich jetzt ausbügeln. Ilja wusste, dass er sich in seinem Geschäft keine Fehler leisten durfte.

Treis-Karden

Der Campingplatz lag auf einer Insel mitten in der Mosel. Linda fuhr mit ihrem Wagen über eine Brücke, die die Insel mit dem Ufer verband. Während auf der einen Seite der Campingplatz lag, gab es auf der anderen einen Yachthafen. Für einen Moment beneidete Linda all diejenigen, die jetzt sorglos an einem Sommertag mit ihrem Motorboot auf der Mosel unterwegs waren. Ich werde Ben ins Gewissen reden und dann tatsächlich ein paar freie Tage genießen, dachte Linda. Warum eigentlich nicht hier an der Mosel, dann hätte ich Jim nicht einmal angelogen? Linda parkte ihren Toyota vor dem Rezeptionsgebäude, nahm ihre Handtasche vom Beifahrersitz und stieg aus. Noch während sie neben ihrem Auto stand, bemerkte sie, dass die Luft anders war als zu Hause. In ihr lag der Duft von Kaffee, Fliederbüschen und frisch gewaschener Wäsche, und es roch ein bisschen nach Fluss. Keine unangenehme Mischung.

Der Mann hinter der Rezeption war ungefähr in Bens Alter.

»Hallo, willkommen, wie kann ich Ihnen helfen?«

»Guten Tag, mein Name ist Linda Becking. Mein Bruder Ben ist mit seinem Wohnmobil seit Anfang der Woche Gast bei Ihnen. Ich hatte mich mit ihm hier verabredet. Können Sie mir sagen, auf welchem Stellplatz ich ihn finde?«

Der Mann tippte kurz etwas auf der Computertastatur ein und runzelte dann die Stirn.

»Wie war der Name? Becking?«

»Ja, genau. Becking mit ›ck‹.«

»Es tut mir leid, aber wir haben keinen Gast mit diesem Namen auf unserem Campingplatz. Sie sagten, Ihr Bruder ist mit dem Wohnmobil unterwegs? Vielleicht trifft er heute erst ein. Allerdings liegt mir auch keine Reservierung vor. Das ist eher ungewöhnlich, weil wir im Sommer gut ausgebucht sind.«

Linda war wie vor den Kopf geschlagen. Sie hatte fest damit gerechnet, dass Ben hier am Moselufer in einem Liegestuhl sitzen würde. Ganz sicher nicht, um zu arbeiten, sondern um zu faulenzen.

»Das verstehe ich nicht«, sagte sie, »ich hab doch erst am Dienstag mit ihm telefoniert. Gibt es denn noch einen anderen Campingplatz in Treis-Karden?«

»Sorry, nein. Wir sind der einzige Campingplatz hier. Es gibt noch einen Platz unterhalb der Burg Eltz und einen in Pommern, vielleicht ist Ihr Bruder ja dort.«

Aber ich bin ja nicht mit ihm verabredet. Das sieht Ben ähnlich: einfach einen anderen Campingplatz als geplant ansteuern, spontan alle Pläne ändern. Sie lächelte den Mann an der Rezeption halbherzig an.

»Sie haben recht. Womöglich hat es sich mein Bruder anders überlegt. Sagen Sie, gibt es bei Ihnen auf dem Platz so etwas wie feststehende Wohnwagen, die man für ein oder zwei Nächte mieten kann?«

»Unsere Schlaffässer am Moselufer.«

»Schlaffässer?«

»Ja, Sie haben richtig gehört.« Der Mann lächelte. »Das sind Holzhäuser in Form eines großen Fasses. Wir haben im Moment allerdings nur noch eins frei, weil alle anderen schon vorgebucht sind, und das eine ist eigentlich für vier Personen gedacht. Und wenn Sie es für weniger als eine Woche mieten, muss ich Ihnen einen kleinen Aufschlag berechnen. Wegen der zusätzlichen Reinigung und der Bettwäsche. Wenn Sie möchten, dann zeige ich es Ihnen.«

Warum eigentlich nicht?, überlegte Linda. Sie würde von hier aus die beiden anderen Campingplätze besuchen und hätte für den Abend eine Übernachtungsmöglichkeit. »Wissen Sie was, ich miete so ein Schlaffass, zumindest für eine Nacht. Und Sie müssen es mir auch nicht zeigen, ich werde es ja dann gleich selber sehen.«

»Sehr gern, Frau Becking. Sie werden es nicht bereuen, die Schlaffässer sind bei uns der große Renner, und die Betten sind wirklich bequem. Wenn Sie etwas essen möchten, empfehle ich Ihnen unser Bootsrestaurant. Und drüben im Ort gibt es auch noch zwei große Supermärkte.«

»Herzlichen Dank, das werde ich mir merken.«

Andernach-Kell

Es war eine Verlobungsparty wie aus dem Bilderbuch. Kalle und Tanja hätten es nicht besser treffen können. Ein lauer Sommerabend, dazu ein Garten voller Freunde, die nichts anderes im Sinn hatten, als sich mit dem künftigen Brautpaar zu freuen. Von der Terrasse wehte der Duft von Grillfleisch zu mir herüber und löste ein Magenknurren aus.

»Mhm, das riecht nach Steaks«, sagte Steffen, der neben mir stand.

»Steaks und Geflügelspieße«, antwortete ich.

»Im Ernst? Das kannst du doch unmöglich erkennen.« Ich bekam nicht oft die Gelegenheit, meinen Freund zu überraschen, deshalb sagte ich mit möglichst unbeteiligtem Gesicht: »Riechst du das etwa nicht?«

»Du nimmst mich auf den Arm, Paul. Warte mal.« Steffen suchte Blickkontakt zu einem Gast, der gerade am Grill vorbeiging. »Hey, Bernd, was riecht denn da so gut?«

»Steaks und Geflügelspieße«, rief der Angesprochene herüber. Angesichts von Steffens Fassungslosigkeit hatte ich Mühe, ernst zu bleiben. »Ich glaub das nicht«, murmelte er.

»Also, erstens gehören für Kalle Steaks zum Grillen dazu wie die Holzkohle, zum Zweiten ist Tanja eher der Geflügelspießfan, und zum Dritten war ich vorgestern schon eingeladen und durfte testen.«

Steffen verdrehte die Augen. »Sehr witzig, und ich fall auch noch darauf rein. Ich hab dir das echt abgekauft.«

»Howdy-ho, Männer, noch jemand ohne Bierchen?« Unser gemeinsamer Freund Bonzo trug in jeder Hand gleich drei Bierflaschen, die er geschickt zwischen den Fingern festhielt.

Bonzo, mit bürgerlichem Namen Hans-Jürgen Bermel, war mit Kalle und Steffen zusammen in die Schule gegangen. Dieser Bär von einem Mann zählte mittlerweile zu meinen besten Freunden. Bonzo war bekennender Westernfan, das sah man auf den ersten Blick. Die Haare lang und zurückgekämmt, im Gesicht ein mächtiger Sichelschnäuzer – Marke Wyatt Earp. Bonzo arbeitete als Abteilungsleiter bei einem Baumarkt in Mayen, aber sein Herz gehörte dem Wilden Westen. Wie üblich trug er auch heute Jeanshemd, Lederweste, enge Jeans und Schlangenlederstiefel mit Silberspitze. Nicht zu vergessen seinen Stetson, ohne seinen Cowboyhut war Bonzo nur ein halber Mann.

»Also, was ist? Habt ihr durstige Kehlen?«

»Nein, herzlichen Dank, ich mach mal eine Pause«, antwortete ich. Kalles selbst gebrautes Bier brachte es nämlich locker auf sechs bis sieben Prozent Alkohol, und der Abend war noch lang. Die Vorspeisen waren zwar köstlich gewesen, aber keine richtige Grundlage für noch mehr Bier.

Bonzo stellte die Flaschen auf dem Stehtisch ab, nahm sich eine und öffnete sie mit einer gekonnten Handbewegung an seinem Gürtel. Erst jetzt fiel mir auf, dass in seiner handtellergroßen Gürtelschnalle offenbar auch ein Flaschenöffner integriert war. Na, das war ja mal praktisch.

»Wie geht es Andrea?«, fragte ich. Andrea, Bonzos Frau, war im vierten oder fünften Monat schwanger, so genau hatte ich das nicht nachgerechnet.

»Andrea geht es großartig, und sie ärgert sich mächtig, dass sie diese Verlobungsfeier verpasst, aber die Ärzte wollen sie einfach noch ein, zwei Tage im Krankenhaus zur Beobachtung behalten.«

»Es war doch aber nichts wirklich Schlimmes, oder?«

»Nein, nur so ein fieser Magen-Darm-Virus. Wir wollten auf Nummer sicher gehen.«

»Wisst ihr denn schon, ob es ein Junge oder ein Mädchen wird?«, fragte Steffen.

»Tatsächlich wird demnächst ein kleiner Bonzo junior im Sattel sitzen. Dass es ein Junge wird, ist klar, aber fragt mich nicht nach dem Namen, über den streiten wir uns gerade noch.«

»Bonzo! Kannst du bitte mal eben mit anfassen?« Kalles Ruf hallte quer über den Rasen.

»Bin unterwegs!«, rief Bonzo zurück. »Ihr entschuldigt mich gerade, Jungs, der Hausherr wünscht mich zu sehen. Yippie-yeah, Bonzo wird gebraucht.«

»Yippie-yeah? Ich fürchte, dem lieben Bonzo ist das Bier zu Kopf gestiegen«, sagte Steffen, während er unserem Freund hinterherschaute. Steffen hatte in seinem Glas nur Mineralwasser. Ich wusste, dass er heute Abend noch nach Koblenz fahren wollte, aber auch ohne diese Autofahrt hätte Steffen auf Alkohol wahrscheinlich verzichtet. Seit ein paar Jahren trainierte er eisern, und das mit großem Erfolg.

In unserer Teenagerzeit war Steffen ein kleiner, dicker Computernerd gewesen, der altmodische Klamotten trug. Ich hatte ihn damals in den Ferien über Kalle kennengelernt. Heute war Steffen schlank und muskulös. Ein erfolgreicher Softwareentwickler und Unternehmer in Designerjeans und Edelhemden. Ein Computernerd blieb er allerdings, und er war der begabteste Hacker, den man sich vorstellen konnte. Was Steffen mit einem Laptop und einem Zugang ins Netz anstellen konnte, überstieg meine Vorstellungskraft bei Weitem.

»Ich habe übrigens deine Website fertig, Paul.«

Überrascht schaute ich meinen Freund an.

»Du hast was?«

»Deine Website. Glaubst du wirklich, dass du als privater Ermittler ohne eine Präsenz im Internet Aufträge kriegst?«

Offen gestanden hatte ich darüber noch nie nachgedacht. Meine ratlose Miene sprach wohl Bände, denn Steffen lachte leise. »Ach komm, Paul, wenn man dich so sieht, könnte man meinen, dass du noch nie online gewesen bist.«

»Aber du weißt auch, dass ich …« Ich stockte.

»Dass du was?«

Ich druckste herum. »Na ja, diese Arbeit als Privatermittler, ich weiß gar nicht, ob ich das an die große Glocke hängen möchte.«

Ich hätte jetzt erwartet, dass Steffen sich darüber amüsierte, aber er nickte nur ernst und voller Verständnis. »Ich kann mir denken, was du meinst. Die Website ist online, aber wir können sie auch jederzeit wieder aus dem Netz nehmen. Und wenn du mal darüber reden willst, ich meine, nicht im Rahmen einer Verlobungsfeier, sag einfach Bescheid.«

»Danke, Steffen. Für die Website, aber auch für den Rest.«

Steffen hob sein Glas und prostete mir zu. »Dafür sind Freunde schließlich da, Paul.«

Treis-Karden

Das hätte sie sich denken können. Wütend kickte Linda mit der Schuhspitze einen Kiesel ins Wasser. Ben war weder in der Nähe der Burg Eltz noch in Pommern gewesen. Hendrik, Bens WG-Kumpel, hatte am Telefon das Wohnmobil beschrieben: ein silbergrauer Kastenwagen mit einem großen aufgemalten Sonnenuntergang auf der Seite. Wie viele Wohnmobile gab es, auf die eine solche Beschreibung zutraf? Aus der Masse der weißen, hellgrauen oder beigefarbenen Wohnmobile würde Bens Fahrzeug herausstechen wie ein grün gefärbter Dackel. Linda war vorerst mit ihrem Latein am Ende. Sie kannte sich hier in der Gegend nicht aus, wusste nicht, welche verschiedenen Plätze Ben noch anfahren würde. Verdammt, ihr fehlte einfach das Wissen über seine Vorlieben und damit die Information, wen sie ansprechen konnte.

Sie schaute auf die Mosel, die an diesem Sommerabend träge dahinfloss. Hier am Wasser war es angenehm kühl. Jetzt etwas zu trinken wäre nicht schlecht. Hunger hatte sie keinen mehr. Sie hatte unterwegs einen großen Salat und eine Pizza gegessen. In ihrem Gepäck gab es zwar einen Schlafsack und natürlich Wechselwäsche, aber eben keine Campingausrüstung. Umso dankbarer war sie für das große Bett im Schlaffass. Der Mann an der Rezeption hatte nicht zu viel versprochen. Die Holzhütten in Fassform wirkten zwar auf den ersten Blick, als würde gleich ein Hobbit um die Ecke kommen, aber sie strahlten auch eine urige Behaglichkeit aus. Linda beschloss, ihre Reisetasche aus dem Auto zu holen, alles für die Nacht vorzubereiten und dann im Bootsrestaurant noch ein Glas Wein zu trinken. Bei dem Gedanken an ein kühles Glas Weißwein hob sich ihre Stimmung. Sie war schließlich an der Mosel, dem Epizentrum des Rieslinganbaus, das sollte sie ausnutzen.

Die Reisetasche in der Hand schloss Linda wenig später die Tür ihres Schlaffasses auf. Unmittelbar dahinter gab es rechts und links an den Wänden entlang Sitzbänke. Der Tisch in der Mitte, das sah Linda gleich, ließ sich zurückschieben, sodass man durch den Gang zwischen den Bänken und über ein paar Stufen in den höher gelegenen Schlafbereich klettern konnte. Hier drinnen roch es nach frischem Kiefernholz. Die Bankpolster waren mit rot-weiß kariertem Stoff bezogen, das war für Lindas Geschmack ein bisschen zu rustikal, passte aber gut zum Rest.

Sie stellte die Reisetasche auf eine Bank, zog die Schuhe aus und stieg nach oben, um sich die Schlafmöglichkeiten näher anzusehen. Die Liegefläche entsprach der eines Doppelbetts. Linda vermutete, dass man die beiden Sitzbänke unten ebenfalls zu Betten umbauen konnte. Die Eltern würden hier oben schlafen, während der Nachwuchs unten sein eigenes Bett hatte. Probeweise streckte sich Linda aus, genoss die bequeme Matratze und den Ausblick durch das kleine Fenster auf Kopfhöhe. Sie ertappte sich dabei, wie ihr Atem ruhiger wurde und sie kurz einnickte. Wenn sie hier liegen blieb, würde sie unweigerlich einschlafen. Aber der Abend war ja noch jung und die Aussicht auf ein Glas Riesling zu verlockend. Sie rollte sich zurück zum Durchgang, kletterte aus der Schlafkabine, zog sich die Schuhe an und machte sich auf den Weg zum Bootsrestaurant.

Im Yachthafen lagen Motorboote unterschiedlicher Größe und Preisklasse. Während Linda an den Booten vorbeischlenderte, stellte sie erstaunt fest, dass die Besitzer von überallher kamen, nicht nur aus Deutschland. Offenbar gab es etliche Urlauber, die vom Rhein her die Mosel befuhren oder aus Frankreich nach Deutschland reisten. Franzosen, Spanier, Schweizer, zwei Briten – eine bunt gemischte internationale Truppe, die hier ankerte.

Im Restaurant bestellte sie sich ein Glas trockenen Riesling und ging dann nach draußen, um sich in die Abendsonne zu setzen. Gedankenverloren nippte sie am Wein.

So werde ich nicht weiterkommen, dachte sie, ich brauche Hilfe, und zwar von jemandem, der sich hier in der Gegend auskennt und idealerweise Kontakte besitzt. Leider fiel ihr niemand ein, auf den das zutraf. Ihr Freundes- und Bekanntenkreis in Kaiserslautern beschränkte sich auf ein paar Freundinnen, mit denen sie regelmäßig einen Fitnesskurs besuchte, und natürlich die Kolleginnen und Kollegen des CID. Weder Hanna noch Iris – die beiden einzigen engeren Freundinnen von ihr – kannten sich an der Mosel aus, so viel stand fest. Und für eine offizielle Anfrage beim CID oder gar eine Ermittlung gab es keinen Anlass. Linda stellte das Weinglas neben sich auf den Boden und zog ihr Handy heraus. In das Suchfeld ihres Browsers tippte sie »private Ermittlung«, und nach einem kurzen Nachdenken den Zusatz »Koblenz, Mosel, Eifel« ein.

Bereits den zweiten Namen kannte sie. »Paul David – private Ermittlungen«, las sie halblaut vor. Ein Lächeln stahl sich auf ihr Gesicht.

An Paul David erinnerte sie sich noch gut. Sie sah seine schlanke, hagere Gestalt vor sich, die Augen mit den zahllosen Lachfältchen. Im Frühjahr war sie nach einem Anruf von ihm auf seinem Campingplatz gewesen, leider dienstlich und viel zu kurz, um ihn besser kennenzulernen. Sie hatte sich mit ihm nur eine knappe halbe Stunde lang unterhalten, aber diese halbe Stunde war ihr gut im Gedächtnis geblieben. Der Mann hatte bei einem Einsatz als Militärpolizist den linken Unterarm verloren, strahlte aber ein ungebrochenes Selbstbewusstsein aus. Das hatte ihr imponiert. Sie hatte sich, bevor sie damals nach Andernach gefahren war, über ihn informiert. Jim kannte Paul David von einer Tagung. David war mehr als nur ein einfacher Feldjäger der Bundeswehr gewesen. Seine Arbeit im Auftrag der NATO war als geheim eingestuft, aber selbst das war schon ein deutlicher Hinweis darauf, dass er sicher keine Kasernen bewacht hatte.

Linda lächelte, und mit einem Mal schmeckte ihr der Riesling doppelt so gut. Ja, das ist die Lösung, dachte sie zufrieden. Als Campingplatzmanager kennt Paul David möglicherweise die Konkurrenz an der Mosel, und als privater Ermittler weiß er, welche Fragen er stellen muss. Dass er wieder als Ermittler arbeitet, hat er mir damals gar nicht gesagt. Linda überflog noch einmal die Website. Diese war sehr einfach gehalten, nicht viel mehr als ein Infoblatt mit Datenschutzerklärung und Impressum, aber sie erfüllte ihren Zweck. Linda suchte seine Telefonnummer in ihrer Kontaktliste heraus. Damals hatte er ihr seine Mobilnummer gegeben. Gleich morgen früh nach dem Frühstück würde sie Paul David anrufen.

Ein Van in Treis-Karden

Schmitt gähnte, dann streckte er sich auf dem Feldbett aus. Hatte er sich auch verdient, seine drei Stunden Wache waren vorbei. Der Van war Hellers Idee gewesen. Eine gute Idee. Sie hatten beide bereits zu viele Stunden auf unbequemen Autositzen verbracht, nur um ein Zielobjekt im Auge zu behalten. Der Van war mit zwei Feldbetten, einem kleinen Tisch und sogar einer Kaffeemaschine ausgestattet. Das war Luxus-Observation pur. Schmitt fielen die Augen zu. Jetzt war Heller an der Reihe.

Leise öffnete sich die Beifahrertür, und augenblicklich war Schmitt wieder hellwach. Blitzschnell und lautlos setzte er sich auf, die Pistole mit aufgeschraubtem Schalldämpfer in der Hand. Es gab zwischen den Vordersitzen einen schmalen Durchgang zum hinteren Teil des Wagens, in dem er lag. Ein Schatten tauchte auf. Schmitt entspannte sich, und die Pistole verschwand wieder unter dem Bett.

»Sorry, ich wollte dich nicht wecken.« Heller schob sich zwischen den Vordersitzen hindurch und setzte sich auf ihr Feldbett.

»Schon gut. Alles klar bei dir?«

»Ja, sie ist in diesem albernen Schlaffass verschwunden. Ich denke, wir haben jetzt Ruhe, aber zur Sicherheit bleibe ich noch eine Weile draußen. Ich wollte nur kurz Bescheid sagen, du kannst durchschlafen. Ich glaube nicht, dass wir vor morgen früh mit einer Überraschung rechnen müssen.«

»Und der Bruder?«

»Keine Spur von ihm. Sie hat mehrmals telefoniert, aber immer wieder nach ein paar Sekunden den Anruf beendet. Wenn du mich fragst, hat sie vergeblich versucht, jemanden zu erreichen.«

»Könnte es sein, dass sie auch nicht weiß, wo er steckt?«

»Oder alles ist nur ein Ablenkungsmanöver. Wir können uns keine Spekulationen erlauben, es steht zu viel auf dem Spiel. Morgen wissen wir mehr.«

»Wir sollten aufpassen, dass wir sie nicht verpassen.«

Schmitt sah Hellers Zähne hell aufblitzen, als sie lächelte.

»Keine Sorge, ich habe einen Sender an ihrem Auto angebracht. Ab sechs darfst du dann ran.«

Schmitt sank zurück auf sein Feldbett.

»Um sechs also. Na dann. Gute Nacht.«

Campingplatz Pönterbach

Das Klingeln des Telefons auf der Küchentheke riss mich aus dem Schlaf. Verdammt. Ich kniff die Augen zusammen. Sonnenlicht blendete mich, eindeutig keine Morgendämmerung. Das Klingeln hörte auf. Gott sei Dank. Ich aktivierte mit einem Tastendruck die Anzeige meines Digitalweckers. Fast halb zehn. Ich sank zurück auf mein Kopfkissen und stöhnte leise. Ich war irgendwann gegen halb sechs ins Bett gekommen. Und obwohl ich am Abend die Hälfte der Zeit Wasser getrunken hatte, dröhnte mir der Kopf. Ich wusste auch, warum: Kalles Pale Ale in einer unheilvollen Allianz mit Bonzos Whisky. Bonzo hatte die Flasche irgendwann in den frühen Morgenstunden aus der Tasche gezaubert.

Ich setzte mich auf und schwang die Beine aus dem Bett. »Wer saufen kann, kann auch trainieren« – einer von Sammys Lieblingssprüchen. Immer wenn wir ausnahmsweise einmal nach einem Turnier ein Bier zu viel getrunken hatten, präsentierte unser Kampfsporttrainer uns diesen Spruch samt einem schweißtreibenden Ausdauertraining. Ich gähnte. Das Telefon auf der Küchentheke fing wieder an zu klingeln. Ich gab mir einen Ruck und ging zum Telefon statt unter die Dusche.

»Campingplatz Pönterbach, Sie sprechen mit Paul David. Guten Morgen.«

»Hallo, hier ist Linda, Linda Becking.«

Ich brauchte ungefähr drei Sekunden, bis ich den Namen zuordnen konnte, und gleich hatte ich wieder ein Bild vor Augen. Ein Bild von einem Frühlingsmorgen und von dieser Frau. Mittelgroß, schlank, die braunen Haare zu einem Pferdschwanz gebunden und ein wirklich umwerfendes Lächeln.

»Guten Morgen, Linda. Das ist eine Überraschung. Lust auf einen Campingurlaub?«

»Nein, ich … also, ich würde mich gerne mit Ihnen … ähm, unterhalten.«

»Wir waren schon beim Du, soweit ich mich erinnere.«

»Oh, ähm, sorry, ja, also können Sie, ich wollte sagen, kannst du dich mit mir treffen?«

Ich hatte zwar Probleme, ins grelle Sonnenlicht zu schauen, war hundemüde, und eine kleine Stimme in meinem Schädel quengelte nach einer Kopfschmerztablette, aber das umwerfende Lächeln hätte ich schon gern mal wiedergesehen. Vernünftigerweise hätte ich jetzt sagen müssen: Gerne, wie wäre es mit morgen? Tatsächlich sagte ich: »Jederzeit. Wann und wo?«

»Ich bin in der Nähe von Koblenz, könnte also zum Campingplatz kommen.«

Warum nicht, dachte ich, aber dann überlegte ich es mir anders. »Wäre es nicht netter, wenn wir in Koblenz gemeinsam etwas essen gehen?«

»Da würde ich nicht Nein sagen. Für mich ist es fast die gleiche Entfernung.«

»Okay. Dann schlage ich vor, dass wir uns um eins auf dem Münzplatz treffen. Kennst du dich in der Stadt aus?«

»Ein wenig, ich war zwei-, dreimal dort. Den Münzplatz finde ich auf jeden Fall, sonst frage ich mich durch.«

»Gut, dann sehen wir uns um eins, Linda.«

»Ja, um eins. Bis dann. Und, Paul: danke.«

»Wofür?«

»Dafür, dass du nicht sofort am Telefon alles wissen willst.«
Bevor ich noch antworten konnte, hatte Linda aufgelegt. Ich
stellte das Telefon zurück in die Ladestation und streckte mich.
*Erst die Kopfschmerztablette, dann das Training. Sammy wäre
stolz auf mich.*

Koblenz

Ich stellte den Pick-up am Saarplatz ab, der lag in der Nähe der
Mosel und hatte den Vorteil, dass man nicht durch halb Koblenz
fahren musste, um einen Parkplatz zu finden. Die Parkgebühren
waren mir egal; kostenlos waren die meisten Parkmöglichkeiten
sowieso nicht. Von hier aus war man in wenigen Gehminuten in
der Innenstadt. Ein solcher Spaziergang war mir allemal lieber
als die nervige Suche nach einem der seltenen gebührenfreien
Plätze. Ich ging die schmale kopfsteingepflasterte Gasse zum
Münzplatz hinauf und bog um die Ecke. Schon von Weitem sah
ich Linda am Brunnen stehen. Als sie sich in meine Richtung
umdrehte, blinzelte sie in der Sonne und hielt sich schützend
die Hand über die Augen.

»Hi, Linda, da bin ich«, sagte ich.

Zwischen uns entstand ein kurzes unsicheres Abwarten, weil
wir beide nicht so genau wussten, wie wir uns begrüßen sollten.
Linda entschied sich am Ende dafür, mir die Hand zu reichen.

»Paul, du bist aber pünktlich.« Verlegenheits-Small-Talk zur
Begrüßung, überstrahlt von diesem Wahnsinnslächeln.

»Das ist leicht, weil an einem Sonntagmittag die B 9 selten
verstopft ist.« Ich zeigte auf ein paar Tische unter Sonnenschir-
men. »Da vorne ist mein Lieblingsitaliener in Koblenz.«

»Fein, ich komme um vor Hunger. Mein Frühstück bestand
aus einer Tasse Kaffee und einem zweifelhaften Käsebrötchen
an einer Tankstelle.«

Das Restaurant hatte ich über meinen Freund Steffen kennengelernt. Er hatte irgendwie geschäftlich mit dem Besitzer zu tun, jedenfalls war er hier Stammgast. Und seine Bekanntheit färbte offenbar auf mich ab. Wir saßen noch nicht richtig, da kam auch schon Paulo mit den Speisekarten in der Hand an unseren Tisch. »Ciao, Signor David. Schön, dass Sie bei uns sind. Sie möchten doch essen? Va bene! Ich darf Ihnen wieder eine große Flasche stilles Wasser bringen?«

»Ciao, Paulo, ja, wir möchten gerne essen, und Wasser wäre für den Anfang großartig.« Ich schaute zu Linda und fragte: »Möchtest du noch etwas anderes trinken?«

»Wasser ist schon mal perfekt. Aber ich nehme dazu gern sofort einen Espresso.«

»Stilles Wasser und einen Espresso für die Signora. Kommt sofort.«

Nachdem Paolo gegangen war, studierten wir die Speisekarte sowie die kleine Schiefertafel mit den Tagesgerichten, die uns der Kellner auf den Tisch gelegt hatte.

»Kannst du etwas empfehlen, Paul?«, fragte Linda.

»Das Essen ist erstklassig, egal, was du nimmst, es wird auf jeden Fall köstlich sein. Ich für meinen Teil werde mir heute einen großen Salat mit Rinderfiletstreifen gönnen. Gestern hat ein befreundetes Pärchen seine Verlobung gefeiert, und es ist ziemlich spät geworden. Ich glaube, ich könnte jetzt ein paar Vitamine vertragen.«

»Salat mit Rinderfilet klingt gut, das nehme ich auch, dann habe ich auch noch Platz für eines dieser gut klingenden Desserts.«

»Wenn du möchtest, können wir uns vorab eine Portion Vitello tonnato teilen«, schlug ich vor.

»Oh, sehr gern.«

Paulo kam mit den Getränken, nahm unsere Bestellung auf, und danach war meine Neugierde doch größer als die höfliche Zurückhaltung.

»Ich freue mich darüber, dass du dich bei mir gemeldet hast, aber gibt es dafür auch einen speziellen Grund?«

»Deine Website, Paul.«

»Meine Website?« Ich präsentierte offensichtlich nicht gerade meinen klügsten Gesichtsausdruck, denn Linda lachte leise.

»Sag bitte nicht, dass es noch einen anderen Paul David gibt, der private Ermittlungen anbietet, sonst –«

»Ach, *die* Website meinst du«, unterbrach ich sie. »Sorry, aber ich habe erst gestern Abend davon erfahren, dass ich eine solche besitze.«

»Du solltest sie dir mal ansehen. Jedenfalls habe ich dort deine Telefonnummer gefunden.«

Linda braucht also einen Ermittler, interessant, dachte ich. Schließlich ist sie selbst bei der Kriminalpolizei der amerikanischen Streitkräfte.

»Es geht also um deinen Bruder?«

»Bitte was?«

»Ich sagte: Es geht also um deinen Bruder.«

»Wie kommst du darauf?«

»Du hast mir bei unserem ersten Treffen erklärt, dass du erst seit wenigen Jahren hier in Deutschland bist und dass es außer dir und deinem Bruder keine anderen Familienmitglieder mehr gibt.«

Bei den Worten »außer dir« zuckte Lindas Augenlid. Sie hatte bei diesem Punkt damals nicht alles gesagt, aber das sollte jetzt erst mal egal sein.

»Du bist Special Agent des CID. Ihr habt alle Rechte, Ermittlungen anzustoßen, warum suchst du also im Internet nach einem Privatermittler? Ich tippe mal darauf, dass es nicht um dich selber geht, für solche Fälle gäbe es offizielle Wege. Nein, es muss um jemanden gehen, der dir so nahesteht, dass du dich darum kümmerst, aber nicht die Möglichkeiten des CID einsetzen willst. Es könnte natürlich auch ein Verlobter sein, ein Freund, eine Freundin – aber du trägst keinen Verlobungsring, bist augenscheinlich auch nicht verheiratet. Warum in die Ferne schweifen, meistens geht es doch um die Familie, und die besteht in deinem Fall nur aus deinem Bruder.«

Zugegeben, das Ganze hatte viel von einem Schuss ins Blaue, aber wir saßen hier bei meinem Lieblingsitaliener und nicht vor Gericht.

Linda nickte betroffen. »Das ist gut, das ist wirklich gut. Ja, Paul, du hast richtig getippt: Es geht um Ben, meinen jüngeren Bruder. Ich mache mir Sorgen um ihn. Er wollte mit seinem alten Wohnmobil für ein paar Tage auf einem Campingplatz in Treis-Karden Urlaub machen.«

»Der Campingplatz auf der Moselinsel?«

»Ja, das ist der Platz. Das Problem ist nur, dass Ben dort weder ist noch war und auch nicht erwartet wird. Ich hatte in den letzten zwei Jahren ziemlich viele Auseinandersetzungen mit ihm. Ben hat sich von mir Geld geliehen und nicht wieder zurückgezahlt, er hat seine Anteile an einem Start-up-Unternehmen verkauft, es gab Lügen und Ausreden – aber am Ende ist er immer noch mein Bruder. Ich möchte, dass du ihn für mich findest. Er muss ja irgendwo auf einem Campingplatz an der Mosel sein.«

»Vorausgesetzt, er ist wirklich an die Mosel gefahren und nicht in einen ganz anderen Teil von Deutschland. Oder sogar ins Ausland.«

»Das stimmt, aber irgendwo muss ich doch anfangen zu suchen.«

»Du könntest natürlich auch einfach warten, bis er sich wieder bei dir meldet oder aus dem Urlaub zurückkommt.«

»Da ist noch eine Sache. Unser Vater liegt als Pflegepatient in einem Heim in Bitburg. Ich war vor ein paar Tagen bei ihm, es geht ihm nicht gut. Sein Zustand hat sich deutlich verschlechtert, und ich denke, dass Ben das wissen muss. Ich war auf dem Campingplatz an der Mosel und hab mir auch noch zwei andere Plätze angeschaut. Gestern habe ich den ganzen Tag gewartet, weil ich gehofft hatte, dass Ben noch auftauchen würde. Aber er kam nicht.«

Während Linda sprach, zuckte wieder ihr Augenlid. Das war entweder der Stress und die Sorge, dass ihr Bruder nicht rechtzeitig von dem schlechten Gesundheitszustand ihres Vaters erführe, oder der kranke Vater war nicht der einzige Grund für ihre Suche. Mich gingen ihre Gründe nichts an. Im Gegensatz zu den letzten Aufträgen, die ich nur ungern übernommen hatte, war die Suche nach diesem Ben eine klar umrissene Aufgabe. Außerdem lächelte Linda mich gerade verlegen an, und selbst dieses verlegene Lächeln wollte ich gern öfter sehen.

»Hast du einen Euro?«

Linda runzelte bei meiner Frage die Stirn, griff dann aber in ihre Hosentasche und zog eine Münze heraus, die sie auf die Tischplatte legte. Ich nahm die Münze.

»Du hast mich gerade engagiert und bezahlt. Sobald ich zu Hause bin, kann ich dir eine Quittung für den Euro ausstellen.«

»Das geht doch nicht. Ein Euro. Das ist total verrückt.«

»Verrückt? Vielleicht. Aber welche Stundensätze ich berechne, entscheide ich. Wirst du zurück nach Kaiserslautern fahren?«

»Ich habe noch die ganze restliche Woche Urlaub. Eigentlich wollte ich ein paar Tage mit Ben verbringen, vielleicht nach Bitburg zu unserem Dad fahren.«

»Was hältst du von der Idee, ein paar Tage bei uns auf dem Campingplatz zu wohnen? Meine Tante Helga hat ein großes Gästezimmer.«

»Das kann ich unmöglich annehmen, Paul.«

»Blödsinn, Helga hat mit Sicherheit nichts dagegen, und ich würde mich freuen. Außerdem kann es gut sein, dass ich Ben recht schnell finde, und von Andernach aus kommt man auf jeden Fall schneller an die Mosel als von Kaiserslautern.«

Linda ließ sich das Gesagte durch den Kopf gehen. »Also gut. Aber nur unter der Bedingung, dass ich deiner Tante wirklich nicht zur Last falle. Wenn sie komisch guckt, sage ich, dass es dein Einfall war, und bin weg.«

»Verlass dich drauf, sie hat gerne Gäste. Helga ist nicht die Sorte Tante, die komisch guckt.«

Campingplatz Pönterbach

»Was guckst du denn so komisch, Paul?«

Helga zwinkerte mir zu. Ich stand mit halb geöffnetem Mund staunend in ihrem Wohnzimmer, Linda keine zwei Schritte hinter mir.

»Ich gucke nicht komisch, Helga. Ich bin lediglich überrascht, dich in Skinny Jeans, einer weiten Bluse über der Hose und High Heels zu sehen.«

»Pah, High Heels, du tust ja gerade so, als ob ich hier mit fünfzehn Zentimeter hohen Stilettos rumlaufen würde. Das sind ganz normale Pumps, und außerdem gibt es kein Gesetz, das einer Dame ab einem gewissen Alter das Tragen von modischer Kleidung verbietet, ich bin noch keine sechzig.«

Helga hatte ja recht, aber weil sie ansonsten eher salopp gekleidet war, hatte mich das neue Outfit eben überrumpelt. Tragen konnte sie es, keine Frage.

»Gibt es denn auch einen Grund für die … äh, modische Kleidung?«

»Ach, Paul, hast du das schon wieder vergessen? Ich werde mit ein paar Freundinnen für drei Tage in ein Wellness-Hotel in der Nähe von Bingen fahren. Ellas Gewinn im Preisausschreiben. Ich dachte, ich probiere die neuen Sachen gleich mal an.«

Stimmt, das hatte ich ganz verdrängt. Ella, eine Kegelschwester von Helga, hatte einen dreitägigen Aufenthalt für vier Personen gewonnen, und so hatten sich Helga und zwei weitere Damen aus dem Kegelclub ihr angeschlossen.

»Ich wollte dich bitten … Sorry, ich muss euch erst einmal bekannt machen. Das ist Linda Becking, sie braucht Hilfe bei der Suche nach ihrem Bruder, und ich hatte ihr dein Gästezimmer in Aussicht gestellt.«

»Hallo, Linda, ich bin Helga, aber sag einmal, kennen wir uns nicht?« Helga dachte kurz nach, dann hellte sich ihr Gesicht auf. »Natürlich kennen wir uns. Du warst hier und hast diesen Halunken verhaftet. Na, da war ich froh, dass ich dem nicht noch mehr auf den Leim gegangen war. Schön, dich wiederzusehen. Du arbeitest doch für die amerikanischen Streitkräfte, nicht wahr?«

»Ja, ich bin beim CID.«

»Pauls Vater, John David, war US-Marine, hat Paul dir das schon erzählt? Egal, das kann er ja noch nachholen. Ich plappere hier herum, während du da stehst und wartest. Wie unhöflich von mir. Natürlich kannst du das Gästezimmer haben. Ich bestehe sogar darauf. Und heute Abend essen wir zusammen. Ich fahre ja erst morgen nach dem Frühstück. Komm, ich zeig dir dein Zimmer. Paul, wärst du so gut, dich um den Stromanschluss auf 33a zu kümmern? Klaus und Rosa wollen morgen eintreffen, und im Anschlusskasten ist eine Sicherung kaputt. Ich traue mich an diese elektrischen Sachen nicht dran. Sei so gut und schau dir das an. «

»Wird gemacht. Also, Linda, du hast es gehört. Du bist herzlich willkommen. Und das mit dem Abendessen kannst du nicht abschlagen, sonst wird Helga sauer.«

»Das möchte ich natürlich auf keinen Fall.«

»Hätte ich euch auch geraten, Kinder. So, und jetzt ab mit dir, Paul, du weißt doch, wie pingelig Klaus mit seinem Wohnmobil ist. Wenn der nicht sofort an den Strom kann, bricht für ihn eine Welt zusammen.«

Ein Parkplatz oberhalb des Campingplatzes

Schmitt wunderte sich, wohin Linda Becking wollte. Dank des Senders, den Heller angebracht hatte, konnten sie dem Wagen ganz entspannt und mit großem Abstand folgen.

In Koblenz waren sie Becking zu zweit, Hand in Hand, durch die Stadt gefolgt. Ein Pärchen bei einem Stadtbummel – das war viel unauffälliger, als wenn einer von beiden einzeln losgezogen wäre.

»Okay, sie sind mit zwei Autos gefahren. Der Typ gehört

offenbar zu dem Campingplatz«, sagte Heller. »Hast du das Logo auf dem Pick-up gesehen?«

»Ich hab vor allem gesehen, dass der Kerl nur einen Arm hat, von dem wird keine Gefahr ausgehen. Ich denke, sie sucht ihren Bruder. Erst der Campingplatz an der Mosel und jetzt dieser Platz. Ganz nette Gegend, der Laacher See liegt um die Ecke.«

»Schön und gut, aber wir können doch nicht rund um die Uhr auf diesem Parkplatz stehen bleiben, schließlich startet und endet hier dieser Traumpfad-Wanderweg. Irgendwem wird unser Van verdächtig vorkommen.«

Heller schüttelte den Kopf. »Ach was, die meisten sind doch viel zu sehr mit sich selbst beschäftigt. Wir parken ganz am Ende der Reihe, da fallen wir weniger auf.«

Während Schmitt den Van startete und zum Ende des Parkplatzes fuhr, schaute Heller auf ihr Notepad.

»Hey, das ist interessant. Ich bin gerade auf der Campingplatzseite, da gibt es auch ein Foto von den Besitzern, eine ältere Dame und ihr Neffe. Der Kerl heißt Paul David. Und jetzt halt dich fest, wenn ich den Namen eingebe, findet sich auch ein privater Ermittler, der so heißt.«

»Du meinst, der Manager des Platzes ist auch Privatdetektiv? Das soll doch ein Witz sein.«

»Nee, im Ernst. Hier gibt es ein Foto. Derselbe Kerl. Okay. Wir sollten keine voreiligen Schlüsse ziehen. Vielleicht hat er nur Anteile am Platz oder so.«

»Was jetzt, hat Linda Becking einen privaten Schnüffler engagiert, oder fragt sie nur auf einem weiteren Platz nach ihrem Bruder?« Schmitt schnaufte unwillig.

»Wir werden es herausfinden. Lust auf einen kleinen Spaziergang?«

Als Schmitt und Heller den Parkplatz verließen, hatten sie sich beide einen Tagesrucksack aufgesetzt und zweifarbige Funktionsjacken aus ihrem Fundus übergezogen. Mit dem Wechsel einer Jacke konnte man bei einer Observation schnell in eine neue Rolle schlüpfen. Deshalb gab es hinten im Van eine ganze Sammlung von Kleidungsstücken. Die beiden hätten sich zu jeder Wandergruppe hinzugesellen können, ohne aufzufallen. Sie folgten dem Hinweisschild in Richtung Campingplatz.

✳✳✳

Den schwarzen BMW mit den getönten Seitenscheiben sahen sie nicht mehr. Der Wagen parkte ein, und die drei Insassen machten sich auf ein paar Stunden Wartezeit gefasst.

✳✳✳

»Entschuldigen Sie!«
Helga Behrend drehte sich zu der Stimme um. Sie wollte gerade in den kleinen Laden gehen. Hinter ihr kam ein Pärchen über den Kies auf sie zu.
»Entschuldigen Sie, ist das der Campingplatz Pönterbach?«
Helga lächelte den Mann an, der diese Frage gestellt hatte. Sie deutete auf ein Schild an der Hauswand.
»Jawohl, ganz amtlich, da steht es. Herzlich willkommen, wie kann ich Ihnen helfen?«
»Ach, sind Sie die Besitzerin? Freunde von uns waren schon einmal hier und hatten uns gesagt, dass wir uns an einen jungen Mann wenden sollen«, sagte die Frau und warf ihrem Begleiter einen kurzen Seitenblick zu, den Helga nicht deuten konnte.
»Oh, Sie meinen Paul, meinen Neffen. Ja, dem gehört tatsächlich der Platz zur Hälfte. Aber im Moment ist er beschäftigt. Kann ich Ihnen denn vielleicht weiterhelfen?«
»Hätten Sie einen Prospekt mit Preisen? Wir würden gern im Herbst mit dem Wohnmobil vorbeikommen«, sagte der Mann.
»Natürlich, kommen Sie doch kurz mit in den Laden, dann gebe ich Ihnen unseren aktuellen Flyer und eine Preisliste.«
Im Laden schaute sich das Pärchen interessiert um.
»Schön haben Sie es hier, und man kann bei Ihnen ja sogar Brot und Brötchen vorbestellen«, sagte die Frau.
»Sicher, das gehört zum Service. Hier, bitte.« Helga überreichte den beiden ein paar Unterlagen. »Unser Flyer, die Preis-

liste und eine kleine Aufstellung mit den Sehenswürdigkeiten und Ausflugszielen hier in der Gegend.«

»Danke, das ist nett«, sagte die Frau mit einem freundlichen Lächeln. Helga sah, dass der Mann die Stirn runzelte.

»Stimmt etwas nicht?«, fragte sie.

»Nein, entschuldigen Sie, es ist nur – Sie sagten doch gerade, dass Ihr Neffe Paul heißt. Ich habe in meiner Firma von einem Paul David aus Andernach gehört, der aber Privatdetektiv ist. Ach, vergessen Sie es bitte, es wird ja mehr als nur einen Paul hier in der Gegend geben –«

»Nein, nein, Sie haben schon recht. Paul arbeitet auch als privater Ermittler. Den Campingplatz hat er von meinem verstorbenen Mann geerbt. Paul war Militärpolizist und bei der NATO, aber jetzt ist er selbstständig.«

»Eine interessante Karriere«, sagte der Mann lächelnd. »So, wir haben Sie schon lange genug aufgehalten. Herzlichen Dank für die Informationen, wir werden rechtzeitig reservieren, sobald wir unsere freien Tage kennen.«

»Sehr gern, wir würden uns freuen.«

Als das Pärchen den Laden verlassen hatte, schob Helga die Unterlagen zusammen und schloss die Kasse ab. Nachdenklich strich sie mit dem Finger über das Holz der Theke. Irgendetwas an dem Pärchen hatte sie gestört. Sie überlegte, aber ihr wollte nicht einfallen, was es war.

Das kommt schon von allein wieder, sagte sie sich und ging zurück in die Nachmittagssonne.

Campingplatz Pönterbach

»Linda, noch einen Schluck Wein?« Helga hielt die Rotweinflasche auffordernd in die Höhe.

»Sehr gerne, Helga, aber bitte nur noch ein halbes Glas. Die Tomatensuppe war großartig, und wie du aus dem Stand noch ein Abendessen auf den Tisch gebracht hast, obwohl du doch morgen für ein paar Tage wegfährst.«

»Ach was.« Helga winkte ab. »Brot und eine Auswahl an verschiedenen Käsesorten habe ich immer da, man weiß schließlich nie, wer zu Besuch kommt.« Helga zwinkerte Linda vergnügt zu.

Linda lachte. »Dann hast du noch nie meinen Kühlschrank von innen gesehen. Nein, im Ernst, ich bewundere es immer, wenn andere so organisiert sind, dass sie auch spontan Besuch bewirten können.«

Helga schenkte Linda Wein nach und schaute mich fragend an. »Und wie sieht es mit dir aus, Paul?«

Ich hob abwehrend die Hand. »Danke, aber mir reicht das eine Glas. Gestern war es doch ein wenig viel.«

Helga lächelte wissend. »Ja, das stimmt, aber eine Verlobungsfeier ist ja auch ein besonderes Ereignis. Wobei ich mir vorstellen könnte, dass es Kalle heute nicht so gut geht.« Zu Linda gewandt erklärte Helga: »Pauls Freund, Kalle, hat seine Verlobung gefeiert, und Kalle und die meisten Gäste haben dem selbst gebrauten Starkbier ordentlich zugesprochen.«

»Also für jemanden, der sich mit einem Kater herumplagt, bist du erstaunlich munter.« Linda grinste.

»Und weil ich so munter bin, kann ich dir auch sagen, was ich morgen früh tun werde. Du kannst in Ruhe ausschlafen. Sobald du wach bist, können wir zusammen frühstücken, und dann werde ich verschiedene Campingplätze an der Mosel anrufen. Es gibt auf der Internetseite des Touristikverbands ein Verzeichnis der Plätze in der Region Mosel und Eifel. Mal sehen, was ich erreiche.«

»Aber was machen wir, wenn wir Ben auf diesem Weg nicht finden?«

»Darüber zerbrechen wir uns den Kopf, wenn es so weit ist.«

»Okay, du machst für deinen einen Euro Honorar die ganze Arbeit, und was soll ich tun?«

»Geh ein Stück spazieren. Oberhalb von unserem Platz führt ein ganz bekannter Wanderweg vorbei. Ich verspreche dir, sobald ich eine Spur von deinem Bruder gefunden habe, gehen wir dieser Spur gemeinsam nach.«

»Das ist es!« Helga schlug mit der flachen Hand auf die Tischplatte und lächelte vergnügt. »Genau, der Traumpfad. Dass mir das nicht gleich eingefallen ist.«

Linda und ich schauten Helga ratlos an. »Wovon redest du?«, fragte ich.

»Ach, heute Nachmittag, als Linda hier oben war und du auf dem Platz den Stromkasten überprüft hast, kam ein Pärchen vorbei, das sich für unseren Platz interessiert hat. Sie wollen mit dem Wohnmobil in den Herbstferien vorbeikommen. Sie machte einen netten Eindruck, er aber wirkte wie ein Preisboxer. Und dann hat er noch gefragt, ob du als privater Ermittler arbeiten würdest. Etwas an den beiden hat mich die ganze Zeit gestört, und jetzt weiß ich auch, was es war. Seit Tagen hat es nicht mehr geregnet, der Traumpfad ist ziemlich staubig. Die beiden sahen aber so sauber aus, als kämen sie direkt oben vom Parkplatz. Und außerdem hatte er gar keine Wanderschuhe an. Ich meine, es ist doch ungewöhnlich, dass jemand zwar einen Tagesrucksack dabeihat und auch eine Funktionsjacke trägt, das heißt doch, er hat sich auf die Wanderung vorbereitet. Dann aber machen Schuhe mit glatten Ledersohlen keinen Sinn.«

»Vielleicht sind sie mit dem Auto unterwegs gewesen und du hast den Wagen nur nicht gesehen«, sagte ich.

»Nein, auf keinen Fall, die beiden sind zu Fuß hierhergekommen und auch zu Fuß wieder verschwunden.«

Ich dachte über das nach, was Helga gerade gesagt hatte. Sie hatte ein gutes Gespür für Menschen. Wenn ihr dieses Pärchen merkwürdig vorkam, dann war es auch merkwürdig. Die Frage war nur, warum sich die beiden als Wanderer ausgaben und warum sie sich für mich interessierten. Mir fielen dazu verschiedene Antworten ein. Eine davon saß gerade neben mir und trank Rotwein.

»Könnte es sein, dass dir jemand gefolgt ist, Linda?«

Linda überlegte kurz. Sie war Profi genug, um zu wissen, dass man einen guten Verfolger nicht so leicht entdeckte. »Mir ist nichts aufgefallen, aber das will nichts heißen. Schließlich habe ich überhaupt nicht damit gerechnet, dass man mich verfolgen könnte. Wie sahen die beiden denn aus, Helga?«

»Wie schon gesagt, er wirkte wie ein Preisboxer, der schon seine besten Jahre hinter sich hat. Ungefähr vierzig Jahre alt, mittelgroß, massig, nicht schlank. War sicher mal muskulös, hat jetzt aber Fett angesetzt. Eine breite Nase, die schon mal gebrochen gewesen ist. Braune Haare, glatt rasiert, keine Brille.«

»Helga, du solltest zur Polizei gehen. Ich habe schon Kollegen kennengelernt, die nach einer Begegnung eine deutlich schlechtere Personenbeschreibung aus dem Gedächtnis geben konnten.«

Helga winkte ab. »Ich habe mir immer mit meinem inzwischen verstorbenen Mann Hans den Spaß gemacht, Gäste auf dem Campingplatz zu beschreiben. Es war wie ein Spiel zwischen uns beiden.«

»Den Preisboxer kann ich mir jetzt schon ganz gut vorstellen, Helga«, sagte ich, »und wie sah die Frau aus?«

»Hübsch. Jünger als der Preisboxer, würde ich sagen, eher in eurem Alter. Lange braune Haare, schlank, Kleidergröße sechsunddreißig oder achtunddreißig. Etwas kleiner als du, Linda, so um die einen Meter siebzig. Ein attraktives Gesicht, vielleicht die Nase etwas zu groß. Wenn ich jetzt darüber nachdenke, hatte ich gleich das Gefühl, dass ich mir diese Frau überhaupt nicht in einem Wohnmobil vorstellen konnte.«

Ich wusste, was Helga damit meinte. Auch wenn es natürlich keine einheitlichen Camper gibt, sind diejenigen, die mit einem Caravan oder Wohnmobil Urlaub machen, doch ein ganz eigener Menschenschlag. Und, wie gesagt, Helga hatte ein gesundes Maß an Menschenkenntnis und natürlich jahrzehntelange Erfahrung im Umgang mit Campern.

»Wir werden die Augen offen halten«, versprach ich, »vielleicht war es ja auch nur falscher Alarm.«

Ein Parkplatz oberhalb des Campingplatzes

Irgendwann am Abend hatten die drei beschlossen, dass Linda Becking den Campingplatz nicht mehr verlassen würde. Sie fuhren die wenigen Kilometer zum Laacher See und buchten drei Einzelzimmer im Seehotel. Das Risiko, dass Linda Becking in der Nacht verschwinden würde, war nicht sehr groß und ein ordentliches Bett in einem Hotel allemal bequemer als die Sitze im BMW.

Sie bezahlten ihre Zimmer schon beim Einchecken und erklärten der Mitarbeiterin an der Rezeption, dass sie sehr früh am Morgen aufbrechen mussten und deswegen auf das Frühstück verzichten würden.

Ihr Boss erwartete Ergebnisse, aber er war auch Realist und ein geduldiger Mensch. Ihm war klar, dass sie alles tun würden, um seinen Auftrag zu erfüllen. Er wollte Ben Becking, Bens Schwester war lediglich eine Möglichkeit, ihn zu finden. Die drei würden abwarten, was der nächste Tag brachte. Die Frau abzugreifen und sie zum Sprechen zu bringen, war nur eine von vielen Optionen. Sie würden auch diese Möglichkeit im Hinterkopf behalten. Bisher hatten sie noch jeden zum Reden gebracht.

Campingplatz Pönterbach

Am nächsten Morgen setzte ich mich nach meinem Frühtraining an die Küchentheke und fahndete im Verzeichnis nach möglichen Campingplätzen und Rufnummern. Einerseits war mir bewusst, dass ich nach einer Nadel im Heuhaufen suchte, schließlich musste Ben mit seinem Wohnmobil nicht unbedingt auf einem offiziellen Campingplatz Station machen. Entlang der Mosel und in der Eifel gab es unzählige Wohnmobilparkplätze – kostenlos oder gegen eine kleine Gebühr, auf jeden Fall anonym und ohne Anmeldeformular. Andererseits hatte Ben Linda von dem Campingplatz in Treis-Karden erzählt. Vermutlich hatte er also zumindest vorgehabt, dort hinzufahren. Zudem war kein Wohnmobil zu hundert Prozent autark, auch Ben musste ab und zu auf einem Campingplatz seinen Abwassertank entleeren und Frischwasser nachfüllen. Dafür gab es auf den meisten Plätzen entsprechende Möglichkeiten. Ich griff zum Telefon – es war jetzt Viertel nach acht – und wählte die erste Nummer.

»Campingplatz Strehle, guten Morgen.«

»Guten Morgen, hier ist Paul David, Campingplatz Pönterbach. Ich bin auf der Suche nach einem Herrn Ben Becking, er ist mit einem Wohnmobil unterwegs.«

»Und wie kann ich Ihnen da helfen?«

»Sie könnten mir sagen, ob Herr Becking möglicherweise bei Ihnen auf dem Platz ist.«

»Ich fürchte, das darf ich schon aus Datenschutzgründen nicht tun.«

»Ich kann das gut verstehen. Allerdings ist seine Schwester hier bei uns auf dem Campingplatz Gast und wartet voller Sorge auf ihren Bruder. Wir haben ihr, sozusagen als Service, angeboten, dass wir uns ein wenig umhören.«

»Sorry, Herr David, aber ich kann Ihnen nicht weiterhelfen. Guten Tag.«

Aufgelegt!

Das fing ja gut an. Ich dachte nach. Was würde ich tun, wenn ich einen solchen Anruf bekäme? Wahrscheinlich würde ich auch keine Auskunft geben, ganz sicher sogar, es sei denn …

Ich wählte die nächste Nummer auf meiner Liste.

»Campingpark Winzerglück, mein Name ist Claudia, wie kann ich Ihnen helfen?«

»Guten Morgen, hier ist Paul David, Campingplatz Pönterbach in Andernach. Ich möchte Sie warnen.«

»Warnen wovor?«

»Wir hatten hier auf unserem Platz einen Hochstapler. Bei uns trat er unter dem Namen Ben Becking auf und fuhr ein altes Wohnmobil, auf der einen Seite mit einem aufgemalten

Sonnenuntergang. Er arbeitet mit gefälschten Kreditkarten, und die Polizei hier in Andernach bat mich, mögliche andere Plätze zu warnen.«

»Das ist aber sehr nett von Ihnen, Herr David.«

Im Hintergrund hörte ich, wie jemand auf einer Tastatur tippte. »Zum Glück haben wir keinen Becking auf unserem Platz. Und soweit ich gesehen habe, auch kein Wohnmobil mit aufgemaltem Sonnenuntergang. Möchten Sie zurückgerufen werden, wenn er hier auftaucht?«

»Sehr gern, das würde mir weiterhelfen.«

Nicht mal gelogen, Paul. Claudia vom Campingpark Winzerglück versprach mir hoch und heilig, sich zu melden, wenn sich der Kreditkartenbetrüger noch bei ihr zeigen würde. Ziel erreicht! Entweder hatte Claudia geringere Skrupel, was den Datenschutz betraf, oder aber ich hatte sie bei der Solidarität zwischen Arbeitskollegen gepackt. Die Geschichte war nicht sehr nett in Bezug auf Bens Ruf, aber mein schlechtes Gewissen hielt sich in Grenzen. Ich beschloss, vorerst bei dieser Story zu bleiben und zu beobachten, wie sie bei den anderen Platzbetreibern ankam. Ich ging zwischendurch immer wieder in den Laden hinüber, um ein paar Gäste zu bedienen.

In der nächsten Stunde arbeitete ich einen Teil meiner Liste ab. Zwischen den Anrufen verkaufte ich Brötchen und kümmerte mich um die Abrechnungen der abreisenden Gäste. Glücklicherweise war heute Morgen nur wenig Betrieb, das würde sich mit dem Einsetzen der Schulferien schlagartig ändern. Bei drei Campingplätzen lief der Anrufbeantworter, drei weitere Platzmanager hatten meinen Onkel Hans noch persönlich gekannt und versicherten mir, die Augen aufzuhalten Die übrigen bestätigten immerhin, dass Ben nicht auf ihrem Platz war. Nachdenklich legte ich das Telefon zur Seite. Es war Zeit, Helga zu verabschieden und nachzusehen, ob Linda schon wach war.

Als ich Helgas Wohnung betrat, schlug mir der Duft von frisch gebratenem Bacon und warmen Brötchen entgegen. Der Bacon war ein sicherer Hinweis darauf, dass Helga auch Rührei machen würde, das tat sie immer. Mir lief das Wasser im Mund zusammen. In Helgas Küche stand aber nicht meine Tante am Herd, sondern Linda.

»Guten Morgen, Paul. Lust auf ein herzhaftes Frühstück?«

»Guten Morgen, ich dachte, du schläfst noch. Dass du hier kochen würdest, damit hatte ich nicht gerechnet.«

»Ich habe tief und fest geschlafen. Helgas Gästezimmer ist wunderbar ruhig. Ich habe sogar draußen mit einem Becher Kaffee auf dem Balkon gesessen und den frühen Morgen genossen. Euer Tal ist um diese Zeit ganz zauberhaft. Der Wald, die Wiesen, die alten Bäume – es muss schön sein, hier zu wohnen.«

»Ja, das ist es. Das ist einer der Gründe, warum ich mir nicht mehr vorstellen könnte, in einer Stadt zu leben. An diese Ruhe und die Landschaft kann man sich gewöhnen.«

»Helga jedenfalls packt gerade ihre Reisetasche, und ich habe versprochen, für uns das Frühstück zuzubereiten. Du kommst gerade richtig, denn ich weiß nicht, wo das Geschirr steht. Sei doch bitte so nett und decke den Tisch für uns.«

Linda wandte sich wieder ihrer Pfanne zu und holte geschickt die Speckstreifen heraus, um sie auf einem Stück Küchenpapier abtropfen zu lassen. Das alles sah sehr routiniert aus. Offen gestanden hätte ich ihr noch länger zuschauen können, wie sie da in der Küche hantierte, aber ich beeilte mich, den Tisch zu decken, denn ich wusste, dass Helga schon bald abgeholt werden würde. Ich war gerade fertig geworden und schenkte Orangensaft ein, als Helga ins Wohnzimmer kam und eine Reisetasche abstellte.

»Guten Morgen, Helga, du hast aber eine große Reisetasche gepackt. Willst du doch länger wegbleiben?«

»Ach was, aber man sollte nicht für möglich halten, was ich für ein paar Tage in dem Wellness-Hotel mitgenommen habe. Schließlich soll es jeden Abend ein mehrgängiges Genussmenü geben, und die Fotos im Internet sahen nicht so aus, als könnte man dort unbeachtet in Jeans und T-Shirt auftauchen. Ich bin auch schon in einen dreiwöchigen Urlaub mit weniger Kleidung gefahren. Zum Glück sind wir ja nicht mit dem Zug unterwegs, und ich muss dieses Monster von Reisetasche nicht lange tragen.«

Linda kam mit zwei großen Tellern in den Händen aus der Küche. »Gut, dass du da bist, Helga. Das Rührei schmeckt nicht, wenn es kalt ist.«

»Ein Gast, der auch noch selber das Frühstück zubereitet und serviert, ist auch nicht selbstverständlich«, sagte Helga und setzte sich.

»Und gleich fängst du an, die Plätze abzutelefonieren?«, fragte Linda.

Ich häufte eine Gabel Rührei auf mein Brot und biss ab. »Mhm, sehr lecker. Ich habe schon eine gute Stunde herumtelefoniert. Überall Fehlanzeige, auch keine Reservierung für die nächsten Tage.«

»Und was machen wir nun?«, fragte Linda mit enttäuschter Miene.

»Ich bin mit der Liste längst nicht fertig. Da gibt es etliche Plätze an der Mosel, die ich noch nicht erreichen konnte. Und wenn wir dort keinen Erfolg haben, müssen wir möglicherweise doch die Polizei einschalten. Wobei ich Zweifel habe, dass das viel nützen wird. Ein erwachsener Mann, der lediglich alleine Urlaub macht, das ist kein ausreichender Anlass für polizeiliche Ermittlungen. Außerdem hat er sich erst vor ein paar Tagen telefonisch gemeldet. Eine Vermisstenmeldung wird wenig Erfolg haben.«

»Dann lass uns beide telefonieren, wir teilen uns deine Liste auf. Ich kann unmöglich tatenlos hier herumsitzen.«

Das konnte ich gut verstehen, zumal Ermittlungen und Recherche zu Lindas Alltag gehörten.

»Okay, nach dem Frühstück geht es los.«

»Zu schade, dass Kalle und Tanja noch drei Tage in Holland sind. Vielleicht hätten die beiden ja auf dem kleinen Dienstweg etwas erreichen können«, überlegte Helga laut. Das große Fragezeichen in Lindas Gesicht war nicht zu übersehen.

»Kalle und Tanja sind das künftige Brautpaar. Sie waren es, die am Samstag ihre Verlobung gefeiert haben. Beide arbeiten bei der Polizei in Andernach.«

»Jetzt verstehe ich«, erwiderte Linda, »aber ich würde wirklich ungern schon jetzt die örtliche Polizei einschalten, egal, ob das Freunde von dir sind oder nicht.«

»Wie Helga schon sagte, ich erwarte Kalle und Tanja erst Mitte der Woche zurück.«

Helga trank ihren Kaffee aus. »Ich räume das Frühstücksgeschirr gleich alleine weg. Fangt ihr beide mit dem Telefonieren an.«

»Gut, ich geh nur noch rasch ins Bad«, sagte Linda und stand auf. Sobald sie im Badezimmer verschwunden war, beugte sich Helga zu mir herüber und flüsterte: »Eine tolle Frau. Du hast schon gemerkt, dass sie dich attraktiv findet?«

»Ich mag sie auch. Aber wir kennen uns im Grunde erst ein paar Stunden. Was soll ich sagen?«

»Sie ist Militärpolizistin, Amerikanerin mit deutschen Wurzeln – ihr beide habt vieles gemeinsam. Sie ist hübsch, klug und sie hat sich nicht über die Einsamkeit hier im Pöntertal beschwert. Ja, grins du nur. Linda gehört jedenfalls eindeutig zu den Menschen, die die Stille hier zu schätzen wissen. Was ich damit sagen will, ist«, Helga zwinkerte mir zu, »versau es nicht, Paul.«

Na, herzlichen Dank aber auch. Das war ja ein Rat wie in Stein gemeißelt. Aber ich wusste, dass Helga es nur gut meinte. Deshalb antwortete ich: »Ich werde mir Mühe geben.«

An der Mosel in der Nähe von Traben-Trarbach

Eine laute Fanfare ließ Ben hochschrecken. Fuck, warum hatte er sich nur einen Wecker gestellt. Stöhnend tastete er nach seinem Smartphone, um den Weckton abzuwürgen. Das grelle Sonnenlicht, das durch den Spalt zwischen den Vorhängen drang, sorgte für schmerzhafte Lichtblitze in seinen Augen. Er sank zurück auf sein Kissen. In seinem Kopf dröhnte ein Bacardi-Cola-Kater, der sich gewaschen hatte. Der pelzige Geschmack auf seiner Zunge sprach Bände. Verschwommen erinnerte er sich an mehrere dicke kubanische Zigarren – dabei rauchte er sonst gar nicht. Okay, normalerweise soff er auch nicht so viel, vor allem nicht Süßes gemixt mit Hochprozentigem.

Nur langsam setzten sich die Erinnerungsbilder an die letzte Nacht in seinem Kopf zusammen. Es war, als würde sein Gedächtnis puzzeln, aber es gab zu viele Teile für ein großes vollständiges Ganzes. Ein paar Details würden wahrscheinlich für immer verschollen bleiben, ausgelöscht von einem der vielen Longdrinks. Was da war, musste reichen. Ben setzte sich auf, stieß sich an einem tief hängenden Regal den Kopf und fluchte laut. Dreckswagen, verdammter!

Er versuchte, das Ganze positiv zu sehen, seit gestern Abend hatte er alles, was er brauchte. Und an die lautstarke Party, die er mit den französischen Studenten und den zwei Italienern gefeiert hatte, würde sich hier auf dem Campingplatz jeder erinnern. Der Gedanke ließ Ben grinsen. Ziel erreicht! Es wurde Zeit, dass er hier wegkam.

Campingplatz Pönterbach

»Ich bin jetzt mit meinen Anrufen durch, aber von Ben fehlt jede Spur.«

Linda kam aus meiner Wohnung in den Laden. Sie hatte mit dem schnurlosen Telefon an der Küchentheke telefoniert, während ich den anderen Apparat vorne im Laden benutzt hatte. Wie abgesprochen hatten wir uns die Anrufe aufgeteilt, wobei mich ein Anflug von schlechtem Gewissen gequält hatte, als ich Linda gestehen musste, mit welcher Story ich vor dem Frühstück die Campingplätze angerufen hatte. Doch sie lachte nur.

»Ein paar kleinere Betrügereien mit einer Kreditkarte, glaub mir, Paul, auch das traue ich meinem Bruder zu. Mach dir um seinen Ruf nur keine Sorgen, ich werde deine Geschichte ebenfalls verwenden.«

Und das hatte sie dann getan, leider genau wie ich ohne Erfolg. Aber warum sollte es Linda besser ergehen als mir?

»Was machen wir jetzt?«, fragte sie.

»Das Problem ist, dass es zu viele Möglichkeiten gibt, mit einem Wohnmobil zu übernachten. Du kannst dich schließlich fast überall hinstellen. Vielleicht sollten wir wirklich eine Polizeidienststelle an der Mosel kontaktieren, die könnten nach dem Wohnmobil Ausschau halten, wobei wir leider das Kennzeichen nicht kennen. Eine andere Möglichkeit wäre ein Reiseruf, ich könnte beim Radio anrufen.«

»Okay, das wäre tatsächlich eine Idee. Aber lass uns doch lieber noch ein paar Plätze anrufen. Könnte ich vorher wohl einen Kaffee bekommen? Helga hatte heute früh diese tolle Kaffeeröstung. Ich habe schon lange nicht mehr so guten Kaffee getrunken.«

»Guter Kaffee ist Helgas Steckenpferd. Wir kaufen die Bohnen bei einer Kaffeerösterei in Daun. Wenn du möchtest, starte ich meine Espressomaschine. Sag einfach, was du trinken möchtest.«

»Für eine große Tasse Milchkaffee würde ich jetzt morden.«

»So weit müssen wir es ja nicht kommen lassen, Special Agent Becking.« Lachend machte ich mich an die Arbeit.

»Vermisst du die Arbeit beim Militär?«

Linda und ich saßen mit unseren Kaffeetassen auf der Bank vor dem Laden. Genossen die Sonne und den lauen Wind, der vom Pöntertal heraufwehte.

Ich ließ mir einen Augenblick Zeit, bevor ich antwortete.

»Ich bin auf Militärstützpunkten groß geworden. Für mich war die US Army mein Zuhause. Ich habe schon als Teenager mit einem Army-Ausbilder trainiert. Mein Vater hat dann irgendwann ohne Vorankündigung meine Mutter und mich verlassen. Danach erinnerte mich alles auf dem Stützpunkt nur an seinen Verrat, und ich war froh, als meine Mutter mit mir wegzog.«

»Und trotzdem bist du Militärpolizist geworden?«

»Das Leben auf den Stützpunkten war auch ein sicheres Leben, voller Rituale und fester Regeln. Ich habe gemerkt, dass mir diese festen Regeln fehlten. Die Bundeswehr bot gute Möglichkeiten für ein Studium. Irgendwie kam mir das alles richtig vor.« Linda nickte nachdenklich. »Ich glaube, ich verstehe, was du meinst. Aber warum hast du dann aufgehört? Musstest du aufhören, wegen ...«, sie zögerte kurz, »wegen deines Arms?«

Ich hob die Prothese und bewegte die einzelnen Finger der bionischen Hand.

»Deswegen? Nein, man hätte mich trotzdem behalten. Ich habe diesen Unterarm in Afghanistan verloren. Es gab eine Explosion und herumfliegende Trümmerteile. Mein Arm wurde von einem dieser Teile getroffen. Aber ich konnte drei Menschenleben und mein eigenes retten. Vier Leben gegen einen Unterarm – kein schlechter Tausch.«

Linda schaute mich von der Seite an, trank aus ihrer Tasse. Dann nickte sie, als hätte sie gerade eine Antwort auf eine Frage gefunden.

»Also wolltest du keine mitleidigen Blicke, keinen ruhigen Schreibtischjob, keine falsche Rücksichtnahme.«

Sie hatte den Nagel auf den Kopf getroffen. War ich so durchschaubar?

Ich lächelte schief. »Was ist falsch daran?«

»Nichts! Auch wenn ich gestehen muss, dass ich einen Großteil meiner CID-Arbeitszeit am Schreibtisch verbringe. So schlimm ist das gar nicht, wobei ich natürlich nicht weiß, wie es bei deinen Einsätzen zuging.«

»Vielleicht kommt der Tag, an dem ich dir auch das erzählen werde.«

»Ja, vielleicht werden wir einen solchen Tag erleben.« Linda machte eine kurze Pause. »Jedenfalls bin ich froh, dass ich dich kennengelernt habe, Paul David.«

Sie nahm ihre Kaffeetasse und stand auf. »Trink du in Ruhe aus, ich werde schon mal zwei, drei Anrufe machen.«

Ich schaute ihr hinterher. »Ich bin auch froh, dich kennengelernt zu haben, Linda Becking«, murmelte ich.

Das Wohnmobil hatte die Größe eines Reisebusses. Eines sehr, sehr großen Reisebusses. So ein Monstrum auf Rädern kannte ich bislang nur aus Prospekten. Den Fahrer hinter dem riesigen Lenkrad dagegen kannte ich sehr gut. Grinsend drückte der auf die Mitte des Lenkrads und hob dann beide hochgestreckten Daumen, während das Gitarrenriff von »Smoke On The Water« die Rebhühner im Tal zu Tode erschreckte und meine Ohren klingeln ließ. Das war ja mal eine ungewöhnliche Hupe.

»Wat sachste jezz, Paul, altes Haus? Is dat 'ne geile Karre, oder nich? Zwölf Meter lang, sechsundzwanzig Tonnen und 'n Turbo mit vierhundertzweiundzwanzig Pferdchen unter der Haube. Hömma, allein für die Hupe hab ich ordentlich latzen müssen.«

Klaus Koslowski war aus der Fahrerkabine des Monster-Wohnmobils gesprungen.

Stilsicher gekleidet mit einem großblumig gemusterten Hawaiihemd, Bermudashorts, weißen Tennissocken und Trekkingsandalen kam Klaus stolz strahlend auf mich zu. Ich hatte gerade noch genug Zeit, die Kaffeetasse abzustellen, bevor er mir herzlich auf die Schulter schlug.

»Wat is dat schön, widda hier zu sein. Nee, ich freu mich wie Bolle. Na, Kollege, alles fit im Schritt? Wie geht et Helga? Ich hab schon der Rosa gesacht, Rosa, inne Pöntatal ankommen is wie zu Hause ankommen, nur so 'n Tick idyllischa. Ist eben doch nich Herne, wenne verstehst, wat ich meine.«

»Schön, dass ihr da seid, Klaus. Und ja, ich verstehe, was du meinst. Wir haben für euch euren Stammplatz reserviert. Was vielleicht ganz gut ist, da musst du nur geradeaus fahren.«

Ich deutete mit einer Kopfbewegung auf das riesige Fahrzeug.

»An die Fahrzeugmaße muss man sich bestimmt erst gewöhnen.«

»Da sachste wat. Ich hab unten anner Mosel Blut und Wasser geschwitzt. Wir war'n da innem Kaff, du, da is 'n Smart schon überdimensioniert. Hätteste mal die Rosa hör'n sollen.«

»Wat hasse wieder zu meckern, Klausi?«

Rosalinde Koslowski hatte es endlich auch geschafft, die Fahrerkabine zu verlassen. In einem fliederfarbenen Jogginganzug stöckelte sie auf mich zu. Beste Mikrofaser in XXXL, rote Lackpumps mit waffenscheinpflichtigen Absätzen an den Füßen. Beim Näherkommen erkannte ich eine Einhorn-Applikation aus Strasssteinen quer über dem walkürenhaften Busen. Mir blieb die Luft weg, als Rosa mich herzlich umarmte. Sie konnte mit ihren Umarmungen einem Grizzly die Rippen brechen, so viel stand fest.

Glücklicherweise gab sie mich frei, bevor ich mir Sorgen um meinen Brustkorb machen musste.

»Hör bloß nich auf den alten Knurrkopp. Wat hat der geflucht über die engen Gassen. Dabei hab ich ja gleich gesacht, unser altes Womo is doch noch in Schuss. Abba nee, kennst dat ja, seit der Günni am Borussia-Stammtisch unser altes Modell gekauft hat, musstet wat Neues sein. Egal, ob dat jezz scheiße schwierig is, wenne damit unterwegs bis.«

Wie die beiden so vor mir standen, fliederfarben mit glitzerndem Einhorn plus Hawaiihemd, begannen meine Netzhäute sich hektisch zusammenzuziehen. Ich riss meinen Blick von der Farbenexplosion los.

»Ihr habt es geschafft, das ist die Hauptsache. Helga ist übrigens ein paar Tage mit Freundinnen unterwegs, aber ihr wollt ja auf jeden Fall bis zur nächsten Woche bleiben, dann seht ihr euch noch. Ich habe den Stromkasten auf dem Stellplatz gestern überprüft, wobei ich nicht weiß, ob die Sicherungen für den Strombedarf eures Riesen ausreichen.«

»Mach dir da keinen Kopp. Ich sach nur, Brennstoffzellen an Bord. Voll autark, dat Schiff.«

»Na dann muss ich mir ja keine Sorgen machen.« Plötzlich kam mir ein Gedanke. »Sagt mal, ihr beiden, ihr habt doch gerade gesagt, dass ihr von der Mosel kommt.«

»Direkte Route. Heute früh noch Blick auffe Mosel, wie sie dahinfließen tut, und dann ab nach hier, Richtung Osteifel«, sagte Klaus. »Und ich bin heilfroh, dat wir da sind. Hömma, du glaubst dat nich. Da war'n so 'n paar Studenten, die haben da Party gemacht, aber frag nich nach Sonnenschein. Volle Lotte die

Mucke am Laufen, wenn wir nich so 'ne Eins-a-Schalldämmung gehabt hätten, dann hätte ich denen abba mal 'nen Wörtchen gesacht. Vor allem dat französische Gegröle vonne Schneckenlutscher, Junge, Junge. Und dat Wohnmobil von der anderen Pfeife sah aus! So 'ne Uralt-Möhre mit 'nem hässlichen Sonnenuntergang auffe Seite. Der Fahrer sah ja noch ganz manierlich aus. So'n Jüngling. Marke ewiger Student.«

Mir fiel die Kinnlade herunter. Einen halben Vormittag hatten wir uns die Finger wund gewählt auf der Suche nach einer »Uralt-Möhre mit aufgemaltem Sonnenuntergang«. »Party wird es hier keine geben, Klaus. Nur ein paar kalte Bierchen heute Abend. Die hast du dir nämlich gerade verdient. Ich erklär dir das alles später, verrate mir doch nur, von wo ihr heute Morgen losgefahren seid?«

»Dat mit den Bierchen is 'n Wort. Dat Vulkan-Dingens, da freu ich mich schon seit Tagen drauf. Wo wir war'n? Anner Mosel, hab ich ja gesacht. In Traben-Trarbach, Campingpark Rössel.«

Ich lächelte zufrieden. »Entschuldigt mich bitte, ihr kennt ja den Weg. Ich muss gerade einen Anruf erledigen. Ach, und dann hätte ich noch eine Bitte: Könntet ihr um drei im Laden aufpassen? Ich bringe euch den Schlüssel gleich vorbei.«

»Geht klar, Paul. Die Rosa hat da 'nen Händchen für, sach ich dir.«

Ich ging zurück zu Linda und erzählte ihr die unfassbaren Neuigkeiten.

»Wie vertrauenswürdig ist die Auskunft von deinen Bekannten?«

»Klaus und Rosa haben zwar einen grauenvollen Modegeschmack, aber ich würde ihnen mein Leben anvertrauen. Im letzten Jahr haben sie mir sehr geholfen, und sie dürfen seitdem bei uns Urlaub machen, wann immer sie wollen. Du solltest Rosa nur nicht auf Heftromane ansprechen, es sei denn, du möchtest dir einen längeren Vortrag über ›Forsthaus Falkenlust‹ oder ›Verbotene Liebe im Alpenglühen‹ anhören.«

»Das werde ich mir merken. Sonst noch was?«

»Ja, Klaus kann wirklich ausführlich über das Thema Fliesen reden. Er hat Fliesen-Koslowski, ›sechsmal im Ruhrgebiet, dreimal in Herne‹, ganz alleine aufgebaut. Dieses Fliesen-Imperium ist sein ganzer Stolz.«

»Gut, keine Heftromane, keine Fliesen – das kriege ich hin«, lachte Linda, bevor sie wieder ernst wurde. »Wollen wir jetzt bei dem Platz anrufen?«

Ich hatte, während wir uns unterhalten hatten, schon das Verzeichnis aufgeschlagen und die Nummer herausgesucht. Ich nahm das Telefon von der Theke und wählte.

»Campingpark Rössel, der Winfried am Apparat.«

»Paul hier, vom Campingplatz Pönterbach.«

»Pönterbach, ja Mensch, das ist doch der Platz von der Helga.«

»Ich bin Helgas Neffe. Ich habe eine kurze Frage. Ich muss einen Gast von Ihnen erreichen, Winfried. Er heißt Ben Becking. Seine Schwester ist hier bei mir.«

»Mhm, Becking – ja klar, die Partyfreaks. Tut mir leid, aber der junge Mann ist schon abgereist, Paul.«

Mist, dachte ich. »Hat er zufällig erwähnt, welchen Ort er als Nächstes ansteuern will?«

»Ja, hat er tatsächlich. Er hat nach dem Platz Moselblick in Bernkastel-Kues gefragt. Ob er dort aber auch wirklich hinwill, keine Ahnung. Ich bin froh, dass er gefahren ist. Er hat sogar noch einen von den Italienern mitgenommen, der in die Richtung wollte. Die anderen sind auch abgereist, endlich ist wieder Ruhe bei uns.«

»Winfried, ich danke Ihnen, das hilft mir weiter.«

»Schön, dass ich helfen konnte, und herzliche Grüße an Helga.«

Linda platzte fast vor Neugierde. »Ist Ben auf dem Platz?«

»Nein, aber wir haben gute Chancen, ihn in Bernkastel-Kues zu erwischen.«

»Ist das weit?«

Ich überschlug kurz die Strecke im Kopf. »Wahrscheinlich eineinviertel Stunde. Wollen wir zusammen hinfahren?«

»Unbedingt. Ich hoffe nur, dass Ben auch wirklich dorthin unterwegs ist.«

»Es ist auf jeden Fall die beste Spur, die wir haben.«

Irgendwo auf der A 48

Heller fuhr. Sie war eine gute Fahrerin, und sie hatte viel Erfahrung mit Observationen. Schmitt schätzte diese Fähigkeiten an ihr. Und das waren nicht die einzigen Pluspunkte, die sie in ihre Partnerschaft einbrachte. Seit fünf Jahren arbeitete er nun im Team mit ihr, und er hatte es bislang nicht bereut. Er warf ihr einen kurzen Seitenblick zu. Komisch, ihm war nie das Bedürfnis gekommen, was mit ihr anzufangen. Sie war hübsch, keine Frage, aber gleich vom ersten Tag an hatte er instinktiv geahnt, dass ihre Zusammenarbeit vorbei sein würde, wenn er mit ihr schlief. Und jetzt, nach fünf erfolgreichen Jahren, war ihm das Team wichtiger als der Sex. Dafür hatte er schließlich andere Möglichkeiten.

»Kannst du dir vorstellen, wo die hinfahren?«

Hellers Frage riss ihn aus seinen Gedanken. Der Pick-up mit dem Campingplatz-Logo war am Laacher See vorbei in Richtung Mayen und dann auf die A 48 gefahren. David am Steuer, Becking auf dem Beifahrersitz. Das war ärgerlich, weil sie sein Auto natürlich nicht verwanzt hatten. Ihnen blieb also nichts anderes übrig, als es auf die klassische Tour zu tun: genügend Abstand halten und gleichzeitig den Anschluss nicht verlieren. Jetzt, wo sie auf der Autobahn waren, hatte Heller es leichter. Sie konnte ein paar Autos zwischen sich und dem Zielobjekt lassen. Auf der Landstraße war so etwas deutlich schwieriger.

»Becking war von der Mosel aus zu diesem Campingplatz Pönterbach gefahren. Wohin sie als Nächstes will? Über die A 48 kommst du entweder nach Luxemburg oder in die Eifel. Und wenn du vorher von der Autobahn abfährst, wieder an die

Mosel. Ich vermute, dass sie Ben suchen. Kann auch sein, dass er sich gemeldet hat und sie fahren zu einem Treffpunkt. Bleib halt dran, Heller.«

Noch so eine Besonderheit: Sie beide redeten sich immer mit dem Nachnamen an, das hatte sich einfach so ergeben.

»Keine Sorge, hier auf der Autobahn ist das nicht schwer. Was mir Sorgen macht, ist der BMW hinter uns.« Heller warf einen Blick in den Rückspiegel. »Ja, dunkler BMW und ziemlich untalentiert.«

»Soll das heißen, dass wir verfolgt werden?«, fragte Schmitt ungläubig.

»Ich vermute, dass unsere Freunde vor uns noch jemanden am Hintern kleben haben.« Heller grinste. »Damit kann man ja arbeiten.«

Schmitt wusste, was sie meinte. Es war, als würde man die Verfolgung mit einem Zweierteam durchziehen. Heller verringerte das Tempo und überließ dem BMW den Vortritt. Damit minimierte sie das Risiko, dass sie vom Zielobjekt entdeckt würde.

Sie kennt sich eben mit Observationen aus, dachte Schmitt zufrieden.

***

»Heilige Scheiße!«, entfuhr es mir.

»Was denn?«

»Ich kann mich täuschen, aber ich würde wetten, dass wir von einem Zweierteam beschattet werden. Da war erst ein Van, der uns bis auf die Autobahn gefolgt ist, und jetzt hat ein schwarzer BMW seinen Platz eingenommen.«

»Und was machen wir jetzt?« Linda war erfahren genug, sich nicht hektisch nach hinten umzudrehen und damit den Verfolgern zu signalisieren, dass man sie entdeckt hatte.

»Ich kann versuchen, sie abzuhängen, aber was mich viel mehr interessiert, ist die Frage, warum sich jemand an uns drangehängt hat.« Ich warf Linda einen prüfenden Blick zu und erhaschte ein Zucken in ihrem Gesicht.

»Okay, Linda, wäre es jetzt nicht an der Zeit, mir die ganze Wahrheit zu sagen?«

»Die ganze Wahrheit? Ich habe dir die Wahrheit gesagt. Glaubst du mir etwa nicht? Mein Bruder ist verschwunden, und unserem Vater geht es schlecht. Ende der Geschichte.«

»Versteh mich nicht falsch, das glaube ich dir ja. Aber als wir gestern zusammen in Koblenz bei dem Italiener saßen, hatte ich das Gefühl, dass die Sorge um deinen Bruder und um deinen Vater nicht alles war. Gestern war mir das nicht so wichtig, jeder hat seine kleinen Geheimnisse, und wir kannten uns noch nicht wirklich gut.« Ich lächelte, ohne den Blick von der Fahrbahn zu nehmen. »Jetzt habe ich dich schon ein bisschen näher kennengelernt. Und da kleben zwei Autos an der Stoßstange meines Pick-ups. Ich denke, ich habe ein Anrecht darauf, dein kleines Geheimnis zu erfahren. Ganz abgesehen davon, dass es vermutlich meinen Ermittlungen hilft, wenn ich nicht nur die halbe Wahrheit kenne.«

Aus dem Augenwinkel sah ich, wie Linda trocken schluckte. Ich bohrte nicht weiter nach. Diese Entscheidung musste sie ganz allein treffen. Aber wenn es etwas war, das gleich zwei Verfolger auf den Plan rief, wollte ich wissen, worauf ich mich eingelassen hatte.

»Es ist so«, begann Linda stockend. »Jemand hat letzte Woche Mittwoch meine Wohnung verwüstet. Alles wurde komplett auf den Kopf gestellt, sogar die Kissen sind zerschnitten worden. Aber es war kein Einbruch, nichts wurde gestohlen, ich habe genau nachgesehen. Und an der Wand hatte man eine Botschaft hinterlassen: ›Grüßen Sie Ben‹ stand da. Ich weiß nicht, mit wem sich mein Bruder eingelassen hat, offenbar mit jemandem, der bereit ist, einzubrechen und eine Wohnung zu demolieren. Das macht mir Angst.«

Das würde mir auch Angst machen, dachte ich. »Danke, dass du es mir erzählt hast, Linda. Aber es wäre mir noch lieber gewesen, du hättest diesen Teil nicht für dich behalten. So erscheint jetzt auch das mysteriöse Pärchen auf unserem Campingplatz in einem anderen Licht. Vielleicht hat man in deiner Wohnung nach einem Hinweis darauf gesucht, wo Ben steckt. Und weil man nicht fündig geworden ist, bleibt man dir jetzt auf den Fersen. Die spannende Frage ist nun, um wen es sich bei deinen Verfolgern eigentlich handelt. Mal sehen, ob wir das nicht herausbekommen können.«

In fünf Kilometern würden wir einem Hinweisschild nach zu einem größeren Rasthof kommen. Ich deutete auf das Schild. »Zeit für eine kleine Pause, findest du nicht auch?«

»Was hast du vor?«

»Kannst du mit einer Kamera umgehen?«

»Natürlich, und die modernen Digitalkameras machen doch sowieso alles von alleine.«

Auch wieder richtig. Ich deutete nach hinten auf die Rückbank. »In dem Alukoffer liegt meine Kamera mit einem guten Teleobjektiv. Schau mal bitte rechts neben dir in das Seitenfach deiner Tür. Da müsste noch eine Stofftasche liegen, so ein Einkaufsbeutel. Hast du ihn? Nimm die Kamera und pack sie in die Stofftasche.«

Und dann erklärte ich ihr meinen kleinen Plan.

✳✳✳

»Was macht er jetzt?« Vladimir schaute Viktor, der neben ihm auf dem Beifahrersitz saß, fragend an. Der zuckte nur mit den Schultern. »Was schon? Er fährt auf einen Rastplatz. Hat schließlich eine Frau im Auto, wahrscheinlich muss die mal. Halt einfach Abstand.«

Jegor, der auf der Rückbank saß und lustlos in einer alten Zeitschrift geblättert hatte, rutschte etwas nach vorne, um zwischen den beiden Vordersitzen hindurchzusehen. »Ich könnte auch eine Pause gebrauchen.«

Vladimir schüttelte den Kopf. »Nix da. Am Ende fallen wir noch auf. Du hättest eben nicht so viel Kaffee trinken sollen, selber schuld.«

Jegor verzog beleidigt das Gesicht und lehnte sich zurück. Vladimir grinste. Jegor würde nicht lange eingeschnappt sein.

Der war Profi genug, um zu wissen, dass sein Partner recht hatte.

Der Pick-up blinkte und fuhr ab. Vor dem Rasthof bremste der Wagen. Vladimir nutzte eine freie Lücke auf dem Seitenstreifen, um anzuhalten. Das war ein guter Platz, so konnte er, wenn nötig, direkt wieder losfahren. Linda Becking stieg aus dem Pick-up und ging zügig zum Rasthof.

»Fuck, was macht der denn?« Viktor deutete nach draußen. Linda Becking war eben erst durch die Glastür gegangen, da fuhr der rote Pick-up plötzlich wieder an.

»Und jetzt? Was soll ich tun?«, fragte Vladimir hektisch.

»Wieso fährt der Kerl weg?«

Viktor drehte sich um. »Jegor, raus mit dir. Bleib an der Frau dran und lass dein Handy eingeschaltet.«

Jegor sprang aus dem Auto und lief los. Vladimir gab Gas und folgte dem Pick-up. Als sie am Rasthof vorbeifuhren, schauten er und Viktor kurz zur Eingangstür, aber die Frau war schon verschwunden. Der Pick-up vor ihnen bremste und bog mit quietschenden Reifen in einen schmalen Wirtschaftsweg ab.

Vladimir stieß einen russischen Fluch aus. Wenn er keine direkte Konfrontation mit dem Fahrer riskieren wollte, blieb ihm nichts anderes übrig, als weiter geradeaus und auf die Autobahn zu fahren.

»Ruf Jegor an, Viktor. Ich fahre an der nächsten Ausfahrt raus, dann kommen wir zurück und holen ihn ab.« Wütend schlug Vladimir mit der flachen Hand auf das Lenkrad. Er hasste es, wenn etwas schiefging, und vor allem konnte er es nicht leiden, wenn man ihn austrickste.

***

Dieser David war nicht dumm. Er hatte offenbar den BMW bemerkt. Schmitt grunzte anerkennend. Heller war so klug gewesen, mehr Abstand zu halten. Der BMW dagegen hatte nur zwei Möglichkeiten, er konnte das Versteckspielen aufgeben und in den schmalen Wirtschaftsweg einbiegen, oder er fuhr auf die Autobahn. Der BMW entschied sich für die zweite Variante. Schmitt sah, wie der Pick-up bremste und rückwärts zurück auf den Parkplatz fuhr. Becking kam aus dem Rasthof gerannt und sprang in den Wagen. David fuhr wieder los. Der BMW war sicher längst zur nächsten Ausfahrt unterwegs. Aber den Zeitverlust würde er nicht mehr einholen können. Mit seinem kleinen Trick hatte David diesen Verfolger aus dem Spiel genommen.

»Nicht schlecht. Offenbar kennt er sich hier aus«, lobte Heller. »Die Idee mit dem Wirtschaftsweg war gut.«

»Halt Abstand. Ich will nicht, dass er uns auch noch bemerkt.«

»Und wenn ich ihn verliere?«

»Wir wissen ja, wo er wohnt. Außerdem sollten wir in die Offensive gehen. Ich denke, es ist an der Zeit, mal mit ihm zu reden und unseren Freund ein wenig einzuschüchtern. Wenn er Militärpolizist war, dann hat er bestimmt Respekt vor den Behörden.«

Heller lächelte zufrieden. »Ein Besuch vom LKA?«

»Ganz genau.«

***

Neben mir klickte sich Linda durch die Fotos, die sie gemacht hatte.

»Irgendetwas Verwertbares dabei?«, fragte ich.

Linda nickte gelassen. »Ich hätte ja zu gerne die Gesichter der Kerle gesehen, als du in den Wirtschaftsweg abgebogen bist. Das hat ihnen bestimmt gar nicht gefallen. Aber wenn ich darüber nachdenke, bist du ein ganz schönes Risiko eingegangen. Was wäre gewesen, wenn die Insassen des BMW hinter dir hergefahren wären?« Sie schwieg einen Moment und konzentrierte sich auf die Fotos. »Hier habe ich zwei gute Aufnahmen von Fahrer und Beifahrer. Sehen nicht gerade wie harmlose Versicherungsvertreter aus.«

Ich verzichtete darauf, Linda zu erklären, dass ich in der Vergangenheit mit ganz anderen Kerlen fertiggeworden war.

»Man kann also die Gesichter erkennen?«

»Klar und deutlich. Ich hab zuerst ein paar Aufnahmen von dem BMW machen können, und als der dann vorbeifuhr, haben die beiden Männer im Auto mir den Gefallen getan, zu mir herüberzuschauen. Ich stand seitlich von der Glastür, vermutlich haben sie mich gar nicht gesehen. Leider konnte ich danach keine weiteren Fotos mehr machen, weil ein Kerl in den Rasthof gestürzt kam. Zum Glück lief er direkt weiter zu den Waschräumen. Ich bin dann so schnell wie möglich wieder rausgekommen.«

»Wir haben also das Nummernschild des Wagens und zwei Gesichter, dafür hat es sich gelohnt. Abgesehen davon ist jetzt nur noch der Van hinter uns her. Ich fürchte allerdings, wir werden unseren kleinen Trick nicht ein zweites Mal anwenden können.«

»Was machen wir mit den Fotos?«

»Im Moment gar nichts.« Ich lächelte zufrieden. »Die heben wir uns für später auf.«

Campingplatz Moselblick – Bernkastel-Kues

Ich folgte den Hinweisschildern zum Campingplatz Moselblick. Der Platz schien mir recht neu zu sein. Alles wirkte frisch und sauber, und die Holzbänke sahen aus, als hätte man sie eben erst gestrichen und aufgestellt. Im hinteren Teil gab es ein paar Baumgruppen, aber die meisten Parzellen waren durch Buschreihen voneinander abgetrennt, wobei die Büsche noch recht jung und entsprechend niedrig waren.

Ich parkte auf dem Besucherparkplatz. Linda und ich gingen zusammen zu dem niedrigen Rezeptionsgebäude, ein recht großes Blockhaus auf zwei Meter hohen Stelzen. Erst jetzt fiel mir auf, dass auch die Stromkästen nicht direkt auf dem Boden standen, sondern in luftiger Höhe angebracht waren. Da musste man ja eine Leiter haben, um seinen Wohnwagen mit Strom zu versorgen. Aber sinnvoll war das schon. Hier, direkt am Moselufer, musste man sicher regelmäßig mit Hochwasser rechnen.

Hinter der Theke im Rezeptionsgebäude saß ein Mann, eine schmale Lesebrille auf der Nase, und bediente seinen Computer mit dem klassischen Zwei-Finger-System. Als wir eintraten, hörte er auf zu tippen, nahm die Lesebrille ab und stand auf.

»Guten Tag, wie kann ich Ihnen helfen?«

»Guten Tag, mein Name ist Paul David, und das ist Special Agent Linda Becking.«

Linda hatte ihren Dienstausweis dabei, und wir hatten uns darauf verständigt, dass es eine gute Idee sein könnte, dem Ganzen einen offiziellen Anstrich zu geben. Sie griff in ihre rückwärtige Hosentasche und zog ein schmales Lederetui heraus, das sie aufklappte.

»CID. Ich bin von –«

»– der Kriminalpolizei der amerikanischen Streitkräfte«, ergänzte der Mann hinter der Theke und lächelte dabei zufrieden. »Kenn ich aus dem Fernsehen. Was führt Sie beide zu uns auf den Campingplatz Moselblick? Der nächste amerikanische Stützpunkt ist schließlich nicht gerade um die Ecke.«

»Ich bin auf der Suche nach meinem Bruder Benjamin Becking. Ich darf Ihnen leider nicht mehr sagen, Dienstgeheimnis, Sie verstehen? Er wollte auf Ihrem Platz ein paar Tage verbringen.«

»Tut mir leid. Ich muss Sie enttäuschen, einen Gast mit Namen Becking haben wir nicht.«

»Vielleicht hat er sich unter einem anderen Namen bei Ihnen angemeldet«, sagte ich. »Er hat ein altes Wohnmobil, auf der einen Seite ist ein Sonnenuntergang aufgemalt.«

Der Mann hinter der Theke schüttelte bedauernd den Kopf. »Auch so ein Wohnmobil habe ich nicht gesehen. Sie können sich natürlich gerne auf dem Platz umschauen, aber ich bin der Einzige, der hier die Gäste empfängt. So ein ausgefallenes Wohnmobil wäre mir in Erinnerung geblieben.«

Linda schaute mich ratlos an. »Was tun wir jetzt, Paul?«

Auf der Theke lag ein Kugelschreiber. »Haben Sie ein Blatt Papier für mich?«

Der Mann riss einen Notizzettel von einem Block und legte ihn neben den Kugelschreiber. »Natürlich, bitte schön.«

Ich schrieb meine Mobil- und die Festnetznummer auf den Zettel. »Hier sind meine Telefonnummern. Wenn Ben Becking bei Ihnen auftaucht, dann behandeln Sie ihn wie jeden anderen Gast, danach rufen Sie mich bitte an, und zwar so schnell wie möglich.«

Mochte sein, dass der Mann hinter der Theke uns merkwürdig fand, aber er ließ es sich nicht anmerken. Im Gegenteil – er nahm den Notizzettel und hängte ihn sehr gewissenhaft mit einem Magneten an die Pinnwand hinter sich.

»Versprochen.«

Als wir wieder am Wagen standen, sah ich die Enttäuschung in Lindas Gesicht.

»Ich hatte wirklich gehofft, Ben hier zu treffen«, sagte sie.

»Ich schlage vor, dass wir in die Stadt fahren, etwas essen und trinken, um später noch einmal vorbeizukommen. Vielleicht ist Ben dann ja hier eingetroffen.«

Bernkastel-Kues

Ich war schon früher einmal in Bernkastel-Kues gewesen, doch das lag ein paar Jahre zurück. Viel hatte sich seitdem nicht verändert, fand ich. Obwohl wir noch keine Schulferien hatten, wimmelte es in dem Städtchen von Touristen. Unten am Moselufer standen ein Dutzend Reisebusse. Hauptattraktion war ohne Zweifel der mittelalterliche Marktplatz mit seinen alten Fachwerkhäusern.

»Die sind aber hübsch und bestimmt uralt«, sagte Linda und legte den Kopf in den Nacken, um die alten Hausfassaden mit ihren rotbraunen Balken anzusehen.

Uralt? Ich wusste, dass ein Großteil der Häuser aus dem 17. Jahrhundert stammte. Aber verglichen mit anderen Orten in der Gegend war das noch gar nichts. In Andernach gab es Kirchen, Türme, Reste einer Burg und eine Stadtmauer, die allesamt um einige hundert Jahre älter waren als diese Giebelfassaden. Andererseits waren die Häuser hier errichtet worden, als die Pilgerväter der »Mayflower« soeben wieder festen Boden unter den Füßen gehabt hatten. Für jemanden mit amerikanischen Wurzeln war das in der Tat uralt. Alles eine Frage der Perspektive.

Wir fanden in einem Restaurant einen Außentisch und bestellten Mineralwasser und Flammkuchen. Das Wasser war gut gekühlt, das Essen ausgezeichnet, die Julisonne schien mir ins Gesicht, und ich hätte noch Stunden hier neben Linda sitzen können, doch ihre Unruhe war geradezu körperlich spürbar. Also brachen wir nach dem Essen wieder auf. Eine kleine gelbe Bimmelbahn kam uns in einer Gasse entgegen. Linda schaute ihr beinahe etwas wehmütig hinterher.

»Wir können, wenn wir Ben gefunden haben, noch mal herkommen«, sagte ich.

»Das könnten wir wirklich, mir gefällt der Ort.« Linda hakte sich bei mir unter, und wir schlenderten über das Kopfsteinpflaster zurück zu meinem Auto, vorbei an einem ganzen Pulk von Touristen, die staunend alles fotografierten, was bei drei nicht aus dem Blickfeld verschwunden war.

Eine Viertelstunde später parkte ich erneut auf dem Besucherparkplatz des Campingplatzes.

»Von hier aus kann man eigentlich den ganzen Platz überblicken«, sagte Linda. Sie hatte recht, und damit war auch klar, dass Ben immer noch nicht eingetroffen war.

»Komm, steig wieder ein, wir fahren zurück. Ich denke, dass der freundliche Mann in der Rezeption auf jeden Fall anrufen wird, wenn dein Bruder hier auftaucht.«

Linda seufzte, stieg aber widerspruchslos in den Wagen. Als wir die Straße zurück zur Autobahn fuhren, entdeckte ich im Rückspiegel den vertrauten Van. Es wurde Zeit, ein paar Dinge in Erfahrung zu bringen.

»Hättest du etwas dagegen, wenn wir nicht direkt zurück

zum Campingplatz fahren, sondern einen Abstecher nach Koblenz machen?«

»Nach Koblenz? Du willst doch wohl nicht schon wieder essen gehen?«

»Sehe ich so aus?«, fragte ich lachend. »Nein, in Koblenz wohnt und arbeitet mein Freund Steffen Rubert. Den und Uschi musst du unbedingt kennenlernen.«

»Uschi? Freundin oder Ehefrau?«

»Lass dich überraschen.«

Mega-App in Koblenz

Ich fand einen Parkplatz am Moselufer, ganz in der Nähe vom Deutschen Eck. Zwei lang gezogene Touristenschiffe ankerten hier. Vor allem holländische Unternehmen boten Kreuzfahrten auf der Mosel und dem Rhein an. Die Passagiere waren wahrscheinlich längst in die City von Koblenz geströmt. Linda schaute sich neugierig um. Ich deutete auf eine alte Gasse.

»Mein Freund Steffen wohnt in der Altstadt, wir werden ein Stück zu Fuß laufen müssen«, sagte ich. »Ich hoffe, das stört dich nicht.«

»Warum sollte mich das stören? Es ist ein lauer Sommerabend, auch wenn die Sorge um Ben alles überschattet.«

»Glaub mir, Steffen wird uns bestimmt weiterhelfen können.«

»Steffen und diese Uschi?« Wie selbstverständlich hakte sich Linda wieder bei mir ein. Ich konnte für einen kurzen Moment ihr Parfüm riechen, nichts Schweres, der Duft war leicht, blumig und frisch. »Komm schon, Paul, erzähl mir ein bisschen über deinen Freund Steffen, was macht der so?«

»Steffen hat mit vierzehn Jahren Informatik studiert. Das ging natürlich nur, weil er sich in verschiedene Datenbanken gehackt hatte, um seine persönlichen Daten und die Zeugnisse zu frisieren. Mit neunzehn gründete er seine erste Firma, um

Computerspiele selber zu entwickeln. Zwei dieser Spiele wurden der absolute Renner. Damals war ich schon beim Militär. Steffen und mein Freund Kalle sind zusammen zur Schule gegangen. Ich habe Steffen lediglich getroffen, während ich die Ferien bei Helga und meinem Onkel Hans verbracht habe. Steffen verkaufte die Rechte an seinen Computerspielen dann irgendwann an eine US-Firma. Ich glaube, er bekommt heute noch regelmäßig Geld aus den Staaten überwiesen. Ich kenne keine genauen Summen, aber Kalle ist davon überzeugt, dass Steffen seitdem nicht mehr arbeiten müsste, es natürlich trotzdem tut. Er hat eine neue Firma aufgebaut, entwickelt weiterhin Spiele und programmiert individuelle Softwarelösungen. Nebenbei berät er Behörden und große Unternehmen im Bereich Computersicherheit, und er ist der genialste Hacker, den ich kenne.«

»Kennst du denn viele?«

»Eins zu null für dich, Linda. Am besten bildest du dir gleich ein eigenes Urteil.«

»Und Uschi?«

Ich grinste: »Über die kannst du dir auch bald dein eigenes Urteil bilden.«

Steffen hatte einen Teil seines Vermögens in Immobilien angelegt, unter anderem hatte er die Dachgeschosse von zwei Häusern gekauft, sie miteinander verbunden und ausgebaut. Die Haustür war alt und schäbig, lediglich die Aufschrift »Mega-App« neben der Klingel deutete darauf hin, dass das Dachgeschoss nicht leer stand. Steffen legte wenig Wert auf Publicity. Das große Haus stand der Haustür in nichts nach, es war genauso schäbig. Putz bröckelte von den Wänden, ein Teil der Wand war mit Graffiti beschmiert.

Ich drückte die Klingel. Ich konnte Lindas Misstrauen förmlich mit Händen greifen. Und es wurde nicht besser, als wir den Hausflur betraten. Heruntergekommen war noch die schmeichelhafteste Beschreibung, die einem hierzu einfallen mochte. Ein uraltes rostiges Fahrrad stand an der Wand, wahrscheinlich noch aus Vorkriegsjahren, einige der Briefkästen hatten keine

Türchen mehr, und über allem lag der ungesunde Geruch von angebranntem Essen, zu lange gegartem Kohl und Katzenpisse.
»Das Heim eines erfolgreichen Softwareunternehmers habe ich mir immer anders vorgestellt«, murmelte Linda, die hinter mir die alte knarrende Holztreppe emporstieg.
»Ich habe Steffen nie gefragt, aber ich glaube, das ist seine ganz persönliche Form der Abschreckung. Niemand, der bei Verstand ist, würde hier ein teures Luxusapartment vermuten. Statt aufwendiger Diebstahlsicherung und Überwachungstechnik setzt Steffen auf marodes Ambiente und Katzenurin.«
Im vierten Stock angekommen, fiel mir auf, dass Steffen die alte ramponierte Holztür ausgetauscht hatte. Der gebürstete Edelstahl der neuen Tür, mit der eingelassenen Videooptik und dem einzelnen Klingelknopf, hätte auch gut zum Eingang eines Banktresors gepasst. Ich drückte die Klingel und hörte aus einem versteckten Lautsprecher: »Paul, das ist ja eine Überraschung. Drück die Tür einfach auf, ich bin hinten.«
Es summte, dann klickten elektronische Schlösser. Wahrscheinlich hatte uns Steffens Überwachungskamera schon auf der Treppe gesichtet. Zuzutrauen wäre es ihm. Völlig geräuschlos schwang die schwere Tür auf, wir betraten die Wohnung, und die Tür schloss sich automatisch hinter uns mit einem satten Schmatzen.
Neben mir schnappte Linda hörbar nach Luft. Ich vermutete, dass das bei fast jedem die erste Reaktion war, wenn man Steffens Luxusimmobilie betrat. Zu groß war der Unterschied zwischen dem heruntergekommenen Treppenhaus und dem, was jetzt vor uns lag. Der luftige helle Raum war gut vier Meter hoch. Ein Teil der Dachfläche war durch riesige Fenster ersetzt worden, es gab mehrere Ebenen, alte gebürstete Eichenbalken und eine indirekt beleuchtete Theke aus Glas und Edelstahl. Die Fensterflächen, an denen wir vorbeikamen, boten einen atemberaubenden Blick über die Koblenzer Innenstadt. »Wow, das ist ja mal sehenswert«, staunte Linda.
»Dann solltest du den Rest sehen. Komm, Uschi wartet.«
Das ließ sich Linda nicht zweimal sagen, wir bogen um eine

Ecke und standen vor einem zwölf Quadratmeter großen Monitor. Ich hatte schon Kinoleinwände gesehen, die kleiner gewesen waren. Vor diesem Monitor standen ein Dutzend futuristisch geformte Schalensessel. Der feuchte Traum eines jeden Computerfreaks und der Arbeitsplatz meines Freundes. In einem der Schalensessel saß Steffen und wirbelte nun zu uns herum.

»Hi, Paul, entschuldige bitte, dass ich dich nicht an der Haustür abgeholt habe, aber ich musste gerade mit Uschi noch den letzten Programmcode fertigstellen. Du hast Besuch mitgebracht. Willst du uns nicht miteinander bekannt machen?«

»Linda, darf ich vorstellen: Steffen Rubert. Steffen, das ist Linda Becking, sie arbeitet beim CID. Wir sind hier, weil sie private Sorgen hat.«

Steffen schüttelte Linda die Hand. »Becking? CID? Ich weiß, Sie haben Paul im Frühjahr auf dem Campingplatz bei der Verhaftung geholfen. Schön, dass wir uns kennenlernen.« Ein Schatten glitt über sein Gesicht. »Nicht so schön ist der Anlass – was für Sorgen haben Sie denn? Erzählen Sie doch bitte, was los ist.«

Freundlich entgegnete Linda: »Wollen wir uns nicht duzen? Dann redet es sich leichter.«

»Ja, gern. Ich bin Steffen.«

»Es geht um Folgendes …«

»Nein, einen Moment noch – darf ich euch vorher noch etwas zu trinken anbieten? Kaffee, Tee, Wasser, Bier, Wein?«

»Bevorratest du dich immer noch mit einem guten Dutzend Mineralwassersorten?«, fragte ich.

Steffen winkte ab. »Nein, seit es mit Patricia aus ist, gibt es nur noch zwei Sorten, stilles Wasser oder mit Kohlensäure.« Steffen sah, dass Linda nicht wusste, worüber wir sprachen, deswegen schob er rasch nach: »Meine letzte Freundin war Model, und sie stand auf Wasser. Das war ihr sehr, sehr wichtig. Wir haben uns – wie sagt man so schön – im gegenseitigen Einvernehmen getrennt. Ich glaube, im Moment arbeitet sie in Miami. Das Erste, was ich geändert habe, nachdem sie ausgezogen ist, war, keines dieser sauteuren Ur-Wässerchen mehr zu kaufen. Also, Linda, was darf es sein?«

»Ich nehme ein stilles Wasser, und du, Paul?«
»Für mich auch, bitte.«
Steffen wies auf einen chromglänzenden Rollwagen. »Wasser und Gläser findet ihr dort drüben. Und während ihr euch einschenkt, könnt ihr mir schon mal sagen, wie ich euch helfen kann. – Linda, Paul hat eben schon erwähnt, dass du Sorgen hast. Was ist denn los?«

»Steffen, wir brauchen wirklich deine Hilfe. Ich, also besser gesagt wir suchen meinen Bruder Ben. Er wollte mit einem alten Wohnmobil für ein paar Tage an der Mosel Urlaub machen. Er hatte sich auch mit mir verabredet, hat mir als Treffpunkt einen Campingplatz genannt. Nur dort ist er nie eingetroffen, und wir können ihn nicht finden. Wir vermuten, dass Ben in irgendeine zwielichtige Sache verwickelt ist. Meine Wohnung wurde durchsucht und komplett verwüstet, und die Einbrecher haben einen deutlichen Hinweis hinterlassen, dass der Einbruch mit Ben zu tun hatte. Heute waren wir an der Mosel und sind unterwegs verfolgt worden. Gleich von zwei verschiedenen Wagen.«

Steffen hörte ruhig und konzentriert zu. »Jetzt kommst du ins Spiel, Steffen. Ich konnte ein paar Aufnahmen von dem einen Wagen machen. Ich hoffe, du kannst damit etwas anfangen. Paul, du hast doch die Kamera dabei.«

Ich holte die Kamera aus dem mitgebrachten Koffer und reichte sie Steffen. Der nahm den Speicherchip heraus, ging zu einer Steuerkonsole, die auf einem Tisch stand, und steckte den Chip in ein Laufwerk.

»Mal sehen.« Steffen schaute zu Linda. »Nicht erschrecken.«

Bevor Linda noch etwas erwidern konnte, sagte Steffen laut: »Uschi, bitte lies die Daten aus und bring die Dateien mit dem heutigen Datum auf den Monitor.«

Linda stieß einen kleinen Überraschungsschrei aus. Mitten im Raum stand plötzlich die Schauspielerin Ursula Andress. Lediglich bekleidet mit dem weißen Bikini, den sie in ihrer Rolle als Honey Rider getragen hatte. Sie sah so aus, als wäre sie gerade erst aus dem Meer gekommen. Uschi strich sich die feuchten Haare nach hinten.

»Zugegeben, ich bin ein unverbesserlicher Bond-Fan. Mein Sprachsteuerungssystem war immer so körperlos, da dachte ich mir, dass eine 3D-Projektion einfach mehr fürs Auge bietet.«

»Das da ist Uschi?«, fragte Linda, die sich von ihrem Schreck erstaunlich schnell erholt hatte. »Warum um alles in der Welt ausgerechnet Uschi?«

Steffen zuckte mit den Schultern. »Siri und Alexa waren schon vergeben, und an Ursula Andress werden sie ohnehin nie herankommen.«

»Darf ich jetzt endlich mit der Arbeit anfangen?« Uschi schaute in Steffens Richtung, bevor sie mir lächelnd zunickte. »Hallo, Paul, schön, dass du Steffen mal wieder besuchst. Ich habe deinen Stimmabdruck schon im Treppenhaus erkannt. Hier sind übrigens die gewünschten Fotos.«

Uschi deutete mit der Hand auf den riesigen Monitor. Jedes einzelne Foto, das Linda heute auf dem Rasthof gemacht hatte, war dort zu sehen, und zwar in der Größe eines Strandbadelakens.

»Soll ich das Kennzeichen in einer Datenbank suchen und vielleicht einen Abgleich mit unserer Gesichtserkennungssoftware vornehmen?«

»Ach, das wäre nett. Das war auch das, worum ich dich jetzt gebeten hätte«, sagte Steffen.

»Dann entschuldigt mich bitte für einen Moment.« Ursula Andress verschwand so plötzlich, wie sie aufgetaucht war.

»Seit ein paar Wochen verwende ich einen Algorithmus, mit dem Uschi lernt, was ich normalerweise mit bestimmten Dateitypen tue. Das erspart eine Menge Arbeit, weil sie mittlerweile eine ziemlich hohe Trefferquote hat.«

»Das ist ganz unglaublich. Ich dachte, so etwas gibt es nur im Kino.«

»Als Computersystem ist Uschi tatsächlich einmalig. Da stecken mehrere Jahre Entwicklung drin. Die 3D-Projektion ist ein anderes Thema. Die werden wir schon im nächsten Jahr in Las Vegas auf der Messe vorstellen. Die größten Probleme habe ich in den Griff bekommen: Der Laserbeamer ist mittlerweile nur noch so groß wie ein Taschenbuch, und die Projektionen sind annähernd tageslichttauglich. Auch die Kosten für die Bauteile konnten wir deutlich senken. Es gibt viele Möglichkeiten für den Einsatz solcher Beamer, zum Beispiel an einem Informationsschalter oder um Kunden in einem Geschäft zu begrüßen.« Steffen zwinkerte mir – unbemerkt von Linda, wie es schien – zu. Tatsächlich hatten wir seine Technologie auch schon einmal bei einem Fall eingesetzt, aber das würde unser kleines Geheimnis bleiben.

»So, ich wäre so weit.« Das Bild von Ursula Andress manifestierte sich wieder vor uns. »Was genau möchtet ihr als Erstes erfahren?«

»Fang mit dem BMW an, Uschi«, bat ich.

»Sehr gerne, Paul. Der BMW wurde im letzten Jahr zugelassen. Der Fahrzeughalter heißt Ilja Antonov.«

»Wie kommt sie an diese Information? Dafür braucht man doch mindestens den Zugang zu den Datenspeichern der Zulassungsstellen oder des Kraftfahrt-Bundesamts in Flensburg«, flüsterte Linda mir zu.

»Besser, du stellst keine Fragen«, flüsterte ich zurück. »Wenn ich mit Kalle hier bei Steffen bin, dann stirbt der arme Kerl immer tausend Tode, weil Steffen mit Uschi Datenbanken abfragt, die ein Normalsterblicher ganz sicher nicht abfragen dürfte.«

»Gut gemacht, Uschi, aber wer ist dieser Antonov?«, fragte Steffen, der unsere kurze geflüsterte Unterhaltung geflissentlich überhört hatte.

»Ich dachte mir schon, dass du mich das fragst. Bitte sehr!« Auf dem großen Monitor tauchte das Passbild eines Mannes auf.

»Ilja Antonov, zweiundvierzig Jahre alt, eine Vorstrafe wegen Körperverletzung, da war er einundzwanzig Jahre alt«, erläuterte Uschi die Daten, die auf dem Bildschirm auftauchten. »Die Antonovs sind Russen, die vor siebenunddreißig Jahren nach Deutschland gekommen sind. Ilja hat nach dem Abitur eine Ausbildung als Versicherungskaufmann absolviert, diese aber nicht beendet. Er besitzt heute achtzehn Nachtclubs entlang des Rheins. Der BMW ist in Wiesbaden zugelassen, dort hat

Ilja seinen Stammsitz. Sein Name taucht in verschiedenen Polizeiakten auf und wird im Zusammenhang mit Drogen, Autoschmuggel und Prostitution genannt. Bislang konnte man ihm aber nichts nachweisen. Ilja Antonov ist möglicherweise einer der führenden Köpfe in der Nowikowskaja-Gruppa. Aber auch diese Information gilt als nicht verifiziert.«

»Die russische Mafia verfolgt uns«, rief Linda überrascht. Das Hologramm drehte sich zu ihr herum. »Hallo, Freundin von Paul David, wir wurden einander noch nicht vorgestellt und ich kenne Ihr Stimmmuster noch nicht. Aber Sie haben recht: Tatsächlich handelt es sich bei der Nowikowskaja-Gruppa um eine russische Mafiaorganisation, die im Rheinland sehr aktiv ist. Steffen, soll ich weitere Informationen über diese Gruppe zusammenstellen? Ich könnte das im Hintergrund erledigen.«

»Warum nicht, Uschi. Hast du noch etwas zu den beiden Männern in dem BMW?«

Uschi verzog bedauernd das Gesicht. »Ich konnte leider nur eine der beiden Personen identifizieren.«

Auf dem Monitor tauchte das Foto der beiden Männer auf, die Linda fotografiert hatte, als sie am Rasthof vorbeigefahren waren. Um den Kopf des Beifahrers erschien ein weißer Kreis.

»Dieser Mann ist Viktor Baumann, ebenfalls russischer Abstammung, und anders als Ilja Antonov hat Baumann ein langes Vorstrafenregister. Schwere Körperverletzung, Einbruch und Diebstahl. Baumann hat bereits eine dreijährige Haftstrafe verbüßt, ist aber seit vier Jahren nicht mehr auffällig geworden.«

»Was heißen könnte, dass er sich nicht mehr hat erwischen lassen«, sagte ich. Uschi schenkte mir ein strahlendes Lächeln. »Eine sehr treffende Vermutung, lieber Paul.«

»Warum werden wir von Mitgliedern einer russischen Mafia-Organisation verfolgt?«, überlegte ich laut.

»Seien wir ehrlich, Paul, die haben kein Interesse an dir, da geht es ausschließlich um mich«, sagte Linda.

»Und auch das stimmt so nicht«, erwiderte ich. »Hast du in der letzten Zeit bei deiner Arbeit Berührungspunkte mit der Russenmafia gehabt?«

Linda schüttelte den Kopf.

»Das dachte ich mir. Es geht nicht um dich, Linda. Das alles hängt mit Ben zusammen, da bin ich mir sicher.«

»Mein Bruder ist bestimmt vieles, aber kein Schwerkrimineller«, protestierte Linda.

»Darf ich fragen, was dein Bruder beruflich macht?«, erkundigte sich Steffen.

»Ben ist vier Jahre jünger als ich, er ist jetzt achtundzwanzig. Als unsere Eltern den schweren Autounfall hatten, bei dem meine Mutter starb, war er neunzehn. Wir zogen zusammen, und er fing an zu studieren. Er ist ein wirklich begabter Programmierer«, Linda lächelte schief, »sicher kein Genie wie du, Steffen, aber doch begabt.«

»Stimmt, jetzt, wo du das sagst, klingelt etwas bei mir. In der Pfalz gibt es ein Softwareunternehmen, mit dem ich zusammenarbeite – Comtech –, einer der beiden Gründer heißt Becking. Ist das dein Bruder?«

»Ja, das ist er. Nur hat er offenbar seine Firmenanteile verkauft. Die Firma gehört jetzt ganz alleine seinem ehemaligen Partner und Studienkollegen. Das Letzte, was mir Ben erzählt hat, war, dass er für ein Münchner Sicherheitsunternehmen ein neues Programm entwickeln soll. Ob die Russen daran Interesse haben?«

»Möglich ist das schon«, sagte ich. »Auf jeden Fall haben die Russen ein Interesse daran, ihn zu finden. Wie gesagt, ich glaube nicht, dass wir beide die eigentlichen Zielobjekte sind. Ich bin gespannt, wann die Verfolger wieder auftauchen.«

Parkplatz Moselufer – Koblenz

Die beiden standen an meinem Pick-up. Als ich mit Linda die Altstadtgasse hinunterging, sah ich das Pärchen und ungefähr fünfzig Meter weiter einen weißen Van in einer Parkbucht.

»Hätte ich nicht gedacht. Dieses Team scheint cleverer zu sein. Hut ab, ich habe sie auf der Rückfahrt nicht bemerkt«, sagte ich.

Wenn Linda angesichts einer Konfrontation mit zwei weiteren Mitgliedern der Russenmafia besorgt war, ließ sie sich das nicht anmerken. »Was sollen wir tun?«, fragte sie nur.

Ich schaute mich um. Vor einem der Kreuzfahrtschiffe stand eine größere Gruppe. Auch auf dem Parkplatz waren mehrere Menschen unterwegs. Ganz in der Nähe meines Wagens unterhielten sich zwei Pärchen miteinander. Genügend Menschen und vor allem: genügend Zeugen. Da unten liefen annähernd ein Dutzend Smartphones herum, die nur darauf warteten, Videos aufzuzeichnen, Fotos zu machen oder einen Notruf abzusetzen.

»Der Parkplatz ist viel zu belebt für einen Angriff. Ich denke, die wollen nur spielen, oder anders gesagt, hier geht es um den Austausch von ein paar Forderungen oder Drohungen.«

»Ich bin aber nicht bewaffnet«, sagte Linda.

»Ich glaube nicht, dass das nötig sein wird. Außerdem kann so ein Gespräch mit einer Waffe auch sehr schnell eskalieren. Hören wir uns doch mal an, was sie zu sagen haben.«

Als wir dann näher kamen, war ich doch überrascht. Der Mann war mittelgroß, ein bisschen füllig, und seine Nase war schon einmal gebrochen gewesen. Sie dagegen hatte ein ansprechendes Gesicht und dazu lange braune Haare. Neben mir zog Linda scharf die Luft ein, sie hatte die beiden also auch erkannt: der Ex-Boxer und seine Begleitung. Das waren die beiden gewesen, die auf dem Campingplatz aufgetaucht waren. Helgas Beschreibung war mehr als passend gewesen. Sie taten so, als hätten sie uns erst jetzt bemerkt. Mit ernsten Gesichtern griffen sie in ihre Hosentaschen und holten zwei Dienstausweise heraus, die sie uns, als wir nur noch eine Armlänge entfernt waren, vor die Nase hielten.

»Guten Abend, Sie sind doch der Halter dieses Wagens? Sie sind Paul David?« Der Boxer hatte die Begrüßung übernommen.

»Mein Name ist Schmitt, und das ist meine Kollegin Heller, Landeskriminalamt Mainz.«

Ich nahm ihm den Dienstausweis aus der Hand und studierte ihn kurz. Jochen Schmitt war wohl doch kein Boxer, der arme Kerl war einfach nur hässlich.

»Wie kann ich Ihnen helfen, Herr Schmitt?«

Judith Heller antwortete für ihren Kollegen. »Wir möchten Sie dringend bitten, sich nicht weiter mit dem Fall zu beschäftigen. Wir wissen, dass Sie Ermittlungen in Zusammenhang mit Benjamin Becking durchführen.«

»Was hat mein Bruder mit dem Landeskriminalamt zu tun?«, platzte Linda heraus.

»Entschuldigen Sie, Frau Becking, das sind Details aus einem laufenden Ermittlungsverfahren, die wir Ihnen zurzeit noch nicht weitergeben dürfen. Aber wenn Sie Informationen über den aktuellen Aufenthaltsort Ihres Bruders haben, dann sollten Sie uns diese nicht vorenthalten. Sonst machen Sie sich selbst strafbar.«

»Linda Becking ist Mitglied der amerikanischen Militärpolizei, ich selber war lange Zeit Feldjäger. Ich glaube, uns allen sind die Grenzen des Paragrafen zweihundertfünfzig bekannt«, sagte ich. »Wir wollen doch nicht gleich solche schweren Geschütze auffahren. Ganz sicher haben weder Frau Becking noch ich Interesse daran, laufende Ermittlungen des Landeskriminalamtes zu stören. Sie sagen, Ben Becking ist also ein FUD, den Sie suchen.«

Schmitt und Heller wechselten einen zufriedenen Seitenblick.

»Ganz genau, und deshalb ist es auch wichtig, dass Sie sich aus dem Fall heraushalten. Lassen Sie uns die Arbeit machen.«

»Wie gesagt, dem LKA möchten wir keine Steine in den Weg legen«, erwiderte ich und schloss den Wagen auf. »Sie entschuldigen uns jetzt.«

»Natürlich, und danke für Ihr Verständnis, Herr David.«

»Aber sicher doch.« Ich lächelte die beiden noch einmal an und startete den Motor. Im Rückspiegel sah ich, wie Schmitt und Heller uns hinterherschauten.

»Was war denn das?«, fragte Linda empört.

»Das war eine Schmierenkomödie der schlimmsten Sorte.«

»Zwei Beamte vom Landeskriminalamt gaukeln uns etwas vor?«

»Ja, uns wurde etwas vorgegaukelt, aber nein, die beiden waren ganz sicher nicht vom Landeskriminalamt.«

***

»Was meinst du, hat er es geschluckt?« Heller schaute Schmitt fragend an.

»Ich denke schon. Er war früher Militärpolizist, solche Leute sind Hierarchien gewohnt. Die stehen praktisch auf Befehle.«

»Und wenn nicht?«

»Dann werden wir es früh genug merken. Wir brauchen neue Anweisungen. Und wenn wir uns um David und Becking intensiver kümmern sollen, werden wir das tun.«

***

»Sie waren nicht vom LKA? Aber die Ausweise ...«

»Vor ein paar Jahren hat unser Innenminister auf einer Pressekonferenz die neuen Ausweise der Behörden präsentiert. Damals gab es kritische Stimmen, die darauf hingewiesen haben, dass Betrüger so genügend Vorlagen haben, um einen Ausweis zu fälschen. Seitdem halten sich die Landesbehörden, was das Aussehen des Dienstausweises betrifft, erstaunlich bedeckt. Eines habe ich aber noch in Erinnerung: Der Dienstausweis hat auf seiner Rückseite Blindenschrift. Der Ausweis unseres Freundes dagegen war glatt. Dann hat er meinen Namen englisch ausgesprochen, was die wenigsten tun, außer sie hören ihn. Warum haben sie uns verheimlicht, dass sie schon auf dem Campingplatz gewesen sind und mit Helga gesprochen haben?«

»Schön und gut, aber du sagst ja selbst, dass es nicht viele Informationen über die Ausweise gibt, vielleicht hat man die ja in den letzten Jahren nochmals verändert.«

Ich warf Linda einen raschen Seitenblick zu und grinste breit: »Da hast du recht. Was sich allerdings seit Jahren nicht geändert hat, ist erstens der Paragraf zweihundertachtundfünfzig, den ich schon im Jurastudium lernen musste. Stichwort Strafvereitelung. Die beiden haben mir nicht widersprochen, als ich den einfach Paragraf zweihundertfünfzig genannt habe. Ach ja: Und ich habe gesagt, Ben wäre ein FUD. Und dem hat unser Freund zugestimmt.«

»Solche Abkürzungen verwendet die Polizei doch im Funkverkehr, um möglichst schnell Informationen weiterzugeben.«

»Ganz genau – und mich würde doch schwer wundern, wenn Ben ein FUD, ein ›Fahren unter Drogeneinfluss‹, wäre.«

Neben mir begann Linda haltlos zu kichern. »Du bist echt gemein, das ist schon komisch, leider ist der Anlass ernst.«

»Wir halten fest«, sagte ich, »die beiden sind vom LKA so weit entfernt wie ein Schwein von einer Digitaluhr. Spannend ist dagegen die Frage, wer sie tatsächlich sind. Ich kann mir nicht vorstellen, dass Schmitt und Heller zu den Leuten von Ilja Antonov gehören. Aber warum werden wir von zwei verschiedenen Gruppen verfolgt? Und aus was für einem Fall sollen wir uns heraushalten? Dein Bruder macht Urlaub und hat sich nicht gemeldet – das ist noch kein Fall. Jetzt bin ich wirklich neugierig.«

Campingplatz Pönterbach

Als wir auf dem Campingplatz ankamen, war es fast zehn Uhr, aber immer noch sehr hell. Der Mond stand voll über dem Tal. Es war etwas kühler als am Moselufer, aber ich merkte einmal mehr, wie gern ich hier draußen wohnte.

»Koblenz ist nun weiß Gott noch keine Großstadt wie Köln, Frankfurt oder Berlin, aber mir hat es schon gereicht«, sagte Linda und drückte damit aus, was auch mir gerade durch den Kopf geschossen war. »Ich geh nur schnell nach oben in mein Zimmer, bin gleich wieder zurück.«

»Möchtest du noch etwas essen?«, fragte ich.

»Vielleicht ein Brot und etwas Käse?«

»Gut, dann in zehn Minuten bei mir hier unten.«

Im Laden prüfte ich die Nachrichten auf dem Anrufbeantworter, nur zwei neue Reservierungsanfragen, nichts, was dringlich wäre. Also schlenderte ich zu dem riesigen Wohnmobil von Klaus und Rosa hinüber. Die beiden saßen unter einer großen ausfahrbaren Markise in ihren Campingsesseln. Rosa mit einem Glas Weißwein und Klaus mit der obligatorischen Flasche Bier vor sich auf dem Campingtisch.

»Paul, altes Haus, da biste ja wieder. Pülleken Bier? So als Absacka aufn Tach?«

»Im Moment nicht, ich wollte nur fragen, ob noch jemand angerufen hat.«

»Ja, warte mal, da gabet noch einen Anruf. Is ja doch knorke so in dem Laden. War aber nix los. Ich hab gesehen, dat du mir die Heftchen zurückgelegt hast, dat is aber reizend von dir. Konnte ich gleich lesen, war dir doch recht, oder?«

»Sicher, Rosa, die Hefte liest außer dir keiner, die sind nur für dich da.«

»Hach, dat is lieb. So, und jezz der Anruf, warte mal, hier is der Zettel. Also, der Campingplatz Moselblick hat angerufen, ein Ben wär eingetroffen. Du wüsstest dann schon Bescheid.«

Ich drückte der überraschten Rosa einen Kuss auf die Wange.

»Das sind ja mal gute Nachrichten. Lieben Dank, Rosa. Linda und ich müssen noch mal los, die Einladung zum Bier müssen wir verschieben.«

Im Laden wählte ich schnell die Nummer des Campingplatzes, erreichte aber nur den Anrufbeantworter. Okay, kein Wunder, warum sollte das Büro um zweiundzwanzig Uhr auch noch besetzt sein.

»Alles in Ordnung, Paul?« Linda stand in der Tür.

»Der Mann von der Rezeption in Bernkastel-Kues hat bei Rosa angerufen, Ben ist offenbar dort eingetroffen. Leider erreiche ich niemanden. Ich schlage vor, wir fahren noch einmal dorthin.«

»Wird dir das nicht zu viel? Wir könnten auch morgen Vormittag fahren. So wie ich Ben kenne, wird er nicht gleich bei Tagesanbruch wegfahren.«

»Ganz ehrlich: Mir wäre lieber, wir würden deinen Bruder so schnell wie möglich treffen. Dass er gleich zweifach gesucht wird, macht mir Sorgen. Und Antonovs Männer haben sich zwar einmal von mir austricksen lassen, ob uns das aber ein weiteres Mal gelingen wird, steht in den Sternen. Ich habe hier noch Baguette und Käse, das nehmen wir mit, dann können wir unterwegs etwas essen.«

Wir hatten die Autobahn fast für uns allein. So fühlte sich das Fahren ganz unwirklich an, ein Dahingleiten durch die nächtliche Eifel. Der Übergang zwischen dem Sommerabend und einer sternenklaren Nacht kam überraschend schnell. Die Wälder, die bis dicht an die Autobahn reichten, waren auf einmal nur noch als dunkle, kompakte Schatten erkennbar.

Am Anfang der Fahrt hatten wir gegessen, lautstark bedauert, dass wir keinen Rotwein trinken konnten, der hätte gut zu Käse und Brot gepasst. Mit der zunehmenden Dunkelheit aber erstarb unser Gespräch. Es war kein unangenehmes Schweigen. Das hatte ich mir schon gedacht: Mit Linda konnte man ruhig dasitzen und den eigenen Gedanken nachhängen, statt Belanglosigkeiten auszutauschen, nur damit keine Stille eintrat.

Der Grund für Lindas Nachdenklichkeit lag auf der Hand. Je näher wir Bernkastel-Kues kamen, desto mehr wurde ihr bewusst, dass sie ihren Bruder zur Rede stellen musste. Es gab eine Menge Dinge, die Ben zu erklären hatte. Linda hatte die Augen geschlossen. Ich hätte nicht einmal sagen können, ob sie schlief, vermutete aber, dass sie wach war und in Gedanken das Treffen mit ihm durchging.

Es hatte in den letzten Jahren in meinem Leben nicht viele Frauen gegeben. Die letzte war Susanne Winkler, eine Journalistin, gewesen. Unwillkürlich verglich ich Linda mit Susanne. Die beiden hatten nicht viel miteinander gemeinsam, aber auch mit Susanne hatte ich gut schweigen können. Komisch, dass ich ausgerechnet jetzt an sie denken musste. Susanne hatte die

Ruhe im Pöntertal schon nach kurzer Zeit unruhig gemacht. Sie brauchte die Hektik des Redaktionsalltags und das Frankfurter Großstadtleben. So gesehen hatte unsere Beziehung nie wirklich eine Chance gehabt.

Wäre das bei Linda anders? Mit ein paar Punkten hatte Helga recht: Linda war Militärpolizistin, wir hatten sozusagen den gleichen beruflichen Hintergrund. Sie lebte in Kaiserslautern, das war auch nicht gerade mondän, und sie schien sich im Pöntertal wohlzufühlen. Du machst dir Gedanken über ungelegte Eier, dachte ich. Ich kannte diese Frau neben mir auf dem Beifahrersitz noch gar nicht lange und fragte mich schon, wie es wohl wäre, mit ihr zusammenzuleben. Eindeutig zu viele Schritte im Voraus.

Campingplatz Moselblick – Bernkastel-Kues

Ich bog von der L 47 auf die Zufahrtsstraße zum Campingplatz Moselblick ab. Der Platz lag zwischen Wehlen und Bernkastel-Kues, sozusagen mitten im Niemandsland, was mir heute Mittag gar nicht aufgefallen war.

Schon von Weitem sahen wir das Zucken der Blaulichter.

»Paul, was ist da los?« Linda setzte sich gerade hin. »Da vorne steht ein Streifenwagen, und das … ist das etwa die Feuerwehr?«

Ja, Linda hatte recht, da stand ein Löschfahrzeug. Mich beschlich ein ungutes Gefühl.

Ich parkte den Pick-up fast genau an der Stelle, von der wir nachmittags abgefahren waren.

Keine hundert Meter weiter stand eine Gruppe Schaulustiger. Als wir näher kamen, sah ich im Licht der Straßenlaternen den Mann, der an der Rezeption gearbeitet hatte. Mit Linda im Schlepptau drängte ich mich nach vorne und tippte ihm auf die Schulter. Er drehte sich um und erstarrte.

»Oh, Sie sind das. Das ist … es ist schrecklich, ganz schrecklich. Aber unsere Schuld ist es nicht, das habe ich auch schon der Feuerwehr gesagt. Wie kann man auch wissen, dass so etwas passieren kann. Noch nie ist so etwas hier auf unserem Platz vorgekommen.«

Der Mann roch nach Rauch und angesengten Haaren, er hatte Rußflecken im Gesicht. Offenbar war er einem großen Feuer sehr nahe gekommen.

»Was ist denn geschehen?«, fragte ich so ruhig wie möglich. Mein Gegenüber stand unter Schock, das war unübersehbar. Hektische Fragen würden uns bei seinem Zustand nicht weiterhelfen.

»Eine Explosion, ein Riesenknall«, stammelte er. »Ich hatte schon Feierabend, war drüben in meinem Bungalow, bei mir haben die Fenster geklirrt. Und dann das Feuer, ich bin hingerannt, aber da war nichts mehr zu machen. Zum Glück war die Feuerwehr unglaublich schnell hier. Und der Wagen stand ja auch abseits, ich glaube, nur ein paar Vorzelte haben Brandlöcher bekommen, nichts Dramatisches, wir sind versichert.«

»Ein Wagen ist explodiert? Ein Auto, ein Wohnwagen, ein Wohnmobil –«

»Der neue Gast, das alte Wohnmobil.«

In diesem Moment schrie Linda neben mir auf, und ehe ich es verhindern konnte, stürzte sie los. »Ben, oh mein Gott, Ben!«

Die Feuerwehr hatte zwei zusätzliche Scheinwerfer eingeschaltet. Im grellen Licht erkannte ich ein altes Wohnmobil, von dem jetzt nur noch die rauchenden Trümmer vorhanden waren. Verbogene Metallteile, die vorher eine glatte Karosserie gewesen sein mussten, das meiste davon überdeckt mit weißem Löschschaum. Was man aber noch deutlich erkennen konnte, waren die Reste eines aufgemalten Sonnenuntergangs auf dem Blech.

Ich eilte hinter Linda her. »Linda! Bleib stehen!« Sie hörte nicht auf mich, sondern rannte weiter, rempelte Feuerwehrleute an, die sich überrascht nach ihr umdrehten. Keine fünfzig Meter vor dem ausgebrannten Wrack, das einmal ein Wohnmobil gewesen war, trat ein junger Polizeibeamter Linda in den Weg und fing sie ab. Sie versuchte ihn abzuschütteln, ohne Erfolg.

Ich hielt bei den beiden an. »Mein Name ist David, Paul

David. Das hier ist Linda Becking, ihrem Bruder Ben gehörte das Wohnmobil.«

Hier, in unmittelbarer Nähe des Brandes, war der beißende Geruch von verbranntem Kunststoff geradezu überwältigend. Der Polizeibeamte schien zu begreifen und nickte mir ernst zu. »Es tut mir leid, da kam jede Hilfe zu spät.« Der Polizist zögerte einen kurzen Moment, bevor er fortfuhr. »Ich fürchte, wir haben keine guten Nachrichten für Sie, Frau Becking. Die Feuerwehrleute haben im Inneren des Wagens einen Toten gefunden. Wenn Sie einen Augenblick warten, ich würde gerne eine Kollegin dazubitten, die für so etwas ausgebildet ist. Wir haben auch schon einen Notfallseelsorger informiert, der müsste jeden Moment hier eintreffen.«

»Es ist schon in Ordnung«, sagte ich. »Wir werden dort drüben warten.« Ich deutete mit dem Kopf auf eine Parkbank, die abseits stand. Ich legte meinen Arm um Linda und führte sie zu der Bank.

»Ben, Ben, du dummer, dummer, Junge, du Idiot, du … du …« Endlich brach Linda in Tränen aus. Wir blieben stehen, ich nahm sie fest in den Arm und ließ sie weinen.

Irgendwann versiegten die Tränen. Wir saßen auf der Bank, Linda hatte ihren Kopf an meine Schulter gelegt, sanft streichelte ich ihr über das Haar.

Ich weiß nicht, wie lange wir so gesessen hatten. Der junge Polizist, der Linda davon abgehalten hatte, näher an das Wrack heranzulaufen, hatte wohl am Ende doch vergessen, seiner ausgebildeten Kollegin Bescheid zu sagen. Ein anderer Polizist dagegen notierte sich irgendwann unsere Personalien. Linda hatte sich so weit gefasst, dass sie mit tonloser Stimme Auskunft geben konnte. Ja, ihr Bruder Benjamin Becking wollte an der Mosel Urlaub machen. Nein, sie wusste nichts über den Zustand des Fahrzeugs. Ja, sie würde natürlich für Rückfragen jederzeit zur Verfügung stehen. Als der Polizist gegangen war, war das für mich ein Zeichen, dass wir aufbrechen konnten. Morgen, oder besser gesagt heute, würde es noch genug Zeit geben, um alle Fragen zu beantworten.

Die Gruppe der Schaulustigen hatte sich mittlerweile aufgelöst, und selbst die Feuerwehrleute waren dabei, sich zurückzuziehen. Eine Brandwache würde sicher bleiben, und die Polizei würde alles weiträumig absperren, aber das war nichts, was uns jetzt interessieren musste. Ich führte Linda zu meinem Auto, wie in Trance lief sie neben mir her. Sie setzte sich auf den Beifahrersitz und lehnte den Kopf gegen die Seitenscheibe. Als ich losfuhr, verfolgten mich die zuckenden Blaulichter weiter im Rückspiegel. Ich war froh, als sie langsam in der Nacht verschwanden. Am Ende blieb der Fluss, der im Mondlicht wie dunkles Blei träge dahinfloss.

Später im Bett konnte ich nicht einschlafen. In meinem Kopf tauchten wieder und wieder die Bilder der rauchenden Reste auf.

Linda war oben in ihrem Zimmer. Ich hatte ihr nach unserer Rückkehr eine von Helgas Schlaftabletten angeboten, aber Linda hatte abgelehnt.

Es klopfte leise an meiner Tür.

»Komm rein, ich bin noch wach.«

Die Tür schwang auf, und Linda trat in mein Schlafzimmer. Ein Schattenriss im Mondlicht.

»Ich will nicht alleine sein«, murmelte sie.

»Komm her.«

Sie schlüpfte unter meine Bettdecke, ihr Körper rückte ganz nah an meinen. Ich roch das Shampoo in ihren Haaren und spürte ihren Atem an meinem Hals. Vorsichtig legte ich meinen Arm um sie. Das schien ihr gutzutun. Sie sagte nichts mehr, und schon bald wurde ihr Atem ruhig und gleichmäßig.

Campingplatz Pönterbach

Als ich um kurz vor acht erwachte, spürte ich meinen rechten Arm nicht mehr, aber das war es wert gewesen.

Ich verlagerte behutsam mein Gewicht. Schon diese Bewegung genügte, um Linda zu wecken. Ich beobachtete, wie sie langsam wach wurde, da war weder Verlegenheit noch Bedauern zu sehen. Nur ein Lächeln lag in ihrem Gesicht. Ich hätte ihr gerne noch länger beim Aufwachen zugesehen.

Sie rutschte hoch und küsste mich sanft auf die Wange. »Danke, Paul. Ich bin froh, dass du in der letzten Nacht bei mir warst.«

Ich beugte mich vor und erwiderte den Kuss. »Du machst es einem leicht, dich zu mögen, Linda Becking.«

Linda stand auf. »Wenn du nichts dagegen hast, würde ich noch kurz bei dir duschen.«

»Nur zu, frische Handtücher liegen im Bad. Möchtest du schon einen Kaffee?«

»Kaffee wäre großartig.«

Während die Espressomaschine warm lief, absolvierte ich wenigstens ein paar meiner Übungen. Dabei hatte ich genug Zeit, meine eigenen Gedanken zu sortieren. Bens Wohnmobil war explodiert und ausgebrannt. Wie hatte Klaus das Fahrzeug genannt? Eine Uralt-Möhre. Schon denkbar, dass bei einem so alten Fahrzeug die Gasleitungen marode waren. Ich konnte mir Ben, obwohl ich ihn nicht persönlich kennengelernt hatte, nicht als denjenigen vorstellen, der regelmäßig die gesetzlichen Prüfungen durchführen ließ. Bei jedem anderen wäre ich von einem tragischen Unfall ausgegangen, doch »jeder andere« wurde auch nicht von der Russenmafia und wer weiß von wem noch gesucht.

Ich dachte an Schmitt und Heller, die falschen LKA-Beamten, und an Antonovs Männer in dem BMW. Hatten sie womöglich Ben gefunden und aus dem Weg geschafft? Ein »Unfall« in einem alten Wohnmobil, bei dem niemand Fragen zur Todesursache stellte, weil sie offensichtlich schien? Was hatte Ben getan, um den Zorn von gleich zwei verschiedenen Gruppen auf sich zu ziehen?

Sollte die Explosion letzte Nacht kein Unfall gewesen sein, war dieser Zorn offenbar groß genug, um einen Mord zu begehen. Natürlich kämen auch andere Täter in Frage, sozusagen der große unbekannte Dritte, aber das wäre schon ein sehr unwahrscheinlicher Zufall. »Glaube nie an Zufälle, dann beißen sie dich auch nicht in den Arsch« – der Standardspruch meines früheren Ausbilders. Daran hatte ich mich immer gehalten.

Ich machte Milch heiß, mahlte Bohnen und bereitete zwei Tassen Milchkaffee zu. Gerade war ich fertig, als Linda aus dem Bad kam. Sie hatte sich ein Handtuch als Turban um den Kopf gewickelt, meinen Bademantel angezogen und sah sehr, sehr sexy aus. Bei ihrem Anblick musste ich erst einmal schlucken.

»Kaffee ist fertig.«

»Ich laufe rasch hoch und zieh mir was an, Paul. Gib mir zwei Minuten.«

Ich verzichtete auf die launige Bemerkung, dass sie jederzeit im Bademantel an meiner Küchentheke einen Kaffee bekommen würde. Linda war nach ihrem Schock zu mir ins Bett gekommen, hatte meine Nähe gesucht. Da hatte sie Besseres verdient als einen locker-flockigen Spruch. Der Tod ihres Bruders würde allerdings wohl kaum den Auftakt zu einer leichten Romanze bilden, auch wenn wir nebeneinander geschlafen hatten. Es war ihre Entscheidung, was die letzte Nacht für uns beide zu bedeuten hatte.

Die zwei Minuten hielt sie wirklich fast ein. Mit noch feuchten Haaren, Jeans, hellblauem Polohemd und Sneakers saß sie am Tisch und schlürfte ihren Milchkaffee. Ihre augenscheinliche Unbekümmertheit konnte nicht darüber hinwegtäuschen, dass sie im Badezimmer geweint hatte.

Sie sah meinen prüfenden, abwartenden Blick und legte ihre Hand auf meine. »Pass auf, das klingt für dich jetzt vielleicht merkwürdig: Ich weiß, das geht alles ein bisschen schnell, und ich bin weiß Gott niemand, der sich Hals über Kopf in eine Beziehung stürzt. Aber –«

»Aber was?«, fragte ich mit heiserer Stimme.

»Aber ich bin wirklich gern mit dir zusammen, Paul. Ich hab das letzte Nacht gebraucht. Lass uns einfach sehen, wohin uns das alles führt. Ginge das für dich in Ordnung?«

Ich nahm ihre Hand und drückte sie. »Das wäre mehr als nur in Ordnung, Linda.«

Sie nickte, hakte offenbar diesen Punkt von ihrer inneren Liste ab. Ihr Blick wurde härter, und ihre Stimme klang plötzlich sachlich.

»Wann wird sich wohl die Polizei bei uns melden?«

»Sie haben unsere Personalien, ich vermute, dass sie im Laufe des Vormittags anrufen werden. Schade, dass Kalle nicht hier ist, er wüsste mehr über die internen Abläufe. Weißt du etwas über irgendwelche Verpflichtungen, die Ben gehabt hat? Gibt es jemanden, den wir informieren müssen? Eine Freundin oder so?«

»Um ehrlich zu sein, ich habe keine Ahnung. Ben war lange Zeit mit einer Frau zusammen, Lea hieß sie, aber ich habe keine Adresse von ihr. Vielleicht wissen seine Mitbewohner in der WG mehr. Die muss ich auf jeden Fall informieren.«

»Wie sieht es mit deinem Vater aus?«

»Es gibt gute und schlechte Tage. Dad ist manchmal erstaunlich klar im Kopf, und du kannst dich mit ihm unterhalten, als wäre nichts geschehen, dann wieder erkennt er dich kaum. Die Ärzte sagen, die klaren Tage würden weniger und weniger werden. Als ich in der letzten Woche bei ihm war, ging es ihm wirklich schlecht, er hatte einen Schwächeanfall, war mitten auf dem Gang zusammengebrochen.«

»Du solltest ihn trotzdem anrufen. Vielleicht sogar als Erstes.«

»Und was soll ich ihm sagen? Dass sein Sohn gestorben ist, weil er so dumm war, sich in einem uralten Wohnmobil etwas zu essen zu kochen? Oder schlimmer: dass sich Ben in irgendetwas Illegales hat hineinziehen lassen, was dazu geführt hat, dass er ermordet wurde?«

»Du hast also auch schon darüber nachgedacht.«

»Was denkst du denn? Wir haben Leute an unseren Fersen, die nicht gerade zum Häkelkreis der Kirchengemeinde gehören. Und daran ist nur Ben schuld. Jetzt ist er tot.«

»Mich würde interessieren, ob sie uns weiter beobachten.«

»Warum sollten sie das tun?«

»Weil sie bei Ben vielleicht nicht die richtigen Antworten auf ihre Fragen bekommen haben.«

Ein Nachtclub in Wiesbaden

Die Moselstadt Bernkastel-Kues ist erschüttert. »*Wir freuen uns über jeden Gast in unserer Region. Umso mehr bedauern wir diesen schrecklichen Unfall*«*, so ein Sprecher der Touristenregion Bernkastel-Wittlich. Montagnacht war ein Wohnmobil auf dem beliebten Campingplatz Moselblick in der Nähe von Bernkastel-Kues explodiert und ausgebrannt. Die Feuerwehr konnte den Brand zwar rasch unter Kontrolle bringen, aber für den Besitzer des Wohmobils kam jede Hilfe zu spät. Laut Polizei handelt es sich um den Halter des Fahrzeugs, einen achtundzwanzigjährigen Informatik-Studenten aus Kaiserslautern.*

»*Dieser Unfall zeigt einmal mehr, wie wichtig die regelmäßigen Kontrollen aller sicherheitsrelevanten Anlagen in einem Caravan oder Wohnmobil sind – und dazu zählt eben auch die Gasanlage des Fahrzeugs*«*, so ein Vertreter des ICM, des Interessenverbandes Campingplätze Mosel.*

»*Wir werden schon im Herbst eine Initiative starten, in deren Rahmen unsere Gäste direkt auf einem Campingplatz ihre Fahrzeuge von Sachverständigen überprüfen lassen können. Schließlich geht es nicht nur um die eigene Sicherheit, sondern auch um die Sicherheit der übrigen Gäste.*

Ilja Antonov ließ den Ausdruck sinken und schaute Viktor fragend an: »Und ihr seid sicher, dass Ben Becking tot ist? Wie seid ihr überhaupt an diesen Artikel gekommen?«

»Jegor hat im Internet nach Campingplätzen an der Mosel

gesucht und ist dabei auf diese Meldung gestoßen. Wir haben danach Erkundigungen vor Ort eingezogen. Die Beschreibung von dem Wohnmobil passt zu der Karre, die Ben gefahren haben soll, und ein Mitarbeiter an der Rezeption hat Ben auch auf einem Foto, das wir ihm gezeigt haben, wiedererkannt. Ich fürchte, du musst dein Geld abschreiben, Boss.«

Ilja konnte sich nicht daran erinnern, dass Viktor schon einmal so lange am Stück geredet hatte. Er schien unbedingt deutlich machen zu wollen, dass sie alles getan hatten, um den Auftrag zu erfüllen.

»Was ist mit der Schwester?«

»Die ist immer noch auf diesem Campingplatz in Andernach. Vladimir behält sie im Auge.«

Ilja spielte nachdenklich mit einem Kugelschreiber herum. Linda Becking war nur Mittel zum Zweck gewesen. Über sie wollte er an Ben herankommen, jetzt hatte sich der Idiot in die Luft gejagt. Würde die Schwester für die Schulden des verstorbenen Bruders geradestehen? Einen Versuch war es wert. Bislang hatte er sie verschont, sie konnte von Glück sagen, dass Viktor, Vladimir und Jegor sich noch nicht mit ihr beschäftigt hatten.

»Bleibt weiter an ihr dran. Wir sollten uns mit ihr unterhalten, ich denke, spätestens Ende der Woche, dann hat sie sich vielleicht schon um den Nachlass ihres Bruders gekümmert. Wir werden ihr klarmachen müssen, dass Bens Schulden jetzt ihre Schulden sind. Sorg dafür, dass wir jederzeit Zugriff auf sie haben. Alles klar?«

»Klar, Boss, ich bespreche das mit den anderen.« Viktor stand auf und verließ das Zimmer.

Ein wenig zu eilig, wie Ilja fand. Irgendetwas verheimlicht Viktor mir, dachte er. Nun, ich werde einfach mal abwarten. Am Ende erfahre ich es ja doch.

Campingplatz Pönterbach

»Was für eine Tragödie! Die arme Linda!« Helga schüttelte bedauernd den Kopf. »Ich bin ganz froh, schon hier zu sein. Dann kannst du dich um Linda kümmern und hast nicht auch noch die Arbeit mit dem Campingplatz am Bein.«

Ich saß mit Helga an ihrem Esstisch, sie war überraschend einen Tag früher aus dem Wellness-Kurzurlaub zurückgekehrt.

»Hat es dir denn nicht gefallen?«

»Ach, diese Massagen und Ölbehandlungen sind ja ganz nett. Ella hatte aber nicht erwähnt, dass sich das Hotel auf vegane Küche spezialisiert hat. Vegan wäre ja notfalls noch okay gewesen, aber selbst die Salate auf dem Teller waren nach Feng-Shui-Gesichtspunkten angerichtet. Am liebsten hätte man uns dort nur probiotische Pillen und obskure Smoothies serviert. Schon am ersten Abend hatte ich Heißhunger auf ein ordentliches Wurstbrot. Und dazu lief überall im Hotel, selbst auf den Zimmern, indische Meditationsmusik, untermalt von Klangschalengongs und Betawellen zum Entspannen. Ich sag dir, Paul, so tiefenentspannt kann ich gar nicht werden, dass ich mein Magenknurren überhöre. Wir haben heute Morgen auf das, was man dort Frühstück nennt, verzichtet und sind zurückgefahren.«

»Klangschalengongs und Betawellen – du hast wirklich lange durchgehalten. Ich wäre wahrscheinlich schon nach einer Viertelstunde abgereist.«

»Wir wollten halt nicht undankbar erscheinen, doch selbst Ella wurde es zu viel.« Helga arrangierte eine weitere Scheibe hauchdünn geschnittene Salami auf ihrem Roggenbrötchen und vollendete das Ganze mit einem Tupfen Remoulade und ein paar Gürkchen. Sie schaute hoch: »Wie geht es denn jetzt weiter? Was macht ihr als Nächstes?«

»Ich habe mich gestern erst einmal um den Kleinkram im Büro gekümmert. Rosa war ja so nett und hat aushilfsweise den Laden übernommen, aber Abrechnungen konnte sie natürlich nicht machen. Linda hat den ganzen gestrigen Tag damit verbracht, die Dinge mit den verschiedenen Behörden zu regeln.

Sie hat noch einmal mit der Polizei telefoniert, danach mit der Fahrzeugversicherung ihres Bruders gesprochen. Das ausgebrannte Wohnmobil wurde noch in der Nacht abgeschleppt, weil die Gefahr bestand, dass das Erdreich mit Öl kontaminiert wird. Linda hatte dann auch noch die Entsorgung des Wracks am Hals, wobei sie das schon gestern klären konnte.«

Den langen Abendspaziergang und das Essen bei Kerzenlicht übersprang ich. Es gab auch Grenzen bei so einem Neffen-Tanten-Gespräch.

Ich schaute auf die Wanduhr. Mein Onkel hatte diese Uhr vor vielen Jahren selbst gebastelt. »Wir haben jetzt gleich zehn Uhr. In einer Viertelstunde fahren wir nach Bitburg, Linda will ihren Vater besuchen. Am frühen Nachmittag haben wir einen Termin im Trierer Polizeipräsidium. Ich werde also den ganzen Tag unterwegs sein.«

Helga biss in ihr Brötchen, kaute und schluckte. »Das macht nichts. Ich werde jetzt erst einmal ausgiebig frühstücken und dann einen Rundgang über den Platz machen. Schick mir zwischendurch mal eine Nachricht, dann weiß ich, ob ich mit euch zum Abendessen rechnen kann oder nicht.«

Ich nickte und stand auf. »Was bin ich froh, dass du wieder da bist. Gerade jetzt, wo Linda Hilfe braucht.«

»Ach, Paul?«

Ich sah Helgas Lächeln und die unausgesprochene Frage dahinter.

Ich grinste breit.

»Ich habe es nicht versaut, Helga.«

Marienstift – Bitburg

Diesmal fuhren wir mit Lindas Toyota, sie hatte darauf bestanden, selbst zu fahren, wollte sich aber nicht hinter das Steuer des großen Pick-ups setzen. Die Fahrt nach Bitburg verlief ohne besondere Vorkommnisse. Ich behielt den Außenspiegel im Blick, konnte aber keine Verfolger ausmachen. Entweder hatten sie aufgegeben oder dazugelernt. Im Moment hielt ich beides für möglich. Je näher wir unserem Ziel kamen, umso einsilbiger wurde Linda. Auf dem Parkplatz des Pflegeheims hätte sie fast einem Lieferwagen die Vorfahrt genommen, sie konnte gerade noch rechtzeitig bremsen. Vor der Glastür am Eingang griff sie nach meiner Hand.

»Es ist gut, Linda, du musst das nicht alleine durchstehen.«

»Ich wünschte, Ben wäre mit mir in der letzten Zeit hier gewesen. Gestern war Dad am Telefon nicht ansprechbar. Ich habe keine Ahnung, was mich erwartet. Zum Glück haben sie hier nicht nur den Pflegebereich, sondern auch ausgezeichnete Mediziner.«

Sie gab sich einen Ruck, dann betraten wir gemeinsam die große Vorhalle. Vor dem Gang zu den Aufzügen befand sich ein Informationsschalter. Linda nickte der Mitarbeiterin zu und wollte schon zu den Aufzügen gehen, als wir aufgehalten wurden.

»Frau Becking!« Die Dame hinter dem Informationsschalter hatte ihren Platz hinter der Theke verlassen. »Frau Becking, ich wusste gar nicht, dass Sie heute vorbeikommen wollten. Ich habe schon versucht, Sie in Kaiserslautern anzurufen. Frau Dr. Kröse-Bärenthal … also, ich sollte Sie informieren. Vielleicht ist es aber auch besser, Sie sprechen erst einmal mit der Frau Doktor.«

»Warum will mich die Ärztin sprechen? Ist etwas mit meinem Vater?«

Die Mitarbeiterin verzog das Gesicht, offenbar wollte sie nicht der Hiobsbote sein. »Ich kenne keine Details, es wäre wirklich besser, Sie würden mit Frau Doktor sprechen. Sie ist zurzeit in ihrem Büro. Zweiter Stock, Zimmer zweihundertzehn. Ich werde schon einmal Bescheid sagen, dass Sie im Haus sind und direkt zu ihr kommen.«

Linda hatte mir gestern, als wir Arm in Arm durchs Pöntertal gegangen waren, erzählt, warum sie das Pflegeheim ihres Vaters nicht mochte. Es lag nicht an fehlender fachärztlicher

Kompetenz oder mangelnder Aufmerksamkeit gegenüber den Patienten, sondern an der bedrückenden Atmosphäre in diesem Haus. Als wir zum Büro von Frau Dr. Kröse-Bärenthal gingen, wurde mir klar, was Linda damit meinte. Die hell gestrichenen Wände und die billigen Kunstdrucke stemmten sich vergeblich gegen die depressive Grundstimmung, die hier herrschte.

Frau Doktor arbeitete offenbar schon zu lange hier. Anfang fünfzig, halblange dünne hellbraune Haare, ein freudloses Lächeln in einem Gesicht, das fürs Erste zwölf Stunden ungestörten Schlaf und danach drei Monate Urlaub am Meer gebraucht hätte.

»Frau Becking, hat man Sie also erreicht. Das ist gut, sehr gut.«

Linda verzichtete darauf, der Ärztin zu erklären, dass sie von sich aus hergekommen war.

»Was ist mit meinem Vater?«

Das freudlose Lächeln verschwand nun auch noch und machte einem Anflug von Anteilnahme Platz. »Ihr Vater hat einen schweren Schlaganfall erlitten. Es gab keine Vorwarnung. Sicher, da war der Schwächeanfall in der vergangenen Woche, aber unsere Untersuchungsergebnisse waren doch sehr eindeutig, es gab keine Anzeichen für einen drohenden Schlaganfall. Natürlich hätten wir ihn zusätzlich in einem CT untersuchen lassen können, aber mit so etwas rechnet ja niemand.«

Frau Doktor sprach hastig und abgehackt, so, als erwarte sie schwere Vorwürfe.

»Niemand zweifelt an Ihrer ärztlichen Kompetenz. Wie schlimm ist es?«, fragte Linda mit tonloser Stimme.

»Schlimm! Sein Zustand ist einigermaßen stabil, aber noch kann man überhaupt nicht sagen, welche Auswirkungen der Schlaganfall haben wird. Wir haben ihn aus der Pflegestation in unsere medizinische Abteilung verlegt.«

»Kann ich zu ihm?«

»Natürlich, aber bitte nur kurz. Ich würde Sie begleiten.« Die Ärztin schaute in meine Richtung, so als würde sie zum ersten Mal wahrnehmen, dass Linda nicht allein in ihr Büro gekommen war.

»Würde es Ihnen etwas ausmachen, solange zu warten, ich möchte gerne mit Frau Becking unter vier Augen ... Sie verstehen?«

»Gehen Sie nur, ich warte draußen.«

Linda warf mir einen dankbaren Blick zu.

Frau Doktor schloss sich dem dankbaren Lächeln an, war aber deutlich weniger herzlich. »Den Gang runter gibt es einen Getränkeautomaten und einen Aufenthaltsbereich für Angehörige.«

Ich drückte Lindas Hand zum Abschied. »Du weißt, wo du mich findest.«

Im sogenannten Aufenthaltsbereich für Angehörige starb eine große Yuccapalme einen qualvollen Tod. Die Pflanze, die in einer Ecke vor sich hin kümmerte, hatte viel mit den Patienten in diesem Haus gemeinsam.

Auf einem niedrigen Tisch lagen ein paar zerlesene Zeitschriften. Dass sie überhaupt gelesen worden waren, wunderte mich. »Dackel-Glück«, »Mein Schlagerstar« und einige Ausgaben von »Patient heute« – die Langeweile hatte gleich drei neue Namen.

Was da aus dem Automaten kam, war, zumindest dem Namen nach, Kaffee. Ganz sicher war ich nicht. Schließlich gab es laut den Schildern auch noch Tee, Kakao und Tomatensuppe. Nach zwei Schlucken goss ich das Gebräu angewidert in den Topf der Yucca. Gut möglich, dass das der Grund für ihren erbarmungswürdigen Zustand war – ein Überangebot von Getränkeresten hält auf die Dauer die stärkste Topfpflanze nicht aus.

»Sind Sie der Kollege von Ben?«

Ich drehte mich erstaunt zu der Stimme um. Ein kleiner, dicker Mann stand am Eingang des Aufenthaltsbereichs. Er hatte eine Glatze, die wenigen grauen Haare standen ihm ungekämmt vom Kopf ab. Der Mann trug Cordpantoffeln, eine dunkelblaue Jogginghose und einen viel zu weiten Strickpulli, darüber einen offenen blau-grau gestreiften Frotteebademantel. Eine der altersfleckigen Hände krampfte sich um den Griff eines Gehstocks. Erstaunlich flink steuerte er mit kleinen Trippelschritten einen Stuhl an, auf den er sich schnaufend setzte.

Er war alt, irgendwo jenseits der achtzig. Er reckte seinen faltigen Hals, was mich an eine uralte Schildkröte erinnerte, und keuchte erneut: »Sind Sie der Kollege von Ben?«

Ich überlegte nicht lange, was hatte ich schon zu verlieren. »Ja, er hat mich geschickt.«

Der Mann kicherte, Speicheltropfen liefen ihm am Kinn herunter. »Dann hat der Alte endlich doch begriffen, dass es so nicht weitergehen kann. Ich habe Ben gleich gesagt, dass es Zeit ist, einen Agenten zu schicken. Haben Sie auch einen Dienstrang?«

Der Mann schaute mich ungeduldig an. Ich hatte keine Ahnung, wovon er sprach.

»Hauptmann, ich war Hauptmann.«

»Kriegsverletzung, wie?« Er deutete mit zitterndem Finger auf meine Prothese. »Gut, dass Sie untergekommen sind. Gab ja doch viele, die zurückkamen und auf der Straße gelandet sind. Was sagt denn nun der Alte? Ist er dankbar, dass wir mehr als die Hälfte zurückgelegt haben?«

»Er ist sehr dankbar. Allerdings weiß er nicht, wie viel mehr als die Hälfte ist. Ich fürchte, er hat auch vergessen, wofür sie zurückgelegt wurde.«

Der Mann stieß verärgert den Stock auf den Boden. »Wie senil kann man denn sein? Wir haben immer schon gesagt, dass er zu alt ist für diese Aufgabe, aber die buckeln ja alle vor ihm. Sollte besser bei seinen Rosen bleiben. Ich war doch selber dabei, als er sich unseren Notizzettel in die kleine Schublade gelegt hat. Zwei, zwei, eins und drei und das Geheimnis ist vorbei.«

Wieder kicherte der Mann vor sich hin, bevor er weitersprach. »Verrückt, absolut verrückt. Ist aber nicht meine Entscheidung. Jonas hat das Sagen. Was weiß ich, was die damit anstellen wollen, ich warte hier auf meine Befehle. Niemand sagt mir etwas. Schon klar, Breuning ist eben kein Geheimnisträger mehr. Breuning ist nur der Dienstbote. Aber wer hat denn die ganze Arbeit gemacht? Wer hat sich um alles gekümmert? Jonas ja wohl nicht! Der interessierte sich doch nur für die großen Bonzen in der Schweiz. Wissen Sie, was der Alte zu mir gesagt hat, als ich ihm den Dreißiger erklärt habe?«

»Den Dreißiger?«

»Gott im Himmel, was lernt ihr denn in der Ausbildung? Ja, natürlich, davon spreche ich doch die ganze Zeit. Heinrich Siegfried dreißig, eine Seifenkiste, jawohl. Der Alte hat ›Seifenkiste‹ gesagt.«

»Ach, Herr Breuning, hier sind Sie. Ich habe Sie schon gesucht, es ist Zeit für Ihre Gymnastik.«

Eine junge Pflegerin hatte den Aufenthaltsbereich betreten. Sie lächelte mich entschuldigend an.

»Herr Breuning hat Sie hoffentlich nicht gestört?«

»Aber nein, wir haben uns sehr nett unterhalten.«

»Wollen wir dann, Herr Breuning? Kommen Sie, ich helfe Ihnen hoch.«

Breuning brummte unwillig, ließ sich aber von der Pflegerin helfen. »Kommen Sie wieder. Sagen Sie dem Alten, dass ich eine Antwort brauche.«

Die Pflegerin zwinkerte mir unauffällig zu. »Ja, vielleicht können Sie sich ja beim nächsten Besuch noch einmal mit Herrn Breuning unterhalten.«

»Ich werde sehen, was ich tun kann.« Ich schaute Breuning in die wässrigen Augen. »Ich habe mir alles gemerkt, versprochen.«

Zum ersten Mal glitt ein Lächeln über sein Gesicht. »Grüßen Sie die Kameraden, Herr Hauptmann.«

Nachdenklich blickte ich dem dicken alten Mann und der Pflegerin hinterher. Mehr aus einem plötzlichen Impuls als aus einer wirklichen Überlegung heraus ging ich zum Aufzug und fuhr hinunter in die Eingangshalle. Ich lächelte die Dame an der Rezeption an.

»Entschuldigen Sie bitte, Linda Becking ist mit der Frau Doktor gerade bei ihrem Vater. Haben Sie eigentlich schon Frau Beckings Bruder Ben erreichen können?«

Die Dame an der Rezeption schüttelte bedauernd den Kopf. »Leider nein. Er war auch gestern gar nicht hier.«

»Sie meinen, hier bei Ihnen in der Einrichtung?«

Meine Frage löste einen Hauch von Misstrauen aus, also

schob ich schnell nach: »Das konnte er ja auch gar nicht. Er hatte sich doch mit Linda verabredet.«

»Ach so, ich hatte mich schon gewundert, schließlich kommt er seit dem Frühjahr jeden Dienstag hierher. Ein so netter junger Mann, der Herr Becking.«

»Ja, Ben hängt sehr an seinem Vater.«

»Und nicht nur das, ich glaube, der alte Friedhelm Breuning hat ihn auch in sein Herz geschlossen. Herr Becking ist ja in den letzten Wochen häufig mit ihm spazieren gewesen. Ich finde das großartig, wenn man sich dafür die Zeit nimmt.«

»Da haben Sie recht. Und Sie müssen auch gar nicht mehr versuchen, Ben zu erreichen, das werden wir erledigen. Danke für alles«, sagte ich, schickte ein Abschiedslächeln in Richtung Rezeption und ging zu den Aufzügen zurück.

Ich musste nur noch weitere zehn Minuten in der Trostlosigkeit des Aufenthaltsbereiches aushalten. Als Linda zurückkam und wir fahren konnten, hatte ich dennoch schon genug Zeit zum Nachdenken gehabt.

B 51 zwischen Bitburg und Trier

Linda war wütend, das war nicht zu übersehen. Sie biss sich auf die Unterlippe, rammte den Schaltknüppel praktisch in jeden einzelnen Gang und fluchte leise und unverständlich beim Überholen.

»Okay, Linda, rede mit mir. Wie geht es deinem Dad? Und du musst hier auf der B 51 nicht jeden Lkw überholen, wir kommen sicher auch so rechtzeitig in Trier an.«

Linda entspannte sich ein wenig und nahm den Fuß vom Gas. Das war schon mal ein Anfang.

»Wie schlimm steht es denn um ihn?«

»Er liegt im Koma, man kann nicht sagen, ob er noch einmal aufwachen wird. Es war wohl eine schwere Hirnblutung. Der

Arzt auf der Intensivstation hat mir gesagt, dass er allerdings schon Patienten gehabt hat, die nach einem solchen Schlaganfall noch Wochen so in ihrem Bett lagen. Nein, Paul, was mich wirklich wütend macht, ist, dass sich Ben nie um Dad gekümmert hat. Zumindest nicht in den letzten Jahren. Weißt du, Dad war ja schon lange nicht mehr klar im Kopf. Manchmal hat er mich gar nicht erkannt, aber bei meinen letzten Besuchen hat er mir immer wieder freudestrahlend berichtet, dass sein Sohn da gewesen wäre.«

Eine Träne lief Linda die Wange herunter, mit einer ungeduldig wirkenden Handbewegung wischte sie sich die Tränen aus dem Gesicht. »Und jetzt stirbt Dad, und Ben ist tot. Ben hatte keine Möglichkeit mehr, sich von Dad zu verabschieden – das alles ist so ungerecht.«

»Vielleicht war dein Dad klarer im Kopf, als du denkst. Seit dem Frühjahr hat Ben jeden Dienstag das Pflegeheim besucht. Die Dame unten an der Rezeption hat es mir verraten.«

Vor lauter Überraschung hätte Linda fast das Steuer verrissen. Der Toyota schlingerte gefährlich in einer Kurve.

»Hoh, schön langsam.«

»Sorry, Paul, ich wollte nicht … ich fahr jetzt vorsichtiger. Du willst mir sagen, dass mein Bruder mehrere Monate lang jede Woche in Bitburg war, um unseren Dad zu besuchen? Und mir davon nichts erzählt hat? Was hat er da gemacht? Warum hat das Krankenhaus dann jedes Mal mich angerufen, wenn irgendwas nicht in Ordnung war? Warum hat mir die Ärztin davon nichts erzählt?«

»Hatte sie einen Grund? Ich meine, alle müssen doch geglaubt haben, dass ihr euch untereinander abstimmt. Vielleicht hat er ja auch darum gebeten, dass du in solchen Fällen informiert wirst. Da reicht schon der Hinweis auf eine familieninterne Absprache. Du weißt schon: Rufen Sie bitte immer meine Schwester an, sie möchte sich gerne um alles kümmern. Was er dort allerdings gemacht hat, kann ich dir sagen. Er hat sich mit einem älteren Herrn angefreundet, den ich gerade eben auch kennengelernt habe. Der Mann ist reichlich wirr im Kopf und lebt offenbar in der Vergangenheit. Warum Ben diesen Herrn besucht hat, weiß ich nicht, ich kann nur raten. Vielleicht war dein Bruder gar nicht so herzlos, wie du befürchtest, vielleicht hatte er einfach nur Mitleid.«

Linda brummte ärgerlich. »Wer's glaubt. Ben hat die Einrichtung gehasst. Sich dort aufzuhalten, würde ihn immer runterziehen, hat er mal gesagt.«

Und doch ist er wochenlang dorthin gefahren, dachte ich, sagte es aber nicht laut. Woche für Woche, um mit einem alten Mann spazieren zu gehen, der auf einen Agenten des »Alten« wartete.

Ein Büro in Bonn

Er legte den Ausdruck auf die Lederunterlage seines alten Schreibtisches, lehnte sich zurück und rieb sich mit Daumen und Zeigefinger nachdenklich den Nasenrücken. Der Lagebericht, den Heller und Schmitt abgeliefert hatten, ließ keine Fragen offen.

Benjamin Becking war tot. Der Mann, der die Stolperdrähte seines Systems zum Schwingen gebracht hatte, war verbrannt. Gut so! Das ersparte Heller und Schmitt eine Menge Arbeit.

Was ihn beunruhigte, war die letzte Meldung, die sie geschickt hatten. Linda Becking, die Schwester, war zusammen mit diesem ehemaligen Militärpolizisten unterwegs. Warum besuchten die beiden ein Pflegeheim in Bitburg? Er hatte ein feines Gespür für solche einfachen Fragen. Ein Gespür dafür, dass sich hinter Banalitäten oft komplexere Probleme verbargen. Es war wie bei einem Stein, den man aufhob, woraufhin ein ganzes Nest von Kellerasseln zum Vorschein kam.

Er griff zum Telefonhörer. »Ja, ich bin's. Ich brauche eine Patientenliste von einem Pflegeheim und Krankenhaus in Bitburg.« Er hörte kurz zu und bellte dann ins Telefon: »Natürlich sofort, würde ich sonst danach fragen?«

Er legte ohne Gruß auf. Die Liste kam nach einer Viertelstunde als Dateianhang einer Mail. Er schnaufte unwillig. Früher, ohne komplizierte Datenschutzbestimmungen, wäre so etwas schneller gegangen, aber gut, er musste mit dem arbeiten, was ihm zur Verfügung stand. Die Namen der Patienten waren immerhin alphabetisch sortiert. Er fand auf Anhieb den Grund, warum Linda Becking dort gewesen war, ihr Vater stand ganz oben in der Tabelle. Er wollte die Datei gerade schließen, als ihm ein anderer Name ins Auge fiel.

»Friedhelm Breuning«, murmelte er, »Friedhelm, Friedhelm, ich dachte, du wärst längst tot.«

Breuning war ihm irgendwie durch die Maschen geschlüpft, ein schwerer Fehler. Ein Fehler, für den er nun die Verantwortung übernehmen musste. Was, wenn Breuning anfing zu reden?

Heller und Schmitt würden sich später darum kümmern müssen, aber noch wichtiger waren jetzt Linda Becking und dieser Paul David. Eine Militärpolizistin und ein Ex-Feldjäger, der jetzt als Privatschnüffler arbeitete, besuchten das Haus, in dem Friedhelm Breuning lebte.

Er atmete einmal tief durch. Er durfte sich keine Schwächen erlauben. Langsam tippte er den Befehl in eine Kurznachricht und schickte sie an Heller. Danach fühlte er sich besser. Einfach nur fünf Wörter: »Töten Sie Becking und David.«

Polizeipräsidium Trier

»Wissen Sie schon, wie der Unfall passiert ist?«, fragte ich.

»Zunächst einmal sind wir, das muss ich deutlich sagen, nicht davon überzeugt, dass es sich um einen Unfall handelt.«

Kriminaloberkommissar Jürgen Garwinkel schob ein paar Unterlagen auf seinem Schreibtisch hin und her. Offenbar war ihm die Unterhaltung mit Linda und mir unangenehm. Unangenehm oder einfach nur zu zeitraubend, möglicherweise hätte er die Zeit lieber anders genutzt.

»Wollen Sie damit sagen, dass mein Bruder ermordet wurde?«, fragte Linda. Sie bewahrte Haltung, nicht mal ihre Stimme wurde lauter – Garwinkel sollte das honorieren, fand ich.

»Das Wohnmobil ist nicht komplett ausgebrannt. Der Inhalt einer Gasflasche ist explodiert, aber eine zweite hat den Brand überstanden. Das heißt auch, die Leiche Ihres Bruders ist nicht so verbrannt, wie sich der Täter das gewünscht hat.«

»Mein Bruder war also schon tot?«

Garwinkel nickte. »Schädel und Gesicht weisen schwere Verletzungen auf. Schläge mit einem stumpfen Gegenstand. Der Mörder hat ganze Arbeit geleistet und wollte mit der Explosion und dem Brand nur noch auf Nummer sicher gehen. Die Spuren weisen auf eine Tat im Affekt hin, vielleicht kam es zu einem Streit zwischen dem Täter und Ihrem Bruder. Der Täter schlug zu, und um die Spuren zu verwischen, kam er auf die Idee, das Gas aufzudrehen. Wir fanden in der Mikrowelle eine offene Glasschale, eventuell wurde hier etwas leicht Entzündliches erhitzt.«

»Mein Bruder hatte eine Mikrowelle in seinem alten Wohnmobil?«

»Was soll ich sagen? Es war keine eingebaute Mikrowelle, nur ein einfaches Gerät, das auf einem der Schränke stand. Wir fanden auch etliche Fertiggerichte im Fahrzeug. Wahrscheinlich war Ihr Bruder kein großer Koch.«

»Da haben Sie recht, er hasste es zu kochen.«

»Die Glasschale in der Mikrowelle gehörte wahrscheinlich zu einem primitiven Zeitzünder, nicht wahr?«, sagte ich.

»Ja, Herr David, das stimmt.«

Linda schaute mich an und hob fragend die Augenbrauen.

»Nimm etwas leicht Entzündliches und erhitze es in einem Mikrowellenherd. Es dauert nicht lange, und bumm … wenn dann noch der Wagen voller Gas ist.«

»Aber wer sollte ein Interesse daran haben, Ben zu ermorden?«

Garwinkel räusperte sich. »Kein Mord, eher Totschlag, Frau

Becking. Eine ungeplante Tat mit verheerenden Folgen, wie wir glauben. Der Platzwart hat ausgesagt, dass Ihr Bruder am Abend noch Besuch von einem jungen Mann bekam. Wie gesagt, ein Streit, der eskalierte, scheint mir im Augenblick die einleuchtendste Erklärung zu sein.«

»Kann ich Ben sehen?«

»Ich glaube, das ist keine so gute Idee. Wir haben die Leiche Ihres Bruders zur Obduktion in die Rechtsmedizin nach Mainz überführt. Ich sagte zwar, dass sie nicht vollständig verbrannt ist, aber ich möchte Ihnen diesen Anblick lieber ersparen.«

»Ich bin seit mehreren Jahren Special Agent des CID. Es wäre nicht das erste Explosions- und Brandopfer, das ich zu Gesicht bekomme.«

»Entschuldigen Sie bitte, ich vergaß für einen Moment, dass Sie eine Kollegin sind.«

Zum ersten Mal während unseres Gesprächs verlor Garwinkels Stimme die nüchterne Sachlichkeit. Sein Gesicht wurde weicher und drückte Mitgefühl aus. »Es mag sein, dass Sie mehr Brandopfer als ich gesehen haben, aber hier geht es um Ihren Bruder. Sie müssen ihn nicht ansehen. Wir haben auch andere Möglichkeiten der Identifizierung.«

Garwinkel nahm einen Umschlag und öffnete ihn. »Der rechte Arm des Toten ist beispielsweise erstaunlich unversehrt geblieben. Es gibt da auf dem Unterarm eine Tätowierung. Ihr Bruder war doch dort tätowiert?«

Er beugte sich vor und überreichte Linda ein paar großformatige Fotos. Sie starrte auf die Abzüge und nickte dann gedankenverloren. »Ja, Sie haben recht. Meine Eltern haben sich immer darüber aufgeregt, dass sich Ben tätowieren ließ.« Linda gab die Fotos zurück.

»Nun, dann ist dieser Punkt wohl geklärt. Ich denke, in wenigen Tagen wird die Rechtsmedizin die Leiche freigeben, dann können Sie sich um die Beerdigungsformalitäten kümmern. Wie ich gehört habe, haben Sie bereits hinsichtlich des Wracks alles Notwendige in die Wege geleitet. Sollte es von unserer Seite noch etwas geben, würden wir uns bei Ihnen melden.«

Linda stand auf, hastiger als nötig, wahrscheinlich wollte sie ebenso wie ich das Gespräch mit Garwinkel rasch beenden. »Ich danke Ihnen, Herr Kriminaloberkommissar.«

Nur wenige Laien machten Gebrauch von dieser korrekten Anrede. Ein schmales Lächeln huschte über das Gesicht des Polizisten. »Keine Ursache, Frau Kollegin.«

Auf dem Parkplatz des Polizeipräsidiums startete Linda nicht sofort den Motor. Sie schien nachzudenken, biss sich auf die Unterlippe.

»Linda, was ist los?«

Sie schaute mich an. Schmerz und Verzweiflung standen ihr ins Gesicht geschrieben. Und da war noch etwas, das ich nicht sofort einordnen konnte. War das Wut?

»Der Tote ist nicht Ben, Paul. Ich weiß nicht, wer dort verbrannt ist, aber es war nicht mein Bruder.«

»Und die Tätowierung auf dem Arm?«

Linda schnaubte. »Ich könnte nicht einmal sagen, ob sich Ben in den letzten Jahren überhaupt hat tätowieren lassen. Zuzutrauen wäre es ihm.«

»Wie kannst du so sicher sein, dass auf dem Foto nicht dein Bruder zu sehen war?«

»Nun, auf einem der Fotos konnte man gut die Finger der rechten Hand erkennen. Ben hat am rechten kleinen Finger eine auffällige Narbe. Als Teenager hatte er einen Unfall in Dads Werkstatt. Ben war mit der Hand in eine Säge geraten, fast hätte er den Finger verloren. Aber die Hand auf diesem Foto war makellos.«

»Trotzdem hast du Garwinkel bestätigt, dass es sich um Ben handelt. Wäre es nicht besser, sie wüssten die Wahrheit?«

Linda schüttelte heftig den Kopf. »Auf gar keinen Fall. Du weißt doch, was es bedeuten kann, wenn der Tote im Wohnwagen nicht Ben ist.«

Ich dachte kurz nach, dann wurde mir klar, was Linda meinte.

»Du fürchtest, dass dein Bruder der Täter ist, nicht wahr?«

Linda zupfte an einem Fingernagel herum. Sie dachte nach. »Ich weiß nicht, was in diesem Wohnmobil vorgefallen ist, aber wenn Ben derjenige war, der zugeschlagen hat … Er ist immer noch mein Bruder, ich kann ihm nicht einfach die Polizei auf den Hals hetzen. Wenn er schuldig ist, muss er bestraft werden, aber vorher will ich von ihm wissen, warum er es getan hat. Wir sollten Ben suchen. Nur, wo fangen wir an? Er könnte überall sein.«

Ich dachte an das Marienstift in Bitburg und daran, dass Ben dort so oft gewesen war.

»Du sagtest, dass Ben euren Vater in den letzten Jahren kaum besucht hat?«

»Das war einer der Punkte, über die es immer wieder Streit zwischen uns gab. Ben hat das Besuchen größtenteils mir überlassen. Bei ihm kam immer etwas dazwischen.«

»Also ist er ausnahmsweise einmal dort gewesen, hat wahrscheinlich, wie ich, zufällig diesen Friedhelm Breuning getroffen, und danach begannen die regelmäßigen Besuche.«

»Glaubst du, es ging Ben nur um Breuning?«

»Es kann natürlich auch andere Gründe gegeben haben. Auffällig ist aber doch, dass er regelmäßig mit dem alten Mann spazieren ging. Ein merkwürdiges Verhalten für jemanden, der jahrelang einen weiten Bogen um das Pflegeheim gemacht hat.«

»Ja, das ist wohl wahr.«

»Gab es in letzter Zeit sonst noch irgendetwas Ungewöhnliches in seinem Leben? Irgendetwas, woran du dich erinnerst?«

»Ben hat seine Firmenanteile verkauft und mir nichts davon erzählt. Das hat mich gewundert, aber sonst war er ganz der Alte. Er krebste an seiner Doktorarbeit herum, arbeitete als Assistent für einen Professor, es gab Stress in der WG, und er war glücklich mit seiner Freundin. Das alles habe ich allerdings nur am Rande mitbekommen. Ben tauchte nur auf, wenn er etwas von mir wollte, wie du weißt.«

Linda hörte auf, an ihrem Fingernagel zu knibbeln. Doch auch jetzt schaute sie mich nicht an, sondern blickte traurig geradeaus durch die Windschutzscheibe.

»Ich würde gerne mehr über das Leben deines Bruders in den

letzten sechs Monaten erfahren«, sagte ich sanft. »Vielleicht hilft es uns, ihn zu finden. Und wir sollten Herrn Breuning noch einmal besuchen.«

Bei dem Gedanken, dass es etwas Greifbares gab, was sie tun konnte, belebte sich ihr Gesicht. Sie wandte sich zu mir und schlug vor: »Wir könnten nach Kaiserslautern fahren, schauen in Bens WG vorbei und holen frische Wäsche aus meinem Apartment. Mit den Ärzten im Marienstift habe ich vereinbart, dass ich morgen Mittag wiederkomme.«

»Das passt gut. Dann besuchst du deinen Dad, und ich treffe Herrn Breuning. Mal sehen, was er mir noch erzählen kann.«

***

»Sie fahren los. Was denkst du, was sie jetzt tun werden?«

Heller brummte genervt. »Mir ist egal, was die tun. Ich vermute mal, sie fahren zurück nach Andernach, oder sie machen einen Abstecher zu ihr nach Hause.«

»Okay, hör zu, Heller, mir gefällt es auch nicht, aber die Anweisungen von dem Alten waren eindeutig. Wir haben den Job angenommen, also ziehen wir das jetzt auch durch. Halt ruhig etwas Abstand, der Sender funktioniert ja. Wozu ein unnötiges Risiko eingehen.«

»Und dann?«

»Dann holen wir sehr schnell auf und sorgen auf der Autobahn für einen tödlichen Unfall. Ein zerschossener Reifen bei Tempo hundertdreißig und tschüss.«

»Riskant, aber einen Versuch ist es wert. Mir wäre es allerdings auch lieb, wenn es wie ein Unfall aussehen würde.«

Schmitt öffnete das Handschuhfach, holte seine Waffe heraus und zog den Schlitten zurück, um sie durchzuladen.«

»Worauf wartest du dann? Bringen wir es hinter uns.«

Auf der A 62

Die Autobahn war erstaunlich frei. Der Feierabendverkehr hatte noch nicht eingesetzt, und so konnte Linda ungehindert Gas geben.

»Ich frage mich, wer der Tote im Wohnmobil gewesen sein könnte«, sagte Linda, nachdem sie eine Zeit lang geschwiegen hatte. »Glaubst du, Paul, dass Ben jemanden im Streit niederschlägt, tötet und dann das Wohnmobil anzündet?«

»Linda, ich habe Ben noch nie getroffen. Sag du es mir.«

Linda antwortete nicht sofort, stattdessen setzte sie den Blinker und überholte ein paar Lkws. Als sie wieder auf der rechten Spur war, seufzte sie. »Es ist zum Verzweifeln. Ich bin irgendwie froh, dass der Tote eindeutig nicht Ben ist. Aber wenn das bedeutet, dass er der Täter ist, gefällt mir das Ganze genauso wenig. Eigentlich ist das sogar noch schlimmer. Und dennoch: Ben ist nicht der Mensch, der voller Jähzorn und im Affekt zuschlägt. Vielleicht war es ja ein Unfall, Bens Besucher ist unglücklich gestürzt, Ben ist in Panik geraten und –«

»Ich will dir deinen Bruder nicht schlechtreden, versteh mich jetzt bitte nicht falsch. Aber Garwinkel sprach von schweren Verletzungen und Schlägen mit einem stumpfen Gegenstand. Das Opfer ist sicher nicht mehrmals gestürzt und hat sich dabei den Kopf angeschlagen.«

Ich sah deutlich, dass Linda sich nur schwer damit abfinden konnte, dass ihr Bruder möglicherweise ein Mörder war. Das wäre jedem normalen Menschen so gegangen. Wie gesagt, ich kannte Ben nicht einmal. Zum Glück nahm mir Linda meinen Einwand nicht übel.

»Entschuldigung, das war dumm von mir. Ich weiß einfach nicht, was ich glauben soll. Das Ganze ist so absurd. Wer ist der Tote überhaupt?«

»Ich fürchte, ein völlig Unschuldiger. Dieser Winfried vom Campingplatz Rössel hat mir am Telefon gesagt, dass Ben, ich zitiere, ›einen von den Italienern mitgenommen hat‹.«

Linda wusste sofort, was das zu bedeuten hatte. Sie packte

das Lenkrad so fest, dass ihre Fingerknöchel weiß hervortraten. »Ben hat schwarze Haare, man könnte ihn durchaus für einen Italiener halten. Das würde bedeuten, dass er diesen Mord geplant hat. Nur mal angenommen, es wäre wirklich so gewesen: Er hat sich einen halbwegs ähnlichen Doppelgänger gesucht und ihn getötet. Aber warum? Warum tötet er irgendeinen Kerl, den er am Abend vorher getroffen hat?«

Zwei Fragen, auf die ich auch noch keine Antwort hatte. Dass die Tat zufällig geschehen war, hielt ich für unwahrscheinlich. Ben musste schließlich auch von dem Campingplatz verschwinden. Er hatte bestimmt kein Taxi genommen oder wanderte mit einem Rucksack an der Mosel entlang. Je länger ich darüber nachdachte, umso überzeugter war ich, dass Lindas Bruder einem ausgeklügelten Plan folgte. Die Wut über Ben machte Linda ungeduldig, offenbar wollte sie so bald wie möglich damit beginnen, Antworten zu finden.

Der Toyota beschleunigte, und ich sah vom Beifahrersitz aus, wie sich die Tachonadel der Hundertsechzig-Stundenkilometer-Marke näherte. Mir machte das Tempo nichts aus, Linda war eine hervorragende Fahrerin. Ich rutschte auf dem Beifahrersitz herum und suchte eine bequemere Stellung für meine langen Beine im Fußraum. Dabei fiel mein Blick in den Außenspiegel. Von hinten schob sich ein weißer Transporter heran, setzte den Blinker, um zu überholen. Dass der Transporter uns überholen wollte, wiegte mich für einen Augenblick in Sicherheit. Das ist einfach das falsche Verhalten bei einer Observation, und auf bundesdeutschen Autobahnen gibt es weiße Transporter wie Sand am Meer. Aber je näher der Transporter kam, umso unruhiger wurde ich. Ich warf einen Blick über die Schulter. In diesem Moment fuhr die Fensterscheibe der Beifahrerseite herunter. Das konnte ein Zufall sein, da war vielleicht einfach nur ein Beifahrer, der bei Tempo hundertsechzig gern etwas mehr frische Luft haben wollte, aber ich hatte schon lange aufgehört, an Zufälle zu glauben.

»Linda, ist hinter uns frei?«

»Ja, wieso, Paul?«

»Der weiße Transporter, der auf der linken Spur überholt. Kriegst du eine Vollbremsung hin, ohne zu schleudern?«

Jetzt war der Transporter schon fast mit uns auf einer Höhe. Ich konnte zwar nicht den Beifahrer erkennen, aber dafür den Lauf einer Pistole.

»Brems!«

Linda fragte nicht, sie zögerte nicht, sie hielt das Lenkrad fest umklammert und trat mit voller Kraft auf die Bremse. Der Toyota brach aus, schlingerte, doch Linda wusste offensichtlich genau, was sie tun musste. Ein Schuss, zwei Schüsse, doch die Kugeln verfehlten ihr Ziel. Sie trafen nicht einmal mehr unser Auto. Mit Lindas gekonntem Bremsmanöver hatte der Schütze nicht gerechnet. Der weiße Transporter raste davon. Linda schaltete die Warnblinkanlage ein und fuhr auf den Standstreifen.

»Verdammt, die haben auf uns geschossen.« Sie hämmerte ihre Faust aufs Lenkrad. »Verdammt, verdammt, verdammt!«

Da ihre Hände zitterten, beugte ich mich zu ihr hinüber. Als Angebot. Tatsächlich lehnte sie ihren Kopf an meine Schulter.

»Es ist gut, sie haben es nicht geschafft. Du warst großartig.«

»Ist Teil der Ausbildung eines Special Agents bei den amerikanischen Streitkräften. Fahrsicherheitstraining und das Verhalten in Extremsituationen, zum Beispiel bei einer versuchten Entführung.«

»Dieses Training hat uns gerade das Leben gerettet, Linda.« Ich strich ihr über die Haare.

Linda schaute hoch. »Wer –?«

»Schmitt und Heller, unsere falschen LKA-Beamten. Sie sind die Einzigen in diesem Spiel, die einen weißen Transporter fahren. Vom Kennzeichen konnte ich leider nur noch BN-ZA sehen.«

»Aber warum?«

»Warum, weiß ich nicht, aber jemand hat beschlossen, dass wir zu viel wissen könnten und deshalb ausgeschaltet werden müssen.«

***

»Verdammte Scheiße, Schmitt, du hast sie verfehlt.«

»Ja? Wenn du es besser kannst, überlass ich dir das Schießen. Wie konnte ich denn wissen, dass die Schlampe eine Vollbremsung hinlegt.«

Heller warf einen prüfenden Blick in den Spiegel.

»Sie stehen auf dem Standstreifen. Vielleicht –«

»Scheiße, nein, ich habe niemanden getroffen. Die war weg, noch während ich abgedrückt hab. Fahr weiter, wir kümmern uns morgen um die beiden.«

»Um die beiden und Bitburg.«

»Ja«, stimmte Schmitt genervt zu, »Bitburg steht auch auf der Liste des Alten.«

Ein Altbau in Kaiserslautern

Benjamin Becking wohnte in einem Altbau. Die Namensschilder neben den Klingelknöpfen waren ausgeblichen und unleserlich, niemand hatte sich mehr die Mühe gemacht, sie zu aktualisieren. Linda stieß die Haustür auf, die nicht mehr richtig schloss.

»Hier im Haus wohnen fast nur Studenten. Die Zimmer sind groß, die Miete ist erschwinglich. Es gibt mindestens fünf WGs«, erklärte sie mir, während wir die Treppe in den zweiten Stock hochstiegen. Unten in dem langen Flur standen mehrere Fahrräder, ein Poster auf einer Wohnungstür forderte die Legalisierung von Marihuana, ein anderes Poster an der Wand warb für einen Stadtmarathon im vergangenen Herbst.

Aus der Wohnung, vor der Linda stehen blieb, drang lauter Rap. Sie drückte auf die Klingel, doch nichts geschah. Schließlich hämmerte sie mit der Faust gegen das Türblatt. Der Rapper drinnen verstummte.

»Echt, mal langsam. Komm ja schon.«

Die Wohnungstür wurde geöffnet, und vor uns stand ein junger Mann. Ich hatte mit irgendwas zwischen Hippie und Gangster-

Rapper gerechnet, doch der Knabe sah aus, als wollte er gleich zum Messdiener-Unterricht gehen. Strenge Hornbrille, ordentlicher Seitenscheitel, hochgeschlossenes Hemd und Pullunder.

»Ja, hi. Ich bin der Armin. Zu wem wollt ihr?«

»Linda, das ist Paul. Ich bin Bens Schwester.«

»Ah, Ben, ja, der Hendrik hat mir schon gesagt, dass du angerufen hast. Kommt rein. Links ist die Küche.«

Bei der Einrichtung im Flur und in der Küche traf Sperrmüll auf Shabby Chic. Dagegen gab es im Grunde nichts zu sagen, allerdings hätte ich nur mit größten Bedenken in dieser Küche etwas gegessen. Sauber sah anders aus. Der Erfinder der Gummihandschuhe hätte bei dem Anblick des schimmeligen Tellerberges in der Spüle sicher seine Freude gehabt.

»Ihr sucht also Ben? Hendrik hat so was erzählt. Auch, dass Ben jetzt ein Wohnmobil hat und damit Urlaub macht. Geile Sache eigentlich.«

Na ja, das Wohnmobil war Geschichte, aber ich wollte dem lieben Armin keine Alpträume bereiten.

»Was hat Ben vor seiner Abfahrt gemacht? Hat er sich mit Freunden getroffen, gab es Krach? Wie sieht das mit seiner Freundin aus?«, fragte ich.

»Au, du, so viele Fragen, das kann ich dir alles gar nicht so genau sagen. Ich war ein paar Tage unterwegs, Exkursion, ich hab Ben danach nicht mehr gesehen, und die Lea, seine Freundin, boah, die war auch echt ewig nicht mehr hier.«

»Weißt du, wo Lea wohnt?«

»Nee, die ist umgezogen, aber ich kann ihr 'ne WhatsApp schreiben.«

»Schick mir einfach ihre Nummer, bitte«, sagte Linda. Sie diktierte Armin die eigene Mobilnummer, und der leitete bereitwillig die Kontaktdaten von Lea weiter.

»Okay, Leute, sonst noch was?«

»Können wir uns Bens Zimmer ansehen?«, fragte Linda.

»Klar, warum nicht, bist ja seine Schwester. Da wird er schon nichts dagegen haben.«

Armin führte uns zu einer Zimmertür am hinteren Ende

des Flurs. Er drückte die Klinke herunter und stieß die Tür schwungvoll nach innen auf. Sie knallte allerdings direkt zurück ins Schloss. Beim zweiten Versuch ging Armin vorsichtiger vor; anscheinend lag irgendetwas hinter der Tür. Er lehnte sich mit seinem gesamten Körpergewicht dagegen und schob. Langsam und mit einem hässlichen schleifenden Geräusch wurde der Türspalt endlich breit genug, um hindurchzuschlüpfen.

»Fuck, was ist denn hier passiert?«

Linda und ich schauten an Armin vorbei in das Zimmer oder besser gesagt in das, was von diesem Zimmer übrig war. Jemand hatte hier ganze Arbeit geleistet und, ähnlich wie bei Linda, auch vor den Sofakissen nicht haltgemacht. Das ganze Zimmer sah aus, als wäre eine Horde Büffel hindurchgetrampelt. Alles lag auf dem Boden herum, Kleidung, Aktenordner, vertrocknete Topfpflanzen, Bücher, zerbrochenes Geschirr, durchmischt mit den Schaumstoffflocken aus den Polstern.

»Echt jetzt, das ist krass. Wir haben zwar keine WG-Ordnung, aber Ben sollte echt mal an seinem Einrichtungsstil arbeiten.«

Kaiserslautern

Noch im Auto griff Linda zu ihrem Handy.

»Ja, hallo. Ich bin Linda Becking, Bens Schwester. Armin, Bens Mitbewohner, hat – Was? Oh! … Nein, das wusste ich nicht. Okay. Ja, das werde ich ihm ausrichten.«

Linda legte ihr Handy in das Ablagefach und sagte kopfschüttelnd: »Meine Güte, war die sauer.«

»Heißt das, du hast gerade eben mit Bens *Ex*-Freundin telefoniert?«

»Oh ja. Lea wartet immer noch darauf, dass Ben ihr das geliehene Geld zurückzahlt. Sie hat vor vier Monaten mit ihm Schluss gemacht. Die ist richtig wütend.«

»Das heißt auch, dass sie uns nicht sagen kann, was Ben in den letzten Wochen getrieben hat.«

»Er hat mir nicht erzählt, dass er keine Freundin mehr hat.«

»Ich fürchte, es gibt eine Menge Dinge, über die er nicht geredet hat.«

Wir brauchten etwas mehr als eine Viertelstunde, um zu Lindas Apartment zu fahren.

»Ich lauf schnell hoch und hole frische Wäsche.«

»Ich begleite dich.«

Während wir über den Parkplatz gingen, versuchte ich Steffen anzurufen, erreichte aber nur die Mailbox, auf der ich ihm eine kurze Nachricht hinterließ. Normalerweise hörte er seine Mailbox regelmäßig ab, Steffen war in dieser Beziehung sehr zuverlässig.

Linda hatte die erste freie Parkbucht gewählt, an der wir vorbeigekommen waren. Von hier aus konnte ich den gesamten Parkplatz überblicken. Ein silbergrauer Audi TT stand in der Nähe der Eingangstür. Der Wagen selbst war nicht auffällig, die drei Männer, die darin saßen, schon. Ein Coupé ist eigentlich für drei Männer nicht geeignet. Wer auf dem Rücksitz Platz nehmen muss, ist entweder sehr klein, oder er hat die Loser-Karte gezogen.

Warum saßen also drei Mann in diesem Sportwagen? Pause machten die ganz sicher nicht. In meinem Hinterkopf begann eine Alarmglocke zu schrillen.

Lindas Apartment war – bis auf ein paar persönliche Fotos – erschreckend steril.

»Das ist eine Dienstwohnung, wir erhalten sie fertig möbliert.« Linda hatte offenbar meine Gedanken erraten. Sie hielt eine Tasche hoch. »Ich bin fertig, wir können wieder los.«

Als wir unten an der Haustür ankamen, deutete sie auf den Briefkasten. »Geh schon mal zum Wagen, ich schau nur noch, ob ich Post bekommen habe.«

Als ich bei Lindas Auto ankam, drehte ich mich um. Wo blieb sie denn? In diesem Moment stiegen bereits zwei Männer aus dem Audi, der dritte brauchte etwas länger, um von der

Rückbank aus ins Freie zu klettern. Der erste war ein Riese, der zweite etwas kleiner, aber genauso breit. Der Knabe mit der Loser-Karte war Viktor Baumann, mehrfach vorbestrafter Mitarbeiter von Ilja Antonov. Den hatte Steffen ja schon für uns identifiziert. Jetzt beeilte ich mich mit dem Aussteigen. Die drei waren sicher nicht vorbeigekommen, um mit Linda zu plaudern und ihr eine Einladung zum Nachmittagstee vorbeizubringen.

Als Linda aus dem Haus trat, versperrten die Männer ihr den Weg.

»Wir möchten Ihnen gerne etwas ausrichten. Ihr Bruder war so dumm, sich mit den falschen Leuten anzulegen. Leider können wir ihm das nicht mehr persönlich sagen, aber unser Boss würde es sehr schätzen, wenn Sie die Verantwortung für die Verpflichtungen Ihres Bruders übernehmen würden.«

Die Stimme des Riesen war gut zu verstehen, Lindas Antwort auch. Sie hatte ihre Tasche auf den Boden gestellt und die Post daraufgelegt, um die Hände frei zu haben. Gut gemacht. Den dreien schien das gar nicht aufzufallen, oder aber sie hatten bislang nur mit Leuten zu tun gehabt, die bei ihrem Anblick zu zittern begannen. Der Erfolg hatte sie wohl leichtsinnig werden lassen.

»Lassen Sie mich einfach gehen. Ich hab mit den – wie nannten Sie das? – ›Verpflichtungen‹ meines toten Bruders nichts zu schaffen. Richten Sie Ihrem Boss aus, dass ich nicht bereit bin, für Ben einzuspringen.«

»Das ist aber sehr bedauerlich.« Die Stimme des Riesen klang wie fernes Gewittergrollen, dunkel und bedrohlich. »Für diesen Fall hat uns unser Boss aufgetragen, Ihnen eine kleine Lektion zu erteilen, damit Sie Ihre Meinung noch ändern.«

Viktor und der andere Mann sprangen vor. Und ehe Linda etwas tun konnte, packten die beiden sie rechts und links an den Armen. Linda versuchte sie abzuschütteln, konnte sich jedoch nicht aus dem Griff befreien.

»Ist das nicht ein bisschen unfair? Drei Kerle überfallen eine Frau?«

Bei meiner laut gestellten Frage drehte sich der Riese herum.

»Halt dich da raus, ist gesünder für dich.«

»Ach, komm schon. Ihr lasst sie los, verzieht euch, und dafür verrate ich Ilja Antonov nicht, dass ich euch auf dem Rastplatz mit einem Anfängertrick reingelegt habe. Und was Ben betrifft, kann ich Linda nur zustimmen, sie hat mit ihrem verstorbenen Bruder und seinen vorherigen Machenschaften nichts zu schaffen.«

»Pass auf, Kleiner, das tut jetzt weh.«

Mein Spruch, Großer, dachte ich. Der Riese überragte mich zwar um einen halben Kopf, aber »Kleiner« hatte mich in den letzten zwanzig Jahren niemand mehr genannt.

Die Idioten sterben nicht aus, sie sterben nur früher. Mein Trainer sagte das immer, wenn man einen Gegner unterschätzt hatte. Der Kerl vor mir war muskelbepackt, und er hatte gelernt, harte Schläge einzustecken. So was macht unvorsichtig.

Der Riese schlug mit einer harten Geraden zu. Dieser Hieb hätte meinen Kopf wahrscheinlich mehr oder weniger von den Schultern gerissen – wenn er mich denn getroffen hätte, was er nicht tat. Blitzschnell tauchte ich unter seiner Faust weg, glitt neben ihn, griff nach seiner Jacke, hielt mich fest und rammte ihm mein angewinkeltes Knie mitten zwischen die Beine, dorthin, wo selbst ein Bodybuilder keine Muskelpakete hat.

Er blieb wie angewurzelt stehen, die Augen quollen ihm fast aus dem Kopf, und mit einem leisen Wimmern sackte er in die Knie. Jetzt war er nicht mehr ganz so groß. Ich wirbelte herum, und mein zweiter Kick traf ihn an die Schläfe. Nicht so hart, dass er niemals mehr aufwachen würde, nur gerade eben stark genug, um ihn von den unerträglichen Schmerzen der gequetschten Hoden abzulenken.

Der Kerl kippte zur Seite wie ein gefällter Baum. Linda nutzte die Verblüffung der beiden anderen und trat Viktor so heftig auf den Fuß, dass ich meinte, einen Knochen knacken zu hören. Viktor ließ auch prompt los, was ihr die Möglichkeit bot, ihm den Ellbogen gegen die Nase zu rammen. Sie blieb weiter in Bewegung und schlug mit der Faust dem Mann an ihrer linken

Seite gegen den Kehlkopf. Der brach röchelnd zusammen und hatte nur noch ein Ziel im Kopf: wieder genügend Luft zum Atmen zu bekommen.

Linda blieb erstaunlich ruhig. Sie brauchte nur einen winzigen Moment, um sich zu sammeln, dann nahm sie ihre Post und die Tasche und stieg mit einem langen Schritt über den bewusstlosen Riesen hinweg.

»Interessanter Kick, Paul. Ich wusste nicht, dass du das beherrschst.«

»Du hast ja auch nie gefragt.«

»Schwarzer Gürtel?«

»Drei, in verschiedenen Dan-Graden.«

»Drei?«

»Drei und noch ein paar Kleinigkeiten, die ich bei der Zusammenarbeit mit den Israelis gelernt habe.«

Linda lachte leise. Zum ersten Mal, seit wir von dem brennenden Wohnmobil ihres Bruders erfahren hatten. Sie hakte sich bei mir ein und gab mir einen Kuss auf die Wange. »Und ich dummes Huhn hatte Sorge, als du hinter den Kerlen aufgetaucht bist, dass dir was passieren könnte.«

Oberhalb des Campingplatzes Pönterbach

»Fahr doch bitte mal da vorne links in den Weg rein«, bat ich Linda.

Während der Rückfahrt von Kaiserslautern nach Andernach hatten wir darüber gesprochen, wie wir Ben finden könnten. Linda hatte sogar ernsthaft erwogen, die Kollegen vom CID einzuschalten, am Ende diese Idee aber wieder verworfen. Ich konnte sie verstehen, es war bestimmt nicht leicht für sie, den eigenen Bruder als wahrscheinlichen Täter bei einem Mord anzusehen.

Zwei Punkte waren mir während der Fahrt klar geworden.

Und deshalb dirigierte ich jetzt Linda auf den schmalen Forstweg, der oberhalb des Campingplatzes in den Wald führte.

»Was wollen wir denn hier? Wieso fahren wir nicht direkt zum Platz?«

»Reine Vorsichtsmaßnahme. Unsere drei Angreifer haben vor deinem Apartmentblock gewartet. Wir können nicht ausschließen, dass Antonov jetzt richtig sauer ist und weitere Männer losschickt. Wo ich lebe, dürfte ihnen bekannt sein. Was mich aber noch mehr beunruhigt, sind Schmitt und Heller, die falschen LKA-Beamten. Wie passen die in das ganze Spiel?«

»Dass es um Ben geht, haben sie ja indirekt zugegeben, indem sie uns gewarnt haben, den Fall weiterzuverfolgen. Wie haben die uns bloß gefunden? Sie können doch unmöglich vor dem Trierer Polizeipräsidium auf uns gewartet haben. Und trotzdem waren sie plötzlich da, als wir von Trier nach Kaiserslautern gefahren sind.«

»Das ist der Knackpunkt. Sie müssen uns gefolgt sein, aber wir haben sie nicht bemerkt. Entweder die beiden arbeiten nicht allein und haben Verstärkung: mehrere Teams, mit mehreren Wagen, die sich abwechseln. Oder ...«

»Oder was?«

»Oder dein Auto hat einen Sender.«

»Unmöglich, wann hätte das passieren sollen?«

»Die beiden waren auf dem Campingplatz, das heißt, sie sind uns schon von Koblenz aus gefolgt, direkt nach unserem ersten Treffen. Vielleicht haben sie den Sender in Koblenz angebracht oder noch früher, zum Beispiel, als du alleine an der Mosel warst.«

Ich stieg aus und begann, systematisch Lindas Auto abzusuchen. Natürlich gab es winzig kleine Sender, die wahnsinnig schwer zu finden waren, doch je kleiner ein solcher Sender war, umso geringer war seine Reichweite. Das galt sicher nicht für die Hightech-Geräte, die von staatlichen Stellen eingesetzt wurden. Schmitt und Heller mit ihren schlecht gefälschten Ausweisen machten auf mich nicht den Eindruck, als könnten sie auf unendliche Ressourcen zurückgreifen.

Ich hatte in der Vergangenheit schon zwei-, dreimal einen Peilsender verwendet. Heikel ist immer der Moment, wo man den Sender anbringt, das muss in der Regel schnell gehen, weil entweder der Besitzer des Fahrzeugs zurückkommt oder unbeteiligte Dritte einen dabei beobachten, wie man unter einem Auto herumkriecht.

Ich legte mich auf den Rücken, um den Unterboden zu inspizieren. Ich wurde bald fündig. Der Sender war mit einem Magneten auf der rechten Seite angebracht, ungefähr vierzig Zentimeter hinter der Stoßstange. Ein schwarzes Kästchen, etwas kleiner als eine Streichholzschachtel. Ich ließ den Sender an Ort und Stelle, stand wieder auf und klopfte mir die Tannennadeln von der Hose.

»Hast du was gefunden?«

»Ja, der Sender klebt unter deinem Kofferraum, deshalb wussten Schmitt und Heller die ganze Zeit, wo wir waren.«

»Du hast ihn doch hoffentlich entfernt.«

Ich schüttelte den Kopf. »Wir lassen den Sender erst einmal da, wo er ist. Vielleicht ist es ganz nützlich, wenn wir die beiden in die Irre führen wollen. Wenn du diesen Weg hier hundert Meter weiterfährst, kommst du auf einen Parkplatz. Von dort aus führen Wanderwege in den Wald. Ich schlage vor, dass du dorthin fährst. Ich werde zum Platz gehen, ein paar Sachen zusammenpacken und mit Helga sprechen. Gut möglich, dass Schmitt und Heller den Campingplatz weiter beobachten. Ich werde Helga bitten, mit dem Pick-up zum Wanderparkplatz heraufzukommen. Wir lassen dein Auto vorerst dort stehen und fahren mit meinem weiter.«

»Aber wo sollen wir hin?«

»Wir fahren zu Steffen. Er hat drei große Gästezimmer, außerdem muss er uns bei der Suche nach deinem Bruder helfen.«

Mega-App in Koblenz

»Paul, ich hab deine Nachricht gehört, es tut mir leid, dass ich mich noch nicht bei dir gemeldet habe. Wir hatten eine große Präsentation, da konnte ich unmöglich zurückrufen.«

»Hauptsache, du hast jetzt Zeit.«

Meine Sorge, dass Steffen gar nicht in Koblenz sein könnte, hatte sich als unbegründet erwiesen.

»Und danke, dass wir heute Nacht bei dir schlafen können«, ergänzte Linda.

»Dafür hat man doch Freunde«, grinste Steffen. »Ich habe Paul schon ein paarmal angeboten, dass er hierbleiben kann, aber meistens will er doch lieber in seinem eigenen Bett schlafen. Fühlt euch wie zu Hause und verratet mir, wie ich euch helfen kann.«

In den nächsten zehn Minuten erzählten Linda und ich abwechselnd, was alles passiert war. Schmitt und Heller, der Brand des Wohnmobils, der Schlaganfall von Lindas Vater, die Entdeckung, dass Ben noch am Leben war, der Mordanschlag auf der Autobahn und schließlich der Zusammenstoß mit Antonovs Männern und der Sender unter Lindas Auto.

Steffen stieß am Ende einen Pfiff aus. »Ich kann nur sagen, da hattet ihr aber zwei abwechslungsreiche Tage. Wir sollten Kalle und Tanja informieren, ihr könnt jede Unterstützung gebrauchen.«

»Die beiden sind aber erst morgen wieder zurück«, sagte ich.

»Stimmt, heute ist ja erst Mittwoch«, sagte Steffen. »Ich schreibe trotzdem gleich eine E-Mail an Kalle, vielleicht liest er sie unterwegs auf dem Handy.«

»Könntest du uns denn heute Abend schon helfen?«, fragte Linda. »Ich habe das Gefühl, dass ich meinen Bruder gar nicht mehr richtig kenne. Und wir brauchen dringend Anhaltspunkte, um ihn zu finden.«

»Du meinst, wir sollten mal ein wenig in verschiedenen Datenbanken herumschnüffeln?«

»Ginge das?«

»Trägt der Papst lustige Kappen?« Steffen sah, dass Linda nicht verstand, was er meinte, und schob schnell nach: »Ist nur eine andere Art zu sagen, klar geht das. Das wird ein großer Spaß, wartet nur ab.«

Bevor der große Spaß begann, bestellte ich beim Italiener drei Pizzen und Salate dazu. Linda und ich hatten seit dem Frühstück nichts mehr gegessen, und mir knurrte der Magen. Während ich das Essen abholte, bezog Linda ihr Gästezimmer.

Ich beeilte mich, mit dem Essen zurück zu Steffens Wohnung zu kommen, warf aber trotz der Eile immer wieder einen Blick nach hinten. Da waren zum Glück keine Verfolger, was mich vorläufig beruhigte. Schmitt und Heller kannten also Steffens Wohnung noch nicht, fürs Erste waren wir hier sicher.

Steffen hatte in der Zwischenzeit Teller und Besteck herausgeholt. »Was wollt ihr trinken? Ich habe einen französischen Merlot da.«

»Ein Glas Rotwein würde ich nicht ablehnen«, sagte Linda. »Ich schließe mich an, schließlich muss ich heute nicht mehr fahren.«

»Gut, dann hol doch bitte die Gläser drüben aus der Vitrine, Paul. Ich mach den Wein auf.«

Das war auch so eine der Sachen, die ich jetzt wieder tun konnte. Ein dünnes Weinglas mit der Prothese greifen, ohne es zu zerbrechen. Auf dem Weg zur Vitrine schaute ich auf meine künstliche Hand, gut, dass ich eben zu Hause daran gedacht hatte, das Netzteil einzupacken. Und noch etwas hatte ich aus meinem Schlafzimmer geholt. Unten in meiner Reisetasche lagen mein Revolver und eine Schachtel mit Patronen. Sowohl Antonovs Männern als auch Schmitt und Heller wollte ich künftig lieber nur noch bewaffnet begegnen.

»Da fangen wir doch gleich mal an«, sagte Steffen. »Ich hole nur schnell mein Notebook.«

»Brauchst du nicht Uschi?«, fragte Linda, bevor sie eine große Gabel voll Salat zum Mund führte.

»Uschi arbeitet im Hintergrund mit, wir können uns später, wenn wir das wollen, auf dem großen Monitor die Ergebnisse ansehen. Aber jetzt ist es mir erst einmal wichtiger anzufangen, das heißt, wenn ich nebenbei noch Pizza essen darf.«

»Musst du dich denn nicht konzentrieren, bei deiner … ähm, Recherche?«

»Recherche, das klingt niedlich«, kicherte Steffen, »das musst du Kalle unbedingt mal sagen, der meckert immer rum, wenn ich für ihn in Datenbanken einbreche. Aber die Ergebnisse will er am Ende doch haben. Und nein, ich will mir ja nur den Hochschulrechner ansehen, das schaffe ich auch mit zwei Fingern, solche Systeme fand ich schon als Teenager nicht mehr kompliziert, obwohl da die Rechenzentren wirklich noch anders aussahen, aber lassen wir das.«

Linda vergaß fast das Kauen. Fassungslos schaute sie Steffen nach, wie er zu einem Schrank ging und ein Notebook herausholte.

»Ich habe dich gewarnt«, flüsterte ich ihr zu. Sie streichelte kurz über meine Hand. »Ja, das hast du, Paul.«

»Was hat er?«, fragte Steffen.

»Er hat mir erzählt, dass du schon mit vierzehn studiert hast.«

»Eine Jugendsünde, aber es hat Spaß gemacht.« Steffen fischte ein Stück Pizza von der Servierplatte, biss ab und meinte kauend: »Alles klar, kann losgehen. Was willst du als Erstes wissen?«

»Ben hat sowohl hinsichtlich seiner Freundin als auch bezüglich Comtech nicht die Wahrheit gesagt. Außerdem hat er behauptet, dass er an der Uni seinem Professor hilft.«

Steffen tippte, steckte einen USB-Stick in sein Notebook und rief laut: »Uschi, kümmere dich bitte um die Firewall.«

»Schon geschehen, Steffen«, kam prompt die Antwort aus dem hinteren Teil des großen Raumes. Steffen legte jetzt doch das Pizzastück zur Seite, tippte deutlich schneller und schnalzte ab und zu mit der Zunge.

»So, da wären wir. Dann wollen wir mal sehen.«

»Du bist schon im Rechner der Hochschule?«

»Ist ja nicht gerade Fort Knox. – Hoppla, ja, das ist interessant. Also, Benjamin Becking hat sich vor einem Jahr exmatrikuliert. Und er steht auf keiner Gehaltsliste der Uni. Ich fürchte, den Punkt musst du streichen, Linda.«

»Und was ist mit seinen Jobs?«

Diesmal brauchte Steffen so lange, wie ich benötigte, um ein komplettes Achtel meiner Pizza zu essen.

»Laut Finanzamt hat er kein Einkommen aus selbstständiger Arbeit.«

»Kann das sein – ich meine, wenn er doch für Unternehmen arbeitet? Er hat mir erzählt, dass er für eine Münchner Firma etwas entwickelt.«

»Nein, glaube ich nicht. Mag sein, dass er mal was schwarz gemacht hat, aber für Unternehmen sind IT-Dienstleistungen steuerlich absetzbar. Und dass ein Unternehmen auf eine Rechnung verzichtet, kann ich mir kaum vorstellen. Also, der Punkt Nebenjobs ist auch gestrichen.«

Linda schob den Teller von sich weg, ihr war offenbar der Appetit vergangen. »Keine Freundin, kein Studium, keine Firma, keine Nebenjobs. Alles gelogen.«

In ihren Augen schimmerten Tränen. Die Lügen und der Verrat verletzten sie.

»Ich will ja kein Salz in die Wunden streuen«, sagte Steffen, »aber Uschi hat auch noch was gefunden.«

»Soll ich es hier auf dem großen Monitor anzeigen, Steffen?«, fragte die körperlose Stimme aus dem Hintergrund.

»Nee, lass mal, mir reichen die Daten hier«, rief Steffen zurück. »Also, die Bonität deines Bruders ist eine Katastrophe. Er hat vier Bankkonten, die tief in den roten Zahlen sind. Eine Bank hat bereits ein gerichtliches Mahnverfahren eingeleitet. Ich würde sagen, finanziell steht deinem Bruder das Wasser bis zur Unterkante Oberlippe.«

»Wie viel, Steffen?«, fragte ich.

Mein Freund überschlug die Zahlen, scrollte mit ein paar Wischbewegungen nach unten. »Was ich hier auf den ersten Blick sehe, sind rund fünfzigtausend Euro. Und es gibt noch einen Kredit über weitere fünfzigtausend Euro, den er abbezahlen müsste, aber auch da ist er mit den Raten in Verzug.«

»Einhunderttausend?« Linda schlug sich die Hand vor den Mund, weil sie so empört und laut aufgeschrien hatte.

»Yep, plus/minus ein paar hundert, aber die machen den Kohl nicht dünner.«

»Wie kann ein einfacher Informatikstudent Schulden von einhunderttausend Euro haben? Comtech wurde ohne Kredite einer Bank gegründet. Ich habe Ben dafür Geld geliehen. Ich fass das nicht. Kein Wunder, dass er alle in seinem Umfeld angepumpt hat«, murmelte Linda.

Mir fiel Antonov wieder ein, das könnte eine Antwort auf Lindas Frage sein.

Ich stand auf und holte mein Handy aus der Jackentasche, suchte in den Kontakten nach der richtigen Nummer.

»Wen willst du anrufen?«, fragte Linda.

»Eine Freundin, Sophie Claude, ich habe sie bei einem Auslandseinsatz kennengelernt, damals diente sie in der französischen Armee. Mittlerweile ist Sophie bei Interpol. Das Letzte, was ich von ihr gehört habe, war, dass sie in einer Sonderkommission arbeitet, mit engen Kontakten nach Deutschland und Italien.«

»Sophie ist wunderbar«, bestätigte Steffen, »ich hab sie auch schon kennengelernt. Sie ist irre gut vernetzt, und sie kann schweigen wie ein Grab.«

»Die Entscheidung liegt bei dir, Linda. Steffen hat recht, Sophie ist sehr diskret und eine wirklich gute Freundin. Sie würde nie etwas an die Behörden weitergeben, wenn ich sie bitte, Stillschweigen zu bewahren.«

»Ruf sie an. Es war ein Fehler, die Polizei nicht sofort zu informieren. Diesen Fehler werde ich selber ausbaden müssen, aber jetzt will ich wissen, was mit Ben ist.«

Ich wählte Sophies private Mobilnummer, sie nahm den Anruf schon nach dem zweiten Klingeln an. Ich aktivierte die Freisprecheinrichtung.

»Paul, wie geht es dir? Das ist aber schön, dass du dich meldest.«

»Hallo, Sophie, ich bin hier gerade bei Steffen in Koblenz –«

»Oh, salut, Steffen, noch einmal vielen Dank für die Daten, die du meinen Kollegen geschickt hast«, unterbrach mich Sophie.

»Das war nur eine Kleinigkeit, Sophie, nicht der Rede wert.« Sophie lachte. »Ein paar meiner Kollegen schwören, dass unsere IT-Abteilung für diese Kleinigkeit mehrere Wochen gebraucht hätte. Danke, dass du uns geholfen hast. Aber entschuldige bitte, Paul, ich habe dich unterbrochen. Du bist also bei Steffen, das heißt, das ist nicht nur einfach ein netter Anruf, um zu fragen, wie es deiner alten Freundin geht, die du immer noch nicht in Frankreich besucht hast.«

»Erwischt, Sophie. Ich verspreche dir, dass ich im Herbst auf jeden Fall vorbeikommen werde. Im Moment stecken wir mitten in einer ganz merkwürdigen Sache. Hier neben mir sitzt Linda Becking, ihr Bruder Ben Becking hat große Probleme. Wir befürchten, dass er jemanden ermordet hat und untergetaucht ist.«

»Und ihr wollt ihn finden. Aber wie komme ich ins Spiel?«

»Ilja Antonov, sagt dir der Name etwas?«

Sophie schwieg einen Moment. Ich dachte schon, sie wäre in ein Funkloch geraten, da hörten wir aus meinem Telefon einen leisen Pfiff. »Paul, ich muss schon sagen, du hast ein Talent dafür, in das größte Wespennest zu stechen, das zurzeit verfügbar ist. Was zum Teufel hast du mit Ilja Antonov zu schaffen?«

»Es ist nicht Pauls Schuld«, sagte Linda. »Antonovs Männer haben mich verfolgt, weil sie über mich an Ben herankommen wollten. Im Moment glauben sie, dass Ben tot ist. Drei von seinen Schlägern haben Paul und mir heute aufgelauert. Sie wollten die Nachricht überbringen, dass ich für Bens sogenannte Verpflichtungen gegenüber Antonov geradestehen soll.«

»Nur drei? Waren sie wenigstens bewaffnet?«

»Nein, das hielten sie wohl nicht für nötig«, erwiderte Linda.

»Die armen Kerle«, kicherte Sophie. »Nun ja, das gehört in diesem Metier wohl zum Berufsrisiko. Sie konnten ja nicht wissen, dass sie auf Paul treffen würden.«

»Sie scheint dich aber gut zu kennen, mein Lieber«, raunte mir Linda zu. Ich verdrehte nur die Augen und grinste.

»Du kennst also Antonov?«, fragte ich. »Hast du eine Möglichkeit, zu überprüfen, welche Verbindung zu Ben Becking besteht? Was könnten das für Verpflichtungen sein, von denen die Schläger gesprochen haben?«

»Ja, ich kenne Antonov. Bei unserer Sonderkommission geht es um organisierte Kriminalität, und Ilja Antonov ist derjenige, der uns seit geraumer Zeit am meisten Sorgen macht. Wir vermuten, dass er ein ganz dicker Fisch ist, aber er ist dermaßen glatt, dass wir ihm nichts, aber auch gar nichts nachweisen können. Ich sage dir, Ilja Antonov an den Haken zu bekommen, wäre wie Weihnachten und Ostern an einem Tag. Habt ihr ein Bild von Lindas Bruder?«

»Ich habe hier eins auf meinem Handy, es ist sogar recht aktuell«, antwortete Linda.

»Bon, dann schick mir das Foto. Ich habe in unserer Datenbank jede Menge Fotos, die kann ich mit der Gesichtserkennung überprüfen. Außerdem ...« Sophie stockte, als hätte sie gerade schon zu viel gesagt.

»Außerdem was?«, fragte ich.

»Entschuldige, Paul, das ist jetzt wirklich vertraulich. Versteh mich bitte nicht falsch, ich kenne dich, und mit Steffen haben wir zusammengearbeitet.«

»Du kannst gegenüber Linda offen reden, Sophie. Linda ist Special Agent beim CID, und sie braucht wirklich Hilfe.«

»Eine Kollegin, nun, da sieht die Sache anders aus. Also, wir haben seit mehr als einem Jahr im engen Umfeld von Ilja Antonov einen V-Mann. Ich kann ihn kontaktieren, aber ich weiß nicht, wie schnell er antworten wird.«

»Sophie, du bist ein Schatz. Wir schicken dir gleich das Foto, und du meldest dich einfach, sobald du Informationen hast. Egal, wann, ich lasse auf jeden Fall mein Handy eingeschaltet.«

»Gut, Paul, abgemacht. Und passt auf euch auf. Ilja Antonov ist zu dem geworden, was er ist, weil er absolut skrupellos vorgeht.«

Ich beendete das Telefonat.

»Und was machen wir jetzt?«, fragte Steffen.

»Jetzt können wir nur abwarten, was Sophie herausfindet. Bis dahin wäre ein neues Glas Merlot nicht schlecht. Dann rufe ich Helga an und versuche Kalle zu erreichen.«

»Steffen, könntest du zusammensuchen, was über den Brand des Wohnmobils an der Mosel mittlerweile veröffentlicht worden ist?«

Steffen lächelte breit. »Das ist ja mal ein bescheidener Wunsch. Komm mit, Linda, wir lassen Paul hier telefonieren und setzen uns drüben vor den Monitor.«

Ein Parkplatz oberhalb des Campingplatzes Pönterbach

Wütend schlug Schmitt mit der flachen Hand auf das Blech des Kofferraums. »Fuck, die haben uns verarscht.«

»Sie könnten den Wagen aber auch einfach nur abgestellt haben. Schau doch, durch die Bäume kannst du die Lichter vom Campingplatz sehen«, sagte Heller.

»Und warum wurde das Auto hier oben geparkt?«

»Vielleicht haben sie eins und eins zusammengezählt und vermuten, dass wir den Campingplatz beobachten. Deshalb sind sie hier hochgefahren und zu Fuß zum Haus gelaufen.«

Schmitt brummte skeptisch, dann räumte er ein: »Zugegeben, das ist eine Möglichkeit. Ich schau nach.«

Er legte sich auf den Rücken und schob sich unter den Toyota. »Der Sender ist noch hier.« Er kam wieder unter dem Auto hervor. »Wir hätten auch den Pick-up von David mit einem Sender versehen sollen.«

»Haben wir aber nicht«, erwiderte Heller spitz. »Nötig ist das auch nicht mehr. Wir erledigen morgen den Auftrag in Bitburg, und dann bringen wir zu Ende, was wir auf der Autobahn angefangen haben. Diesmal müssen wir sie erwischen, das sind wir unserem Ruf schuldig.«

»Okay, aber gib mir noch zwei Minuten, ich hab da eine Idee.«

Mega-App in Koblenz

Am frühen Morgen saß ich an Steffens Theke, einen Becher Kaffee in der Hand und die erwachende Koblenzer Altstadt vor Augen. Linda schlief noch. Ich hatte mein Morgentraining absolviert und überlegte, wo wohl der nächste Bäcker wäre, um ein paar Brötchen zu besorgen. Mein Handy auf der Theke vibrierte, und Sophies Nummer erschien im Display.

»Bonjour, Sophie, du bist aber früh auf den Beinen.«

»Bonjour, Paul, du klingst auch nicht gerade so, als hätte ich dich geweckt. Ich weiß doch, dass du ein Frühaufsteher bist. Ich wollte dir sofort Bescheid sagen, wir haben gleich zwei Volltreffer gelandet. Ich konnte Lindas Bruder auf zwei Fotos identifizieren. Er hat offenbar für Antonov gearbeitet, und im Gegenzug durfte er sich dann in dessen Nachtclubs amüsieren.«

»Weißt du auch, was Ben getan hat?«

»Hier kommt unser V-Mann ins Spiel. Nach seinen Informationen hat Ben Becking für Antonov eine Art Verschlüsselungssoftware entwickelt, die Antonov für den Austausch von Nachrichten mit seinen Geschäftspartnern nutzt. Und unser V-Mann hat noch etwas erfahren: Becking hat gezockt, und er hat verloren – und zwar in ganz großem Stil. Antonov hat ihn zum Abschuss freigegeben – es darf sich nicht herumsprechen, dass er Schuldner duldet, das kann er sich nicht leisten. Ich kenne keine genaue Summe, aber es müssen an die zehntausend Euro sein, die Ben beim Pokern verloren hat. Wenn es stimmt, was wir vermuten, dann hat Antonov anderen Männern schon für geringere Spielschulden die Knie zertrümmert.«

Ich überlegte kurz. »Vielleicht sollte ich ihn einmal besuchen und mit ihm sprechen.«

»Bist du wahnsinnig, Paul?«

»Na ja, Linda wird ihr Wissen nicht ewig zurückhalten können, wenn sie nicht selber in größere Schwierigkeiten geraten will. Wir können nicht einen möglichen Mörder suchen und gleichzeitig zwei Killer und die Russenmafia am Bein haben. Vielleicht kann ich mit Antonov so etwas wie einen Waffenstillstand aushandeln.«

Sophie schwieg einen Augenblick und dachte über mein Dilemma nach. »Wenn du zu Antonov gehst, hätte ich eine Bitte, aber du kannst Nein sagen.«

»Gestern Abend hast du uns bereitwillig geholfen, also sag schon.«

»Ich möchte das Gespräch, das du mit ihm führst, aufzeichnen. Vielleicht können wir ihn mit dem, was er über Becking sagt, festnageln. Aber es ist gefährlich. Wenn sie die Wanze bemerken, bist du tot.«

»Dann solltest du besser eine Wanze besorgen, die sie nicht finden. Ich werde später mit Linda zusammen nach Bitburg fahren, Linda will dort ihren schwer kranken Vater besuchen, und ich möchte mich mit einem älteren Herrn unterhalten. Den Zusammenhang erkläre ich dir später. Heute Abend könnte ich nach Wiesbaden fahren, Antonov hat doch dort seine Zentrale.«

»Das ist zwar ein sportlicher Zeitplan, aber zum Glück hat unsere Sonderkommission beim BKA in Wiesbaden ein Büro. Ich werde alles in die Wege leiten und den nächsten Flug nach Frankfurt nehmen. Lass dein Handy an. Ich ruf dich an, sobald ich gelandet bin.«

Marienstift – Bitburg

»Während Frau Becking ihren Vater besucht, würde ich gern kurz bei Friedhelm Breuning vorbeischauen. Können Sie mir sagen, wo ich ihn finde?«

An der Informationstheke des Marienstiftes saß diesmal ein junger Mann. Auf meine Frage hin verzog er bedauernd das Gesicht. »Es tut mir leid, Herr Breuning ist vor einer halben Stunde zu einem Spaziergang mit seiner Nichte aufgebrochen.«

»Schade, ich hätte mich gern mit ihm unterhalten. Sie wissen nicht zufällig, wann sie zurückkommen wollten?«

»Nein, dazu haben sie nichts gesagt.«

Ich wollte schon zu den Sesseln in der Halle gehen, als mir etwas einfiel.

»Ihre Kollegin gestern sagte, dass Herr Breuning niemanden hat. Kennen Sie seine Nichte?«

»Nein, über seine Familie weiß ich nichts.« Der Mann wurde unsicher und nervös. »Aber ich bin sicher, das hat alles seine Richtigkeit. Herr Breuning wäre ja wohl sonst nicht mit ihr spazieren gegangen. Und sie hat sich sogar ausgewiesen. Ich glaube, da muss man sich keine Sorgen machen. Frau Heller, seine Nichte, ist Beamtin beim LKA.«

In meinem Magen zog sich ein Knoten zusammen.

»Schnell – wissen Sie, wohin sie gegangen sind?«

»Sie wollten zum Park, also zum Maximiner Wäldchen, das –«

»Links- oder rechtsherum?«

»Rechts, Richtung Franz-Mecker-Straße. Aber warten Sie doch, was ist denn los?«

Statt einer Antwort rannte ich aus der Eingangshalle nach draußen und dann nach rechts. Während ich über den Bürgersteig spurtete, verfluchte ich mich dafür, dass ich nicht daran gedacht hatte, dass Friedhelm Breuning ein wichtiges Bindeglied zu Ben gewesen war. So wie ich Breuning kennengelernt hatte, würde er mit jedem vom LKA losspazieren.

Den Park sah ich schon von Weitem, genauso den Lastwagen und die Menschenmenge. Schaulustige bildeten an der Straße vor dem Park einen Kreis.

Ich tippte einem älteren Herrn auf die Schulter. »Entschuldigen Sie, was ist denn hier passiert?«

»Schreckliche Sache. Ein Rentner ist direkt vor einen Laster gelaufen. Der Fahrer hatte keine Chance zu bremsen. Die Polizei ist bestimmt jeden Moment hier.«

Ich suchte mir eine Lücke in der Menschenmauer und warf einen Blick auf die Straße. Ein paar Menschen knieten neben einer leblosen Gestalt, an der Fahrerkabine des Lastwagens lehnte ein Mann mit schreckensbleichem Gesicht. Wenn hier jemand einen Notarzt brauchte, dann der arme Kerl, der den Lastwagen gesteuert hatte.

Ich erkannte den Leblosen nur an seiner Jogginghose. Um seinen Kopf herum hatte sich eine große dunkle Blutlache gebildet. Für Friedhelm Breuning kam jede Hilfe zu spät.

Bitburg

»Und wie geht es deinem Vater?«

»Unverändert. Die Ärzte können noch nicht sagen, welche Auswirkungen der Schlaganfall haben wird.«

Ich hatte draußen vor dem Marienstift auf Linda gewartet, weil ich keine Lust gehabt hatte, dem jungen Pfleger an der Infotheke neugierige Fragen zu beantworten. Nun waren wir wieder unterwegs, und ich lenkte den Pick-up durch die Bitburger Innenstadt in Richtung Autobahn.

»Was hat denn dieser Herr Breuning gesagt, konntest du ihn sprechen, Paul?«

»Nein. Friedhelm Breuning lebt nicht mehr. Er ist, kurz bevor wir ankamen, spazieren gegangen. Und jetzt ist er tot.«

»Himmel, Paul – er ist tot?«

»Ich bin überzeugt, er ist ermordet worden. Ich konnte ihn kurz sehen, er war von einem Lastwagen erfasst worden.«

»Wie schrecklich. Aber warum glaubst du, dass es ein Mord war?«

»Weil mir der Pfleger an der Infotheke gesagt hat, Breuning wäre von seiner Nichte abgeholt worden, obwohl es gestern noch hieß, er hätte keine Verwandten, die sich um ihn kümmern. Und außerdem hieß diese Nichte Heller und hat sich als LKA-Beamtin ausgewiesen.«

Linda brauchte einen Moment, um das, was ich gesagt hatte, zu begreifen. »Heller, der weibliche Part in diesem Killerduo? Aber warum? Was hat Herr Breuning ihnen getan – ein alter Mann in einem Pflegeheim?«

»Sie haben ihn zum Schweigen gebracht, schnell, effizient und kaltblütig. Ich glaube, dass Breuning nichts getan hat, außer dass er gerne von der Vergangenheit erzählte. Offenbar wollten Heller und Schmitt verhindern, dass wir noch einmal mit ihm sprechen.«

»Glaubst du im Ernst, dass wir der Auslöser waren?«

»Ja, Linda, davon bin ich überzeugt, sonst hätte Breuning doch schon viel früher einen Unfall gehabt, irgendwann nachdem Ben mit ihm gesprochen hat. Ben hat nicht nur ein Mal mit ihm geredet, er hat ihn regelmäßig besucht. Trotzdem blieb Breuning putzmunter. Bis wir im Marienstift aufgetaucht sind und ich mich mit ihm unterhalten habe. Da wird er am nächsten Tag vor einen Laster gestoßen.«

Ich versuchte nicht einmal, meine Wut und Bitterkeit zu unterdrücken. Der alte Mann hatte niemandem etwas getan, und trotzdem war er jetzt tot.

Linda lehnte sich zurück und stieß langsam die Luft aus. »Das Attentat auf uns – sie wussten, wo wir an dem Tag gewesen sind.«

»Ja, das wussten sie. Und ich denke, es ist noch nicht vorbei, sie werden es auch bei uns wieder versuchen. Die beiden sind dabei, alle Spuren und Zeugen zu beseitigen.«

»Spuren und Zeugen? Aber von was?«

Ich seufzte. »Das wüsste ich auch gern. Es ist das Großreinemachen in einem Fall, den wir immer noch nicht kennen.«

»Vielleicht hättest du von Breuning tatsächlich ein paar Hinweise erhalten. Was hat er denn gestern überhaupt gesagt? Erinnerst du dich an Einzelheiten?«

Ich schaute sie triumphierend an: »Ich habe ein ziemlich gutes Gedächtnis. Ich könnte dir das Gespräch aufschreiben.«

»Aufschreiben im Sinne von vollständig?«

»Aufschreiben im Sinne von: Ich habe ein sensorisches Gedächtnis. Du kennst doch Menschen, die ein fotografisches Gedächtnis haben. Bei mir funktioniert das mit Gehörtem so ähnlich.«

»Oh verdammt, was denn noch alles?«

»Beschwer dich nicht.«

»Tue ich ja gar nicht, du wirst mir nur langsam unheimlich. Dann fang doch mal an. Nicht den kompletten Wortlaut, nur die wichtigsten Punkte, vielleicht können wir uns das Aufschreiben auch sparen. Was für einen Eindruck hat er auf dich gemacht? Du sagtest, er hat in der Vergangenheit gelebt?«

Bevor ich darauf antwortete, setzte ich den Blinker und fuhr rechts in eine Parklücke. Ich wollte in Ruhe mit Linda sprechen und nicht gleichzeitig auf den Bitburger Innenstadtverkehr achten müssen.

»Stimmt, Breuning lebte in der Vergangenheit. Er hat beispielsweise gefragt, welchen Rang ich habe, und er hat meine Prothese als Kriegsverletzung angesehen. Ich bin mir sicher, dass er Männer gekannt hat, die verwundet aus dem Krieg zurückgekommen waren.«

»Das könnten aber auch der Korea- oder Vietnamkrieg gewesen sein.«

»Er hielt mich für einen Agenten des ›Alten‹. Schimpfte, dass der Alte besser bei seinen Rosen bleiben sollte. Damit könnte er den ehemaligen Bundeskanzler Adenauer gemeint haben. Konrad Adenauer war bei seinem Amtsantritt als Bundeskanzler dreiundsiebzig und liebte bekanntlich seine Blumen in Rhöndorf. Außerdem meinte Breuning, dass mein Vorgesetzter zu alt für seine Aufgaben wäre. Auch das würde passen, solche Befürchtungen wurden im Zusammenhang mit Adenauers Kanzlerschaft geäußert.«

»Die Adenauer-Ära. Mhm, das klingt plausibel, auch was deine vermeintliche Kriegsverletzung angeht – aber die Tatsache, dass Breuning offenbar geistig in der Adenauer-Ära stehen geblieben ist, ist ja noch kein Grund, ihn zu töten.«

Nun, damit hatte Linda recht. Warum hatte Heller ihn getötet? Arbeitete sie mit Schmitt auf eigene Rechnung, oder war sie von jemandem engagiert worden?

»Erinnerst du dich an das Bonner Kennzeichen des weißen Transporters? Auch das würde ins Gesamtbild passen.«

»Wenn wir den Rest des Kennzeichens gesehen hätten, könnte Steffen leicht den Halter ermitteln«, sagte Linda und seufzte. »Mehr als Bravo, November, Zulu, Alfa war einfach nicht zu erkennen.«

Ich Idiot. Dass mir das nicht gleich aufgefallen war! Ich schnaufte ärgerlich über meine eigene Blödheit.

»Was ist los, Paul?«

»›Bravo‹, ›November‹ – du hast gerade das NATO-Alphabet zum Buchstabieren genutzt.«

»Sorry, das ist die Macht der Gewohnheit.«

»Du musst dich nicht entschuldigen. Im Gegenteil, mir ist dadurch gerade klar geworden, dass auch Friedhelm Breuning buchstabiert hat. Allerdings mit der deutschen Variante. Ich hab das alles für wirres Zeug gehalten. Aber ich glaube, auf seine Art war er ziemlich klar im Kopf, er lebte eben nur nicht mehr in unserer heutigen Zeit. – Entschuldige mal eben, ich muss kurz telefonieren.«

Ich fischte mein Handy aus dem Seitenfach der Tür.

»Wen willst du anrufen?«

»Sein Name ist Schuller, Ralph Schuller.« Schon wählte ich die Nummer und hielt das Telefon zwischen uns, damit Linda mithören konnte.

»Schuller, guten Tag.«

»Guten Tag, Herr Oberst, Paul David hier.«

»Hauptmann David, das ist ja eine nette Überraschung. Das muss doch bestimmt drei, vier Jahre her sein, dass wir uns zuletzt gesehen haben.

»Viereinhalb, Sie waren so nett und haben mir Ihre Telefonnummer gegeben.«

»Das war das Mindeste. David, gottverdammt noch mal, Sie haben mir den Hintern gerettet.«

»Herr Oberst, ich will nicht lange drum herumreden: Jetzt könnte ich Ihre Hilfe gebrauchen. Wohnen Sie immer noch in Euskirchen?«

»Ja, Sie kennen mich. Ich bleibe gern bei Bewährtem.«

»Ich bin gerade in Bitburg und könnte in einer guten Stunde bei Ihnen sein, ginge das?«

Oberst Schuller lachte. »Das wäre doch mal eine angenehme Abwechslung mitten am Tag. Nur zu, ich werfe rechtzeitig die Kaffeemaschine an. Wollen Sie mir auch verraten, warum Sie mich mit einem Besuch beehren, David?«

»HS-30, Herr Oberst, Heinrich-Siegfried dreißig. Und zwar nicht die offizielle Variante, die ich auch in Wikipedia nachlesen kann, sondern die Leichen im Keller.«

Schuller schwieg einen Moment, dann lachte er leise. »Mensch, David, wie kommen Sie denn darauf?«

»Das werde ich Ihnen in einer guten Stunde erzählen, Herr Oberst.«

Ich beendete das Gespräch, legte das Telefon zurück und ließ den Motor an.

»HS-30? Was ist das denn?«, fragte Linda.

»Ein dunkles Stück Militärgeschichte, ich kenne nur ein paar einzelne Details, das, was man so als Soldat aufschnappt. Oberst Schuller dagegen ist ein anerkannter Experte in bundesdeutscher Militärgeschichte.«

»Und er ist dir noch etwas schuldig?«

Ich hob meine Prothese hoch. »Er war mein Vorgesetzter damals in Afghanistan, ich habe für ihn Schekeb Fani, den stellvertretenden Gouverneur der Provinz Balkh, beschützt.«

»Und dabei …?« Linda sprach die Frage nicht zu Ende.

»Es war mein letzter Auftrag, den ich für Schuller erfolgreich erfüllt habe. Ein toter afghanischer Politiker hätte ziemliche Wellen geschlagen.«

Ich fuhr Richtung Autobahn. Ich wollte unbedingt mit dem Oberst sprechen, und heute Abend gab es noch die Verabredung in Wiesbaden. Besser, wir gerieten nicht in einen Stau.

»Linda, ich glaube nicht, dass wir Ben so einfach finden werden. Er ist bestimmt auf der Hut und achtet darauf, unter dem Radar zu bleiben.«

»Dann willst du aufgeben, Paul?« Linda klang nicht aufgebracht, eher entmutigt.

Ich lächelte sie an. »Nein, Linda, nicht nach dem Tod des alten Mannes. Wir sollten nur nicht nach Ben suchen, sondern nach dem, was Ben gesucht hat. Ich glaube, dass wir so leichter ans Ziel kommen.«

»Und dabei kann uns dein Oberst helfen?«

»Dabei kann uns Schuller helfen, hundertprozentig.«

Euskirchen

Oberst Ralf Schuller bewohnte ein Einfamilienhaus mit Blick auf die Erftauen. Vor vielen Jahren war ich mit ein paar Kameraden hier zu einem Grillabend eingeladen gewesen. Das Haus hatte sich seitdem kaum verändert, die Büsche waren dichter geworden, und als wir an Schullers Haustür klingelten, konnte ich einen kurzen Blick auf einen großen Swimmingpool im Garten werfen. Den Pool hatte es damals noch nicht gegeben.

»Hübsches Haus für einen Experten in Militärgeschichte«, stellte Linda fest.

»Oberst Schuller hat Politik und Geschichte studiert und in beiden Fachbereichen einen Doktortitel erworben. Ich kenne niemanden, der sich so gut mit der Geschichte der Bundesrepublik auskennt wie er. Damals, als ich für ihn gearbeitet habe, plante er, ein umfassendes Werk zur Geschichte der Bundeswehr zu verfassen.«

Bevor Linda etwas erwidern konnte, wurde die Tür geöffnet.

»Hauptmann David, kommen Sie herein. Sie hätten mir allerdings verraten können, dass Sie in charmanter Begleitung sind. Wollen Sie uns nicht vorstellen?«

»Herr Oberst, das ist Special Agent Linda Becking im Rang

eines Majors der US Army, sie arbeitet für den CID. Linda, darf ich vorstellen, Oberst Ralf Schuller.«

Der Oberst strahlte Linda an, als müsse er einen Sympathiewettbewerb gewinnen, und schüttelte ihr die Hand. »Was für eine wundervolle Überraschung, eine Vertreterin unserer Verbündeten. Immer herein, Sie müssen beide entschuldigen, ich bin seit Ende letzten Jahres Versorgungsempfänger, also im Ruhestand, daher die legere Freizeitkleidung.«

Wir folgten dem Oberst ins Wohnzimmer. Genauso hatte ich es von meinem letzten Besuch in Erinnerung gehabt. Bis auf einen Flügel und eine bequeme Ledersitzgruppe war dieses Wohnzimmer vor allen Dingen Aufbewahrungsort für Bücher. Hohe Regale bedeckten jede freie Wandfläche. Und vor den Regalen stapelten sich auch schon Bücher – Bücher, die wohl keinen Platz mehr in den Fächern gefunden hatten.

Ich musterte den Oberst. Er war einen halben Kopf kleiner als ich, mit ein paar Kilos zu viel auf den Hüften. Sein perfekt gestutzter Vollbart zeigte erste graue Stellen. Er musste jetzt achtundfünfzig oder neunundfünfzig Jahre alt sein. Die legere Kleidung, von der er gesprochen hatte, bestand aus einer dunkelblauen Stoffhose mit Bügelfalte und, wahrscheinlich als Tribut an die warmen Sommertemperaturen, einem kurzärmeligen blassblauen Hemd mit Button-down-Kragen. In seinen schwarzen perfekt polierten Lederschuhen spiegelte sich das Sonnenlicht.

Was der Oberst Freizeitkleidung nannte, war in meinen Augen verflixt nahe an einer Uniform. Ich hatte schon Luftwaffenoffiziere bei Empfängen gesehen, die schlampiger gekleidet waren. Das gesamte Erscheinungsbild, vor allem aber die Körperhaltung des Obersts strahlten Autorität und Selbstvertrauen aus. In meiner Jeans, dem Polohemd und den Turnschuhen kam ich mir in seiner Gegenwart gnadenlos underdressed vor.

»Nun setzen Sie sich, David, und Sie natürlich auch, Major Becking. Darf ich Ihnen etwas zu trinken anbieten? Meine Frau Heike ist seit einer Woche bei ihrer Schwester im Schwarzwald, sonst hätten wir frisches Gebäck, aber ein paar Getränke kann ich Ihnen servieren. Ich habe selbst gemachte Zitronenlimonade da und natürlich auch Wasser. Vielleicht möchten Sie aber lieber einen Tee oder Kaffee?«

»Ich hätte gerne ein Glas Ihrer selbst gemachten Limonade«, erwiderte Linda.

»Dem schließe ich mich an«, sagte ich.

»Dann entschuldigen Sie mich kurz. Ich hole nur rasch die Karaffe aus dem Kühlschrank. Schauen Sie, dort drüben im Glasschrank finden Sie hohe Gläser.«

Linda holte drei Gläser aus dem Schrank, kurz darauf kam der Oberst mit einer Karaffe und einer Schüssel voller Eiswürfel zurück. Er schenkte uns ein und prostete uns mit einem höflichen Lächeln zu. Die Limonade schmeckte kühl, fruchtig und nicht zu süß, genau das Richtige für diesen Nachmittag.

»Also, David, Sie managen immer noch den Campingplatz Ihres verstorbenen Onkels?«, fragte der Oberst, nachdem er die Gläser nachgefüllt hatte.

»Ja, ich bin Teilhaber des Platzes, allerdings arbeite ich seit ein paar Monaten auch als Privatmittler.«

»Hoho, die Katze lässt das Mausen nicht. Hätte mich auch gewundert, ein ruhiges Leben auf einem Campingplatz in der Osteifel lag nicht in Ihrer Natur, wenn ich das mal so sagen darf. Und als Ermittler sind Sie jetzt hier?«

»Major Becking hat mich gebeten, ihren Bruder Ben zu finden. Ich glaube, dass Ben in eine ziemlich scheußliche Angelegenheit verstrickt ist. Bei unserer Suche nach ihm bin ich auf einen älteren Herrn gestoßen, und der erwähnte den HS-30.«

»Was ist denn nun der HS-30?«, fragte Linda ungeduldig und ergänzte:»Paul wollte mir auf der Fahrt hierher nichts darüber verraten.«

»Der HS-30, Major Becking, ist so etwas wie der Prototyp aller gescheiterten Rüstungsprojekte in den letzten Jahrzehnten. Bei ihm kam alles zusammen, was man so kennt: ein paar gierige Menschen, politische Fehlentscheidungen und Abläufe, über die man nur den Kopf schütteln kann.«

»Der HS-30 ist ein Schützenpanzer, der zu Beginn der jungen Bundeswehr angeschafft wurde, aber da endet auch schon beinah mein Wissen. Er hatte unglaublich viele technische Mängel«, sagte ich.

Der Oberst lehnte sich in seinem Sessel zurück, trank einen Schluck und schmatzte genüsslich, man sah ihm an, dass ihm das Ganze gefiel. Jetzt war er in seinem Element. »Wenn man das heute aus der Distanz betrachtet, wirkt alles wie ein Possenspiel. Aber man darf die damalige Situation nicht vergessen. Nachkriegsdeutschland begann sich gerade wieder international zu etablieren. Der Beitritt zur NATO am 6. Mai 1955 war ein wichtiger Meilenstein, die Wiederbewaffnung Deutschlands und die Gründung der Bundeswehr ebenso. Das alles ging damals Hand in Hand. Der Krieg war gerade mal zehn Jahre vorbei, Adenauer seit 1949 Bundeskanzler. Die Regierung wollte natürlich möglichst schnell und effizient die Truppe bewaffnen. Die Opposition hielt schon den Gedanken an eine neue deutsche Armee für eine Katastrophe. Ich will Sie jetzt nicht mit Details langweilen, aber hier wurde viel Geld für einen der größten Einzelaufträge nach dem Krieg bewilligt.«

»Das ›HS‹ in HS-30 steht für Hispano-Suiza, ein Schweizer Unternehmen«, erklärte ich Linda. »Dieses Unternehmen hatte keinerlei Erfahrung beim Bau von Schützenpanzern, so viel weiß ich.«

»Aber es hat sie nicht davon abgehalten, diesen Auftrag anzunehmen«, erwiderte der Oberst. »Im Gegenteil, die Firmenvertreter haben das Blaue vom Himmel versprochen. Der HS-30 sollte nicht nur als Schützenpanzer eingesetzt werden können, sondern auch als Jagd- oder Flakpanzer, als Transporter, Raketenwerfer oder Kommandowagen – man wechselte einfach die Aufbauten aus. Und außerdem versprach man die Serienreife innerhalb von zwölf Monaten, was Bonn die Möglichkeit eröffnet hätte, seine junge Bundeswehr schnell mit einem modernen Schützenpanzer auszustatten. Es ging alles in die Hose.« Der Oberst lachte, als hätte er gerade einen Witz gemacht, den nur er verstand.

»Was meinen Sie damit, es ging alles in die Hose?«, fragte Linda.

»Da ist mächtig gemauschelt worden, Major. Es gibt ein Foto

von Adenauer, das ihn mit Mitgliedern des Bonner Verteidigungsausschusses zeigt. Sie begutachten den Panzer, nicht den echten Panzer wohlgemerkt, sondern ein verkleinertes, nicht fahrtüchtiges Modell aus Sperrholz und Pappe. Haben die Herren danach gewartet, ob auch ein fahrtüchtiges Modell gebaut wird? Hat man einen Prototyp getestet, eine Nullserie gebaut? Nein, man hatte Wochen vorher schon den Vertrag bewilligt. Obwohl es noch nicht einmal vollständige Konstruktionspläne gab.«

Mir fiel Friedhelm Breuning wieder ein. Wenn es stimmte, was er gesagt hatte, dann hatte Adenauer in seinem Beisein das Fahrzeug eine Seifenkiste genannt. So weit hergeholt war das offenbar nicht gewesen.

»Ich verstehe. Dieser HS-30 wurde nicht geprüft, sondern man hat direkt bestellt.« Linda versuchte, sich einen Reim auf das Gesagte zu machen, wahrscheinlich überlegte sie, was Ben mit diesem Rüstungsprojekt zu tun gehabt haben könnte.

»Der Hersteller hatte noch nie Panzer gebaut. Man hatte keine Erfahrung, kaufte das Fahrwerk bei einem britischen Busproduzenten ein, beim Fahrwerk gab es dann später immer wieder technische Mängel. Die Ketten waren zu schwach, es gab Motorprobleme und Getriebeschäden, der Panzer beschleunigte nicht wie versprochen, und die Raumverhältnisse im Inneren des Fahrzeugs waren viel zu eng. Ein überliefertes Zitat von einem Oberfeldwebel: ›Eine Mistkarre von Anfang an.‹« Der Oberst lachte erneut.

Ja, diesen Ausspruch hatte ich auch schon mal gehört.

»Fairerweise muss man sagen, dass die Schweizer aus Bonn regelmäßig Sonderwünsche bekommen hatten«, fuhr der Oberst fort. »Am Ende wog der Schützenpanzer fast fünf Tonnen mehr als geplant, kein Wunder, dass Motor, Getriebe und Federung schlappgemacht haben.«

»Ich verstehe nur nicht, was mein Bruder Ben über sechzig Jahre nach diesem technischen Desaster mit diesem Projekt zu tun haben soll. Er ist kein Fachmann in Militärgeschichte, ihn interessierten auch nicht irgendwelche alten Modelle.«

Der Oberst musterte Linda. Dann nickte er, so, als wolle er sich selbst eine Antwort geben. »Major, ich kenne weder Sie noch Ihren Bruder Ben, aber ich kenne Paul. Und wenn er sich für Sie einsetzt, dann ist das für mich Vertrauensbeweis genug. Was wir hier besprechen, bleibt in diesem Raum, das versichere ich Ihnen. Also frage ich Sie ganz offen: Wofür interessierte sich Ihr Bruder?«

Linda zögerte einen Moment, dann antwortete sie: »Mein Bruder hat Spielschulden angehäuft, er hat sich mit den falschen Leuten eingelassen. Sie wollen wissen, wofür sich Ben interessiert, Herr Oberst? Geld. Ich glaube, Ben interessierte sich seit Monaten nur noch für Geld.«

»Dann sind Sie bei dieser Schrottmühle richtig«, erwiderte der Oberst. »Verteidigungsminister Franz Josef Strauß bemühte sich damals nach Kräften, die ursprünglich geplanten Stückzahlen von mehr als zehntausend Exemplaren herunterzufahren, nachdem ihm die ersten Erfahrungsberichte aus der Truppe vorlagen. Außerdem erhielt Strauß eine Liste mit Namen. Offenbar gab es im Umfeld der Beschaffung etliche Personen, die hohe Summen Bestechungsgeld angenommen hatten. Mehr als zehn Jahre später wurde ein Untersuchungsausschuss eingerichtet, der die ganze Affäre aufrollen sollte. Die Opposition war empört, weil dieser Ausschuss erst so spät ins Leben gerufen wurde.«

»Zehn Jahre«, warf ich ein, »das ist die Frist, nach der der Tatbestand der schweren Bestechung verjährt.«

»Richtig, David, ich vergaß, dass Sie mal Jura studiert haben. Nun, man könnte ein ganzes Buch über diese Affäre schreiben, da sind ungeklärte Unfälle passiert, und Zeugen haben sich geweigert, auszusagen, mit dem Hinweis, sie würden um ihr Leben fürchten. Die einzelnen Bestechungsgelder sind aber nur ein Teil der Affäre. Angeblich soll die CDU vor dem Wahlkampf 1957 aus der Schweiz eine Spende über fünfzig Millionen D-Mark erhalten haben, was regelmäßig abgestritten wird.«

Oha, dachte ich, fünfzig Millionen sind heute noch eine große Summe, selbst umgerechnet in Euro, damals aber war das unvorstellbar viel mehr. »Wenn man bedenkt, dass der monatliche

Bruttolohn eines Arbeiters im Schnitt fünfhundert bis sechshundert Mark betrug, sind fünfzig Millionen eine Riesensumme.«

»Sie sagen es, David. Egal, was die Partei damals behauptet hat, ich persönlich kann mir gut vorstellen, dass man Geld für den Wahlkampf angenommen hat. Es existierte ja auch noch keine Regelung zur Parteienfinanzierung. Die größte Sorge Adenauers war, dass die SPD ans Ruder kommen könnte. Er befürchtete, dass Deutschland dann vielleicht wieder aus der NATO aussteigt, sah eine engere Hinwendung Richtung Osten. In solchen Dingen war Adenauer pragmatisch, er hat Gelegenheiten genutzt, wenn er sie sah, um seine Ziele zu erreichen, jedenfalls meiner Einschätzung nach. Nur auf den gesunden Menschenverstand der Wähler zu vertrauen, war ihm nicht genug.«

»Der Mann, mit dem ich in Bitburg gesprochen habe, Friedhelm Breuning, muss mit Adenauer zusammengekommen sein. Er hat mich gefragt: ›Was sagt denn nun der Alte? Ist er dankbar, dass wir mehr als die Hälfte zurückgelegt haben?‹ Mehr als die Hälfte, könnte damit mehr als die Hälfte von fünfzig Millionen D-Mark gemeint sein?«

»Wie gesagt, offiziell hat es diese Riesensumme nie gegeben. Aber wenn Sie mich fragen, ist Adenauer ein Mann gewesen, der durchaus einen Notgroschen für seine politische Arbeit zur Seite gelegt haben könnte.«

Mehr als fünfundzwanzig Millionen Mark – kein schlechter Notgroschen.

»Ben hat sich mit Friedhelm Breuning regelmäßig getroffen. Was wäre, wenn er ebenfalls von diesem Geld erfahren hat? Wenn Breuning ihm verraten hat, wo er es finden kann?«

Vor lauter Aufregung rutschte Linda ganz nach vorne an die Sesselkante. Am liebsten wäre sie wohl sofort losgezogen, um das Geld und damit vielleicht auch ihren Bruder zu finden. Für Ben, dem Antonov im Nacken saß, war dieser Geldtopf wahrscheinlich der Heilige Gral.

»Herr Oberst, gibt es irgendeinen Hinweis darauf, wo eine solche Summe versteckt worden sein könnte?«

»Jetzt, David, wird es sehr, sehr spekulativ. Eine Mitarbeiterin

Adenauers hat in ihren Memoiren geschrieben, dass Adenauer einmal halb im Scherz gesagt haben soll, dass er hoffe, dass nur die CDU den Kanzler stellen wird, weil dann ein Mann aus der richtigen Partei an seinem millionenschweren Schreibtisch sitzen würde.«

»Millionenschwerer Schreibtisch? Hat der Bundeskanzler in seinem Büro teure Antiquitäten gehortet?«, fragte Linda verwundert.

»Im Gegenteil. Adenauer hat sich seinen Schreibtisch in einem Kölner Möbelgeschäft kaufen lassen. Eiche, geschwungene Beine – heute würde man sagen: Gelsenkirchener Barock.«

»Ich war doch selber dabei, als er sich unseren Notizzettel in die kleine Schublade gelegt hat«, murmelte ich. Genau das hatte Breuning gesagt. Plötzlich war mir klar, was ich tun musste. Ich hatte es sehr eilig, aufzubrechen.

»Herr Oberst, bitte verzeihen Sie, wenn wir Sie nach einem so kurzen Besuch schon wieder verlassen. Wir möchten auf keinen Fall unhöflich erscheinen. Ich habe heute Abend noch eine Verabredung in Wiesbaden. Vor allem aber müssen wir jetzt rasch handeln. Ich verspreche Ihnen, dass ich Sie auf dem Laufenden halte. Sie haben uns enorm weitergeholfen.«

»Habe ich das? Nun, das würde mich freuen. Und natürlich erwarte ich Ihren Lagebericht, David, so schnell wie möglich. Bitte lassen Sie sich dann wieder von Major Becking begleiten, reizender Damenbesuch ist mir jederzeit willkommen.«

»Was für eine Verabredung in Wiesbaden? Davon hast du ja noch gar nichts erzählt.«

Ich warf Linda einen kurzen Seitenblick zu, bevor ich mich wieder auf die Autobahn vor mir konzentrierte. »Ich will mich mit Ilja Antonov treffen. Wir können es uns nicht leisten, dass uns seine Schläger die ganze Zeit im Weg stehen. Sophie wird alles aus dem Hintergrund begleiten, sie ist bereits auf dem Weg nach Frankfurt.«

»Und wann genau wolltest du mir das erzählen, Paul?«, fragte Linda empört.

»Entschuldige bitte, ich hatte nicht vor, dich zu übergehen, ich habe erst heute früh mit Sophie darüber geredet.« Linda war zu Recht sauer, ich hätte ihr früher von dem Gespräch mit Sophie berichten sollen.

»Nach Breunings Unfall hatte ich nur noch im Kopf, möglichst schnell zu handeln, bevor es zu spät ist. Es tut mir wirklich leid, Linda, dass ich dir nicht sofort alles erzählt habe.«

»Entschuldigung angenommen. Aber was hat Sophie denn herausgefunden?«

»Ben hat gezockt, und daher hatte er Spielschulden bei Antonov. So viel wussten wir ja schon, weil Antonovs Schläger davon gesprochen hatten, dass du Bens Verpflichtungen übernehmen sollst. Neu war die Information, dass Ben für ihn gearbeitet hat, er hat eine Verschlüsselungssoftware entwickelt, die es Antonov erlaubt, seinen E-Mail-Verkehr abzuwickeln, ohne dass die Behörden mitlesen können.«

Linda schlug in stummem Schreck die Hand vor den Mund.

»Aber wie –«

»Keine Ahnung, wie Ben an diesen Kerl geraten ist. Vielleicht hat er in einem der Nachtclubs mal damit angegeben, dass er eine solche Software entwickeln könnte.«

»Das würde allerdings zu Ben passen. Er hat schon immer gerne mit seinen Fähigkeiten angegeben. Also fahren wir jetzt zusammen nach Wiesbaden?«

»Zunächst einmal halten wir bei Steffen, ich muss mich noch umziehen. Und könntest du jetzt wohl bitte Helga anrufen?« Ohne den Blick von der Fahrbahn abzuwenden, entsperrte ich mein Smartphone mit meinem Fingerabdruck und reichte es Linda hinüber. »Ihre Nummer steht in den Kontakten. Sag ihr, sie soll auf keinen Fall alleine im Haus bleiben. Vielleicht kann sie eine Freundin besuchen oder sich mit Klaus und Rosa zusammentun.«

»Du machst dir Sorgen um ihre Sicherheit?«

»Schmitt und Heller wissen, wo ich wohne. Ich möchte nicht, dass sie Helga als Druckmittel gegen uns einsetzen.«

Linda suchte die Nummer heraus. »Übrigens, hier steht,

dass Kalle schon dreimal vergeblich versucht hat, dich zu erreichen.«

Drei vergebliche Anrufe, darüber war mein Freund bestimmt nicht sehr glücklich. Und das war nur der Anfang, ihm würden meine weiteren Pläne erst recht nicht gefallen, so viel stand fest.

Mega-App in Koblenz

»Sag mal, seid ihr eigentlich noch ganz bei Trost? Da ist man ein einziges Mal für ein paar Tage nicht da, und schon herrscht das Chaos. Meine besten Freunde beschließen, dass es völlig okay ist, der Polizei Beweise im Zusammenhang mit einem Mordfall zu unterschlagen.«

Kalle tigerte in Steffens Wohnzimmer auf und ab. Ja, er war sauer, aber ich kannte meinen Freund lange genug, um zu wissen, dass er Dampf ablassen musste, bevor man mit ihm vernünftig reden konnte.

»Vergiss nicht zu erwähnen, dass auf uns geschossen wurde, dass uns drei Schläger der Russenmafia aufgelauert haben und dass ein alter Mann ermordet wurde«, sagte ich.

»Das meinte ich mit Chaos. Dreck, Pest und Verdammnis, wie mein Großvater immer sagte, was genau willst du denn jetzt tun?«

»Zuerst einmal werde ich mich mit dem Chef der Russenmafia treffen. Danach, denke ich, sollten wir einen Plan schmieden, wie wir an den Schreibtisch von Konrad Adenauer kommen, denn nur so werden wir die Millionen aus der HS-30-Affäre finden.«

Meine Erklärung sorgte dafür, dass Kalle abrupt stehen blieb und mich fassungslos anstarrte. »Du spinnst, jetzt hast du den Verstand verloren.«

»Nein, habe ich nicht. Ich habe nur mit Sophie telefoniert.«

Hinter Kalles Rücken fing Steffen an zu grinsen. Kalle stöhnte laut auf. »Na klar, dass ich daran nicht gleich gedacht habe, Miss Interpol hat natürlich auch ihre Finger im Spiel. Wahrscheinlich plant sie, mit deiner Hilfe der organisierten Kriminalität den Garaus zu machen.«

»Ich denke, so etwas in der Art hat sie vor«, erwiderte ich und hatte Mühe, ein Lächeln zu unterdrücken. Kalle setzte sich auf einen der Barhocker an Steffens Theke. Mit einer ungeduldigen Handbewegung wehrte er das Glas Mineralwasser ab, das Linda ihm anbot. »Steffen, ich brauche was Stärkeres.«

Steffen ließ sich nicht lange bitten und griff in seinen Barschrank. »Wie wäre es mit diesem sechzehn Jahre alten Whisky?«

Kalle nickte ergeben. »Ist mir alles recht. Aber nur einen ganz, ganz kleinen, ich muss ja später noch fahren.«

Offenbar hatten wir die Phase »Dampf ablassen« hinter uns.

»Kalle, ich könnte wirklich deine Hilfe gebrauchen«, sagte ich vorsichtig. »Kümmere dich um Helga, und vielleicht kannst du auch im Trierer Polizeipräsidium etwas erreichen, ohne dass Linda gleich eine Strafanzeige am Hals hat.«

»Ihr habt Beweise unterschlagen!«

»Nicht direkt unterschlagen, wir haben nur ein wenig gelogen.«

Linda hob die Hand. »Ich habe gelogen, Paul hat zu dem Zeitpunkt nichts gewusst.«

»Aber als er es dann gewusst hat, hat er trotzdem nichts getan.« Kalle stürzte den Whisky auf ex hinunter. Schade drum, dachte ich, Steffens edle Whiskys verdienten es, dass man sie in Ruhe genoss.

»Darf ich dich daran erinnern, dass du kein Problem damit hattest, die Behörden zu umgehen, als vor ein paar Monaten Tanjas Leben auf dem Spiel stand?«, sagte ich. »Ich verstehe ja, dass du wütend bist und dir Sorgen machst. Aber jetzt wäre es an der Zeit, dass wir zusammenarbeiten, ich brauche deine Unterstützung.«

Kalle wischte sich mit der Hand übers Gesicht, blies die Wangen auf und stieß dann die Luft langsam aus. »Also gut. Ich spreche heute Abend mit Helga, während du mit Linda in

Wiesbaden bist. Bestell Sophie einen lieben Gruß von mir, ich werde nie wieder ein Wort mit ihr sprechen, wenn sie nicht darauf achtet, dass du heil aus dieser Nummer rauskommst. Tanja hat eine gute Freundin, die in Trier arbeitet, ich denke, über diesen Weg sollten wir ein paar Informationen weitergeben. Aber Adenauers Schreibtisch ...«

»Um den kann ich mich kümmern«, bot Steffen an. »Morgen früh um neun treffen wir uns wieder hier an der Theke, und dann weiß ich mehr.«

Ein Büro beim BKA in Wiesbaden

»Natürlich weiß ich, was wir tun. Hätte ich sonst diesen Einsatz angeordnet? – Ja, eben. Danke!« Sophie Claude schnalzte unwillig mit der Zunge und steckte ihr Handy zurück in die Tasche. »Männer! Manchmal denke ich, ich renne immer wieder gegen eine Wand.«

Das klang entnervt, aber ich wusste, dass Sophie genug Energie hatte, so lange gegen eine Wand zu rennen, bis die Wand nachgab. Sophie hatte nicht zufällig Karriere in der französischen Armee und bei Interpol gemacht. Sie war eine kluge Frau und ein wahres Energiebündel.

Sie stand auf und lächelte mich an. »Also, Paul, wir haben das da für dich.« Sie deutete auf den Tisch des Besprechungsraums. »Ich habe mich lange mit meinen Kollegen ausgetauscht, und wir denken, du solltest den Becher dort benutzen.«

»Ihr habt eine Wanze in einem Coffee-to-go-Becher platziert?«

»Leistungsstark, wasserdicht und sehr unauffällig. Einen Versuch ist es wert. Und jetzt gehen wir besser wieder raus, damit deine Freundin nicht noch eifersüchtig wird, weil du hier allein mit einer gut aussehenden Französin plauderst.«

Ich glaubte nicht, dass Linda eifersüchtig werden würde, aber ganz sicher konnte ich mir natürlich nicht sein. Sophie war schließlich eine attraktive Frau. Sie war klein, um die ein Meter sechzig, schlank, hatte ein schmales Gesicht mit großen braunen Augen. Sie sah aus wie die Schauspielerin Audrey Tautou, und sie lächelte mindestens ebenso überwältigend mit ihrem sinnlichen Mund.

Ich nahm den Becher vom Tisch. Der Inhalt war sogar noch warm.

»Milchkaffee, ein Stück Zucker, ich hoffe, du trinkst deinen Kaffee gerne so«, sagte Sophie.

Ich probierte, es schmeckte nicht schlecht. »Völlig okay, gute Wahl.«

»Hoffen wir es«, erwiderte Sophie.

Ein schwarzer Mercedes-Transporter diente als Kommandozentrale. Linda, Sophie sowie drei BKA-Beamte mit ernsten Gesichtern fuhren gemeinsam vom BKA-Büro zu Antonovs Nachtclub. Ich nahm den Pick-up. Sophie hatte mir die Örtlichkeiten genau beschrieben. Der Nachtclub lag außerhalb von Wiesbaden in einem ehemaligen Industriegebiet, das jetzt ein großes Kinocenter, mehrere Restaurants und zwei Clubs beherbergte. Der Parkplatz vor Antonovs Club war, obwohl es Donnerstagabend war, gut gefüllt. Für viele begann schon das Wochenende. Ich lenkte den Pick-up um das Gebäude herum, stieg aus und steuerte einen Hinterausgang an. Neben der Metalltür gab es eine Klingel und eine Überwachungskamera. Ich klingelte brav und lächelte in die Kamera. Wenige Augenblicke später öffnete sich die Metalltür.

»Der Eingang ist vorne, hinten ist nur der Personaleingang«, erklärte mir ein Mann im dunklen Anzug unwirsch.

»Mein Name ist Paul David, ich möchte gerne Ilja Antonov sprechen.«

»Kenne keinen Antonov.« Der Mann wollte die Tür wieder schließen, aber ich stellte demonstrativ meinen Fuß in den Türrahmen.

»Mach keine Schwierigkeiten, ist gesünder für dich«, brummte Mister Türsteher.

»Ich weiß, dass dein Boss da ist. Bestell ihm, dass derjenige vor der Tür steht, der dafür gesorgt hat, dass sich Viktors großer Kumpel im Knabenchor bewerben kann.«

Mister Türsteher hatte sich erstaunlich gut im Griff, nur sein linkes Augenlid begann heftig zu zucken. Ich nahm den Fuß aus dem Türrahmen. So konnte er die Tür wieder schließen, um seine Nachricht zu überbringen. Er knallte die Metalltür zu – wenigstens konnte er so seinem Unmut Luft machen –, und ich wartete draußen. Kein Problem, ich hatte ja noch meinen Kaffee, um mir die Zeit zu vertreiben. Ich kam allerdings nicht dazu, ihn auszutrinken. Offensichtlich hatte Antonov ein großes Interesse daran, mich kennenzulernen, jedenfalls öffnete Mister Türsteher keine zwei Minuten später wieder die Hintertür.

»Mitkommen!«

Der Kerl hatte wohl den Small-Talk-Kurs geschwänzt. Wir stiegen eine lange Treppe hinauf, hier waren die wummernden Bässe aus dem Club gut zu hören.

Am Ende eines Flures standen zwei weitere Männer. Mit ausdruckslosen Gesichtern nahmen sie mich in Empfang.

»Beine auseinander, Arme ausstrecken!«, befahl der eine. Ich drückte dem verdutzten Mister Türsteher meinen Kaffeebecher in die Hand. »Halten Sie mal, schön aufpassen, aber nicht austrinken.«

Einer der beiden Bodyguards zog einen Gegenstand aus seiner Jackentasche, der ungefähr die Größe und Form einer Fernsehfernbedienung hatte. Er fuhr mit dem Gerät an meinem Körper entlang. Ein Detektor – gut, dass ich meinen Becher nicht mehr in der Hand hielt. Der Bodyguard schaute prüfend auf das Display des Geräts, steckte es zurück in die Tasche und tastete mich sehr professionell und effizient nach Waffen ab.

»Er ist sauber, keine Knarre, kein Messer, keine Wanze.«

Der andere öffnete wortlos eine Tür. Ich ließ mir meine Erleichterung nicht anmerken, nahm Mister Türsteher meinen Becher aus der Hand, trank einen Schluck und betrat dann den Raum.

Ilja Antonov hatte ich mir anders vorgestellt. In der Vergangenheit hatte ich mit zahlreichen Russen zusammengearbeitet. Hätte ich Antonov auf der Straße getroffen, ich hätte ihn eher für einen Franzosen oder einen Spanier gehalten. Er machte in seinem wahrscheinlich maßgeschneiderten dreiteiligen Anzug eine gute Figur. Er stand an einer großen Fensterfront, den Blick auf den nächtlichen Parkplatz gerichtet. Vielleicht überschlug er im Kopf die bisherigen Tageseinnahmen. Ohne mich anzusehen, sagte er: »Sie sind ein mutiger Mann. Nennen Sie mir einen Grund, warum Sie hier lebend wieder herauskommen sollen.«

»Ich habe mehr als fünfundzwanzig Millionen Gründe.«

Jetzt hatte ich seine Aufmerksamkeit. Er drehte sich um und musterte mich von oben bis unten, sein Blick blieb ein paar Atemzüge zu lang an meiner Prothese hängen. Wahrscheinlich fragte er sich gerade, ob die Weiterbeschäftigung des Riesen wirklich eine gute Idee war – den hatte ich schließlich trotz Prothese mühelos außer Gefecht gesetzt. Es gibt ja so viele Vorurteile gegenüber Menschen mit Handicap.

»Ich habe Vladimir offenbar immer überschätzt.«

»Er ist nicht der Erste, der einen Gegner falsch eingeschätzt hat, und er wird nicht der Letzte sein.«

»Viktor hat einen gebrochenen Fußknochen und eine geprellte Nase, Jegor kann immer noch nicht richtig durchatmen.«

»Die beiden hätten Linda Becking ja nicht festhalten müssen. Ich denke, das fällt unter Berufsrisiko. Nachdem wir uns jetzt so nett miteinander bekannt gemacht haben, würde ich gerne zum eigentlichen Grund meines Besuches kommen.«

Ilja Antonov lachte leise, griff zu einer Weinflasche und schenkte sich ein Glas Weißwein ein. »Ich mag Sie, David, ich glaub, ich töte Sie erst zum Schluss.«

»Oder Sie vergessen alle Mordabsichten und hören sich an, was ich zu sagen habe.«

»Stimmt, entschuldigen Sie bitte, ich hab gerade nur laut gedacht. Also, Sie wissen von Bens großem Geldtraum?« Das klang mehr nach einer Feststellung als nach einer Frage.

»Ben ist durch Zufall auf die Spur von vielen Millionen D-Mark gekommen.«

»Erzählen Sie mir was Neues, David. Mit dieser Story hat er es geschafft, sich eine Galgenfrist zu erbetteln.«

Natürlich, dachte ich, damit fiel ein weiteres Puzzlesteinchen an die richtige Stelle. Ich hatte mich schon die ganze Zeit gefragt, wie Ben geplant hatte, mehrere Millionen Mark bei der Bundesbank einzutauschen, ohne Verdacht zu erregen. Antonov dagegen besaß bestimmt genügend Kanäle, um genau das zu bewerkstelligen.

»Die Story ist wahr. Und wenn Sie etwas Neues hören wollen, wie wäre es dann damit: Ben Becking lebt, und ich werde ihn finden.«

Jetzt hatte ich Antonov doch noch überrascht. Er verschluckte sich an seinem Weißwein und versuchte hustend wieder Luft zu bekommen.

»Diese kleine Ratte. Er hat also versucht, mich auszutricksen. Okay, was wollen Sie dafür, dass Sie Ben finden?«

»Beschäftigen Sie zwei Killer, eine Frau und einen Mann? Sie nennen sich Heller und Schmitt.«

»Nein, aber ich habe mal von einem Pärchen mit diesen Namen gehört, das ursprünglich bei einer Frankfurter Sicherheitsfirma gearbeitet hat und das seit ein paar Jahren freiberuflich auf dem Markt unterwegs ist.«

»Danke für die Auskunft.«

»War es das schon?«

»Nein, ich möchte auch nicht mehr die ganze Zeit über die Schulter schauen müssen, ob einer Ihrer Männer hinter mir her ist. Sie pfeifen Vladimir, Viktor und Konsorten zurück.«

Ilja Antonov nahm einen weiteren Schluck Wein und nickte bedächtig. »Drei Tage, Sie haben drei Tage, David. Dann liefern Sie mir Ben. Wenn nicht, werde ich jeden töten, der Ihnen am Herzen liegt. Jeden, verstehen Sie, und erst ganz am Schluss sind Sie dran.«

»Ich halte nichts von leeren Drohungen, Antonov.«

»Das ist keine leere Drohung, das ist ein Versprechen. Drei Tage, David. Ich werde Anweisung geben, dass man Sie in Ruhe lässt. Finden Sie Ben, falls nicht, sind Sie selbst verantwortlich für das, was passieren wird. Zweiundsiebzig Stunden, nicht mehr. Nutzen Sie die Zeit gut. Ich habe einen Ruf zu verlieren.«

»Dann sollten Sie bessere Männer losschicken als die letzten drei, um Ihr Versprechen einzulösen.«

Ich drehte mich um und verließ den Raum. An der Tür trank ich meinen Becher leer und warf ihn in einen Papierkorb, der neben der Tür stand. Als ich den beiden Bodyguards nach unten folgte, fragte ich mich, wie lange Sophies Wanze wohl funktionieren würde. Das konnten doch ganz spannende Aufzeichnungen werden.

Sobald ich zwei Straßen weiter in der Nähe des schwarzen Transporters aus dem Pick-up gestiegen war, kam Linda auf mich zugerannt, umarmte mich und gab mir einen Kuss. Für einen Moment hielt ich sie einfach nur fest und atmete den Duft ihrer Haare ein.

Mit einem verlegenen Lächeln löste sich Linda aus unserer Umarmung. »Es war schrecklich, euch zuzuhören. Ich habe mir solche Sorgen gemacht.«

»Das war doch sicherlich nicht der erste verdeckte Einsatz, den du miterlebt hast.«

»Deswegen habe ich mir ja gerade Sorgen gemacht, du Blödmann«, erwiderte Linda und küsste mich noch einmal. Hinter Linda kletterte Sophie aus dem Transporter und streckte den Daumen in die Höhe.

»Das war großartig, Paul. Mitanzuhören, wie Antonov Morddrohungen ausspricht, war wundervoll.«

»Na ja, jeder Mensch findet etwas anderes schön. Mir hat der Kerl eine Heidenangst eingejagt. Ich kann verstehen, dass ihr Schwierigkeiten habt, ihn festzunageln.«

Sophie gab mir einen spielerischen Klaps auf den Arm und einen freundschaftlichen Kuss auf die Wange. »Du weißt genau, wie ich das meinte. Wir werden jedenfalls noch eine Menge Spaß mit der Wanze in seinem Büro haben. Was hast du mit dem Becher gemacht?«

»Er liegt im Papierkorb neben der Tür. Hoffentlich kommt die Putzfrau nicht schon in den frühen Morgenstunden.«

»Die Hoffnung stirbt zuletzt. Jede Minute, die wir dort mitschneiden, kann ein Hauptgewinn sein.«

»Hast du schon einmal daran gedacht, Steffen auf das Verschlüsselungssystem anzusetzen, das Ben programmiert hat? Ich kann mir gar nicht vorstellen, dass Steffen und Uschi das nicht knacken können.«

Sophie schlug sich mit der flachen Hand vor die Stirn. »Nein, daran hatte ich noch nicht gedacht, aber es ist eine wunderbare Idee. Ich werde ihn später noch anrufen. Ähm, wer ist Uschi?«

»Das, liebe Sophie, musst du selber herausfinden.« Ich lachte leise, legte meinen Arm um Linda und ging mit ihr zum Pick-up zurück.

Mega-App in Koblenz

Ich wachte auf, weil irgendwo im Zimmer der Wecker eines Handys penetrant dudelte. Meins war das nicht, so viel stand fest. Neben mir drehte sich Linda mit einem leisen, unwilligen Schnaufen auf die andere Seite. Vorsichtig, um sie nicht zu wecken, erhob ich mich mühsam und fand ihr Smartphone auf einem Stuhl. Ich schaltete den Wecker aus, gähnte und legte mich zurück ins Bett. Schlaftrunken drehte sich Linda wieder herum und kuschelte sich mit einem zufriedenen Seufzen an mich. Es gab schlechtere Arten, wach zu werden. Ich legte meinen Arm um sie und genoss in den nächsten Minuten ihre Nähe.

»Ein Königreich für eine Tasse Kaffee«, murmelte Linda. Ich löste mich aus ihrer Umarmung und stand erneut auf, diesmal tatsächlich. »Mal sehen, was ich tun kann.«

Als ich aus dem Gästezimmer kam, stand Steffen schon putzmunter im offenen Küchenbereich seiner Wohnung. Der Esstisch war gedeckt, und in einem Korb lagen frische Brötchen.

»Guten Morgen, Paul, na, ausgeschlafen? Ist Linda auch schon wach?«

»Guten Morgen, ja, danke, ich habe genug geschlafen. Und Linda wünscht sich nichts sehnlicher als einen Becher Kaffee.«

»Ein bescheidener Wunsch, den ich leicht erfüllen kann.« Steffen holte aus einem Regal einen Kaffeebecher und stellte ihn unter den Auslauf seines Vollautomaten. Während der Kaffee in den Becher gurgelte, schaute er mich lächelnd an. »Eine tolle Frau, Paul.«

»Ja, etwas Ähnliches ist mir vor fünf Minuten auch durch den Kopf gegangen. Und gestern auch andauernd. Übrigens, Steffen, ich muss mich noch bedanken, dass wir hier bei dir in Deckung gehen können.«

Steffen winkte ab. »Das würdest du doch auch für jeden Freund tun. Bleibt, so lange ihr wollt. Ich freue mich, dass ich hier mal mit richtigen Menschen sprechen kann und nicht nur mit Uschi.«

»Was gibt es gegen mich zu sagen, Steffen?«, ertönte eine Stimme aus dem Computerbereich.

»Gar nichts, liebe Uschi, gar nichts«, erwiderte Steffen laut, bevor er mir zuflüsterte: »Ich glaube, sie entwickelt so etwas wie Eifersucht. Wenn das so weitergeht, werde ich sie umprogrammieren müssen.«

Kalle und Tanja erschienen pünktlich um neun Uhr. Wir hatten bereits geduscht und gefrühstückt. Tanja begrüßte mich mit einem Wangenkuss und reichte Linda mit einem strahlenden Lächeln die Hand. »Ich bin Tanja, du musst Linda sein. Kalle hat mir gestern Abend schon alles berichtet. Ich muss sagen, ich kann verstehen, warum du nicht sofort die Wahrheit gesagt hast. Ich habe auch einen kleinen Bruder, und ich würde praktisch alles tun, um ihn zu schützen.«

»Danke für dein Verständnis, aber ich weiß, dass ich einen Riesenfehler gemacht habe und möglicherweise für diesen Fehler büßen muss.«

»Darüber ist das letzte Wort ja noch nicht gesprochen. Bei der Durchsicht der Fotos hast du unter Schock gestanden. Niemand kann dir einen Strick daraus drehen, dass du bei der Identifizierung eines halb verbrannten Arms einen Fehler gemacht hast.«

Kalle wollte schon etwas sagen, aber Steffen und ich boxten ihm gleichzeitig von zwei Seiten unsere Ellbogen in die Rippen, sodass er stattdessen nach Luft schnappte und schwieg.

»Kalle, Tanja, möchtet ihr beiden noch etwas trinken oder essen? – Nein? Gut, dann kommt doch bitte alle mal mit.« Steffen führte uns in seinen Computerbereich.

Wir setzten uns in die Schalensessel. Als Ursula in ihrem Bikini zwischen uns auftauchte, quietschte Tanja überrascht auf. »Himmel, ihr hättet mich auch vorwarnen können.«

»Hätten wir, das wäre aber nur halb so lustig gewesen«, antwortete Steffen grinsend. Statt einer Antwort streckte Tanja ihm kurz die Zunge heraus.

»Also, eins vorweg: Sophie hat sich bei mir gemeldet, Pauls Wanze ist immer noch aktiv, und das BKA kriegt sich gar nicht mehr ein vor Glück. Außerdem soll ich Antonovs Verschlüsselungssoftware knacken. Ich habe Uschi schon drauf angesetzt, dafür ein paar Sachen vorzubereiten.«

»Soll ich deinen Freunden die Details erklären, Steffen?«

Steffen verdrehte die Augen. »Nein, sollst du nicht. Bitte öffne den Fotoordner, den ich gestern Nacht angelegt habe.«

»Sehr gerne. Brauchst du mich noch? Sonst würde ich weiter an den Programmcodes arbeiten, die du für mich vorbereitet hast.«

»Mit den Fotos komme ich schon klar, Uschi.«

»Fein, Steffen.« Die verführerische Ursula löste sich vor unseren Augen in Luft auf.

Tanja schüttelte immer noch fassungslos den Kopf, während Steffen zufrieden in die Hände klatschte. »Also, die Aufgabe war ja nicht so schwer. Der Schreibtisch, den Konrad Adenauer in seinem Büro im Palais Schaumburg stehen hatte, würde dort immer noch stehen. Würde. Seit zwei Jahren wird das Gebäude aber saniert. Der Schreibtisch wurde deshalb im Keller eingelagert.«

»Verdammt, ich hatte nicht vor, in den Keller von Angies Amtssitz in Bonn einzubrechen«, stöhnte ich.

»Musst du auch nicht, Paul. Denn Anfang des Jahres hat man

Adenauers Schreibtisch aus seinem Kellerdasein erlöst. Ein Teil des Kanzlerzimmers wurde im Haus der Geschichte nachgebaut.«

»Phantastische Neuigkeiten, Steffen«, warf Kalle voller Sarkasmus ein. »Das heißt, wir müssen lediglich ins Bonner Haus der Geschichte spazieren. Unter den Blicken der wachsamen Aufseher und im Beisein von mehreren hundert weiteren Besuchern und ganzen Schulklassen können wir dann ganz einfach Adenauers Schreibtisch unter die Lupe nehmen. Wenn die Fragen stellen, können wir ja erklären, dass wir in den Schubladen nach einem versteckten Hinweis auf ein paar Millionen D-Mark suchen. Das klingt tatsächlich wie ein Kinderspiel.«

Kalle bemühte sich nicht einmal, seine beißende Ironie zu unterdrücken. An Steffen perlte das aber komplett ab.

»Ganz so leicht ist es dann doch nicht, Kalle. Du hast recht, was die Aufseher, die Besucher und die Schulklassen betrifft.« Steffen deutete auf einige Bilder, die auf seinem riesigen Monitor zu sehen waren. »Das da, liebe Freunde, ist der Schreibtisch vom ollen Konrad.«

Ich schaute genauer hin, dann wusste ich, woran Steffen dachte. »Breuning hat von einer kleinen Schublade gesprochen. Der Tisch hat aber keine Schubladen.«

»So ist es«, bestätigte Steffen, »und das bedeutet, dass ihr ein bisschen mehr Zeit braucht, um diesen Tisch zu untersuchen.«

»Ach, und wie bitte schön sollen wir das anstellen?«, fragte Kalle genervt.

»Indem ihr euch an meinen ausgeklügelten Plan haltet«, erwiderte Steffen und grinste von einem Ohr zum anderen.

Ein Büro in Bonn

Er wartete immer noch auf eine Rückmeldung von Schmitt und Heller. Die Ungewissheit machte ihm zu schaffen. In den ersten

Jahren hatte er nur Angst gehabt, dass sein Betrug auffliegen könnte, dann war es die Sorge um die Partei gewesen, um das Ansehen seiner Firmen. Die Zeiten hatten sich zwar geändert, aber seine Taten würden noch genügend Kritiker auf den Plan rufen. Die Zustimmung für seine Partei sank, da war jeder Skandal ein Skandal zu viel. Nein, er war wachsam gewesen, hatte hart durchgegriffen, wenn es sein musste, und damit würde er jetzt ganz sicher nicht aufhören. Dieser Becking hatte die falschen Leute befragt.

Mein Informantennetz ist immer noch ausgezeichnet. Aber wo bleibt nur die Meldung von Schmitt und Heller?

Früher war er bei solchen Dingen geduldiger gewesen, es hatte ihm nichts ausgemacht zu warten. Das war jetzt anders geworden, vielleicht lag es am Alter. Er wusste, ihm blieb nicht mehr viel Zeit. Sein Arzt hatte nach der letzten Untersuchung Klartext geredet. Wahrscheinlich würde das Herz aussetzen, ein zu schwaches Herz. Das klang in seinen Ohren nach Mitleid. Mitleid war das Letzte, was er in seinem Leben zugelassen hatte.

Dieser Quacksalber hatte etwas von Ruhe, Stressvermeidung und Entspannung gefaselt. Der Alte lachte in sich hinein. Ein trockenes, brüchiges Lachen, das in einen erstickten Husten überging. Seit ein paar Tagen war da dieser Druck in der Brust, die Atemnot, wenn er die Treppe zu seinem Büro hinaufstieg, das taube Gefühl in den Fingern. Die Einschüsse kamen näher, kein Zweifel, aber er würde nicht abtreten, ohne diese eine Sache abgeschlossen zu haben. Die Tabletten lagen griffbereit in seiner Schreibtischschublade.

Wenn sich dieses Pärchen doch bloß endlich melden würde. Er griff zum Telefonhörer und wählte die Nummer seiner Sekretärin. Natürlich hätte er auch aufstehen, durch den Raum gehen und persönlich mit ihr sprechen können, aber das hatte er schon früher, als ihm das Gehen noch leichtgefallen war, nicht gerne getan. Er wollte nicht vor ihrem Schreibtisch stehen, da kam er sich wie ein Bittsteller vor. Nein, so war es ihm lieber.

»Ja, Herr Konsul?«

»Haben Sie Schmitt und Heller erreicht?«

»Nein, bisher war dort nur die Mailbox –«

»Bleiben Sie weiter dran«, unterbrach er seine Sekretärin. Er hasste ihre Ausflüchte und Entschuldigungen, dieses devote Gestammel. Wütend legte er auf. Das Ziehen in seiner Brust nahm zu. Er schluckte eine Tablette, griff zum bereitstehenden Glas. Wasser lief ihm das Kinn herunter. Verdammtes Zittern. Er verabscheute seinen langsam verfallenden Körper. Mit einem Taschentuch wischte er die Wasserflecken von der Schreibtischplatte. Er würde das alles einfach ignorieren. Zumindest so lange, bis er verlässlich wusste, dass David und Becking keine Gefahr mehr darstellten und endlich tot waren.

Willkommen im Haus der Geschichte

Als wir zu dritt die große Eingangshalle betraten, stöhnte ich unwillkürlich auf. Ich hatte schon befürchtet, dass das Haus der Geschichte jetzt, am späten Vormittag, gut besucht sein würde, aber mit einem solchen Rummel hatte ich nicht gerechnet. Unzählige Teenager liefen in kleinen Gruppen umher, an der großen Informationstheke standen zwei Dutzend Senioren, die auf eine Führung warteten, links von mir im Museumsshop stöberte eine ganze Schulklasse herum.

Ich war vor vielen Jahren schon einmal hier gewesen. Daher wusste ich, dass die Ausstellung im Erdgeschoss mit dem Ende des Zweiten Weltkriegs begann und dann praktisch spiralförmig die einzelnen Jahrzehnte über die verschiedenen Stockwerke hinweg präsentierte. Die Etagen waren nicht durch Treppen, sondern über lang gestreckte offene Rampen miteinander verbunden. Von den oberen Stockwerken konnte man leicht einen Teil der tiefer gelegenen Ausstellungsebenen einsehen. Das war eines unserer Probleme. Selbst wenn in unmittelbarer Nähe von Adenauers Schreibtisch niemand sein sollte, gäbe es immer noch die Möglichkeit, von oben beobachtet zu werden. Ich schaute Linda und Kalle an.

»Ich hoffe nur, dass Steffen es wirklich hinbekommt, sonst weiß ich nicht, wie wir bei diesem Andrang ans Ziel kommen wollen.«

»Willkommen im Haus der Geschichte. Ein bisschen mehr Vertrauen in meine Fähigkeiten wäre nicht schlecht«, meldete sich Steffens Stimme in meinem Ohr zu Wort. Ich zuckte kurz zusammen und erntete dafür ein Grinsen von Kalle. Für einen Augenblick hatte ich vergessen, dass Steffen uns alle drei mit kleinen Freisprecheinrichtungen ausgestattet und unsere Handys in einem Konferenzgespräch zusammengeschaltet hatte. Solange wir im Funknetz waren, konnte Steffen alles mithören. Während ich mit Jeans und T-Shirt meinem üblichen Kleidungsstil treu blieb, trug Linda eine weiße Bluse. Kalle dagegen hatte sich einen leichten langen schwarzen Regenmantel übergeworfen. Draußen nieselte es gerade. Ein Glück, da fiel er in diesem Kleidungsstück nicht weiter auf.

»Bringen wir es hinter uns«, sagte Kalle. »Ich muss sagen, ich habe ein ganz mieses Gefühl im Bauch. Wenn die uns erwischen, dann aber gute Nacht, da werde ich nicht mit einer einfachen Verwarnung davonkommen.«

Linda hakte sich lächelnd bei ihm unter. »Hör auf, schwarzzusehen. Ich weiß es zu schätzen, dass du trotzdem bei uns bist.«

»Ist ja wohl selbstverständlich. Ich lass doch nicht meine Freunde Adenauers Schreibtisch alleine aufbrechen«, brummte er.

»Schön, dass wir das mal geklärt haben. Könnt ihr jetzt bitte anfangen?«, tönte es aus unseren Ohrsteckern.

Wir gingen an nackten Ziegelwänden in der Ausstellung vorbei, Reste von ausgebombten Häusern, Kulisse für die Phase des Wiederaufbaus. Die Zeit der Trümmerfrauen und der Berlin-Blockade.

»Ich habe hier den Lageplan und die Notausgänge auf dem Monitor«, erklärte uns Steffen. »Ihr solltet zusehen, dass ihr im unteren Bereich ein Versteck findet, möglichst in der Nähe von

Adenauers Schreibtisch. Euch bleibt nicht viel Zeit, je kürzer der Weg zum Schreibtisch, umso besser.«

»Unter dem Rumpfteil des Rosinenbombers da vorne ist genug Platz, das wäre eine Möglichkeit«, raunte uns Linda zu. »Das gilt auch für den Panzer dort drüben.« Kalle zeigte auf einen Panzer, der mit den Exponaten zum Aufstand am 17. Juni 1953 aufgebaut worden war.

»Stimmt, aber wir werden viel Zeit verlieren, wenn wir mühselig aus diesen beiden Verstecken herauskriechen müssen«, gab ich zu bedenken.

»Hast du eine bessere Idee, Paul?«, fragte Linda.

Eine Idee nicht gerade, mehr eine vage Erinnerung. Aber bevor ich damit herausrückte, musste ich sie erst einmal überprüfen.

»Wenn ihr an dem Panzer steht, müsstet ihr eigentlich gleich auch die Ausstellungsstücke aus Adenauers Arbeitszimmer sehen«, erklärte Steffen.

»Bingo, leider gibt es ein Absperrband und einen Mitarbeiter direkt daneben«, sagte Kalle. Der ältere Herr im sandfarbenen Jackett hatte die Arme auf dem Rücken verschränkt und warf einen prüfenden Blick in die Richtung einer Schülergruppe, die sich allerdings mehr für ihre Smartphones als für die Ausstellung interessierte.

Das war er also, Adenauers Schreibtisch. Das Eichenholz hatte im Laufe der Jahrzehnte gelitten, aber der wuchtige Tisch mit seinen geschwungenen verzierten Beinen verströmte eine ganz eigene Aura. Das war nicht einfach ein Möbel, sondern ein Stück Geschichte. Welche Akten waren daran wohl unterzeichnet worden, welche Entscheidungen getroffen? Auf dem Tisch standen ein altes schwarzes Telefon, ein Notizzettelkästchen aus Leder und eine Art Lautsprecher, wahrscheinlich Teil einer Gegensprechanlage. Auf dem Schreibtisch befand sich eine alte Schreibtischunterlage.

»Vielleicht hat Adenauer wichtige Details unter seiner Schreibtischunterlage versteckt«, witzelte Kalle.

»Ja, oder wir finden den Hinweis drüben in der Aktentasche.« Ich zeigte auf das kleine Bücherregal, das man hinter dem Tisch aufgebaut hatte. Obendrauf lag eine alte Lederaktentasche. Großformatige Schwarz-Weiß-Fotos an der Wand zeigten Konrad Adenauer an diesem Schreibtisch bei der Arbeit. In meinem Ohr seufzte Steffen. »Könnt ihr euch bitte auf den Schreibtisch konzentrieren?«

»Okay, es gibt wirklich keine Schubladen, das sind lediglich aufgesetzte Verzierungen«, sagte ich.

»Wäre ja auch zu einfach gewesen«, gab Steffen zurück, »und wir hatten das ja auch schon anhand der Fotos vermutet.«

Auf der Vorderzarge gab es drei Verzierungen, die wie Schubladenblenden aussahen. In ihrer Mitte war jeweils eine Schmuckrosette aus Bronze oder dunklem Messing angebracht. Mehr war aus der Entfernung von zwei Metern nicht zu erkennen.

»Wir sollten anfangen, Steffen«, sagte ich. »Lass mich nur noch bitte eine einzige Sache überprüfen. Warte noch einen Moment.«

Die Teile aus Adenauers Arbeitszimmer standen keine zehn Meter von dem nächsten Exponat entfernt, einer blassrosa Hausfassade, die zu einem Kino gehörte. Über dem Eingang neben dem halbrunden Kassenhäuschen stand in gelber Neonleuchtreklame »Lichtspielhaus«. Drinnen gab es eine kleine Leinwand, die rechts und links von schweren roten Samtvorhängen begrenzt war. Alles war genauso, wie ich es in Erinnerung hatte. In dem Minikino liefen Ausschnitte aus Wochenschauen und alten Kinofilmen.

»Lust auf Kino?« Ich schaute Linda und Kalle auffordernd an.

»Ist jetzt vielleicht der falsche Zeitpunkt, um sich eine Wochenschau anzusehen«, erwiderte Kalle, trotzdem folgten er und Linda mir in das Bonsaikino.

»Die Filme sind ja nicht alles, die schweren Vorhänge neben der Leinwand finde ich viel spannender.«

Kalle warf einen Blick auf die bodentiefen Vorhänge und nickte grinsend. »Dann mal los.«

Wir setzten uns in die vorderste Reihe. Auf der Leinwand

flimmerte ein Ausschnitt des Kinofilms »Die Halbstarken« mit Horst Buchholz, ich hatte den Film vor vielen Jahren einmal im Fernsehen gesehen. Hinter uns saßen lediglich drei gelangweilte Schülerinnen. Wir mussten nicht lange warten, bevor sie kichernd den Raum verließen. Jetzt oder nie, womöglich kämen gleich schon die nächsten Besucher herein. »Steffen, kannst du den Projektor und die Lampen im Lichtspielhaus ausschalten?«

»Sekunde. Yep, und zack, ist die Sicherung draußen.« Plötzlich wurde es dunkel in dem kleinen Kino. Wir standen auf. Ich vergewisserte mich im Schein einer winzigen Taschenlampe, die ich vorsichtshalber eingesteckt hatte, dass gerade niemand hereinschaute, dann versteckten wir uns rechts und links hinter den Samtvorhängen.

»Also los«, sagte ich, »wir sind so weit.«

»Überwachungskameras aus und Feueralarm auf drei, zwo und eins«, hörte ich in meinem Ohr. Gleichzeitig schrillte draußen der Hausalarm los.

»Wir haben einen Feueralarm, würden Sie bitte die Ausstellung verlassen und nach unten zum Sammelpunkt gehen?« Die Stimme eines Wachmanns übertönte den Alarm: »Bitte, es gibt keinen Grund zur Sorge, gehen Sie einfach nur hinunter in die Haupthalle.«

Unser Versteck war im Grunde jämmerlich, aber ich hoffte, dass die Mitarbeiter nur einen kurzen prüfenden Blick ins Kino werfen würden. Zumal es jetzt auch noch vollkommen dunkel war. Außerdem bauten wir darauf, dass die Museumsmitarbeiter davon ausgehen würden, dass bei einem Feueralarm niemand freiwillig in einem Gebäude blieb.

»Bereich drei ist geräumt«, hörte ich von draußen. »Ich komme jetzt runter zum Sammelpunkt.«

Vorsichtig schaute ich an der Kante des Vorhangs vorbei. Ich konnte gerade noch sehen, wie einer der Museumsmitarbeiter aus dem Eingang des Kinos verschwand.

»Euch bleiben drei bis fünf Minuten, maximal«, sagte Steffen. »Ich habe hier bereits die Alarmierung der Feuerwehr auf dem Monitor.«

Wir verließen unser Versteck. Ein letzter prüfender Blick, die Luft war rein. Ich nickte Kalle und Linda zu, dann rannten wir hinüber zum Schreibtisch, und Linda kroch unter ihn. Kalle nahm sich das Telefon und die Schreibtischunterlage vor. »Hier unten ist nichts.« Linda kam wieder unter dem Exponat hervor. Kalle schüttelte ebenfalls enttäuscht den Kopf.

»Okay, Paul, denk nach, was hat Breuning genau gesagt?«, flüsterte Kalle. Flüstern wäre allerdings bei dem Schrillen des Feueralarms wirklich nicht nötig gewesen.

»Er hat gesagt, dass er selber gesehen hätte, wie Adenauer einen Notizzettel in die kleine Schublade gelegt hat.«

»Hier ist aber verdammt noch mal keine kleine Schublade«, zischte Kalle.

Plötzlich fiel mir noch etwas ein, was Breuning gesagt hatte. Der Schreibtisch vor mir hatte drei Verzierungen. »Zwei, zwei, eins und drei, und das Geheimnis ist vorbei«, murmelte ich. Ich drückte zweimal auf die mittlere Rosette, dann auf die Rosette rechts davon und anschließend auf die linke. Nichts passierte. Mist! Zweiter Versuch. Zweimal die mittlere Rosette und gleichzeitig auf die Rosetten rechts und links. Die Verzierungen gaben nach, etwas klickte laut.

»Heilige Scheiße, das glaube ich doch nicht.« Kalle zeigte auf eine muschelförmige Verzierung am rechten Tischbein. Die Verzierung war eigentlich nur eine Blende, die nun ein Stück herausgesprungen war. Als Kalle vorsichtig daran zog, kam ein winziges, nur wenige Zentimeter breites Kästchen zum Vorschein. Darin lag ein gefalteter vergilbter Zettel. Ich nahm den Zettel und schob das Kästchen wieder zurück, das mit einem Klicken einrastete.

»Steffen, wir haben es!«

»YES!« Steffens Begeisterung war ziemlich laut in meinem Ohr. »Okay, Leute, Abgang, aber flott. Ihr müsst euch jetzt rechts halten. Dort ist das Treppenhaus, und unten kommt ihr direkt zum Notausgang. Beeilt euch, hier im System steht, dass die Feuerwehr eingetroffen ist.«

»Na, dafür brauche ich kein System, das kann ich hören«,

sagte Kalle. Draußen waren die Sirenen der Feuerwehr immer lauter geworden. Im Gehen zog sich Kalle den langen Mantel aus, darunter kam seine komplette Dienstkleidung zum Vorschein. Er reichte den Mantel an Linda weiter, die ihn auf links zog. Wir hatten auf der Innenseite des Mantels mit Sicherheitsnadeln einen weißen Laborkittel befestigt. Linda zog den jetzt weißen Mantel über, holte aus der linken Innentasche ein Stethoskop und aus der rechten eine zusammengelegte Atemmaske. Kalle nahm eine zwanzig Zentimeter lange Kartusche von seinem Gürtel und steckte den Schlauch der Atemmaske an die Kartusche, bevor ich mir die Maske über Mund und Nase zog. Als wir die Treppe hinuntergingen, ich in der Mitte zwischen Kalle und Linda, stützten mich die beiden. Am Notausgang stand eine junge Mitarbeiterin.

»Ich bin Ärztin, der Mann hier muss dringend an die frische Luft«, rief Linda schon aus einiger Entfernung. Und Kalle ergänzte: »Bitte halten Sie die Tür auf, die Kollegen und der Notarzt warten schon draußen.«

Ich verdrehte die Augen und sackte stöhnend noch ein wenig in die Knie. Die Frau am Notausgang beeilte sich, uns die Tür zu öffnen. Die Polizeiuniform in Kombination mit der vermeintlichen Ärztin wirkte sehr überzeugend.

»Und zack ist der Feueralarm schon wieder aus, und die Kameras laufen wieder«, hörte ich Steffen.

Linda und Kalle brachten mich nach draußen. Wir standen jetzt hinter dem Gebäude, eine breite Einfahrt führte nach rechts zu einer Tiefgarage. An der Einfahrt bremste ein Auto. Wir liefen zu dem Wagen, Linda und ich stiegen hinten ein, Kalle setzte sich auf den Beifahrersitz.

»Sie haben einen Rettungswagen angefordert?«, fragte Tanja lächelnd, die hinterm Steuer saß. »Ich kann euch sagen, noch einmal fahre ich nicht die ganze Zeit um den Block und höre euch dabei zu, wie ihr so einen Unfug anstellt.«

Da es nur wenige Parkplätze in der Seitenstraße des Museums gab, hatte Tanja sich angeboten, mit unserem Fluchtwagen in Bewegung zu bleiben. Kalle gab seiner künftigen Ehefrau einen Kuss.

»Du bist die zauberhafteste Fluchthelferin, die ich mir vorstellen kann, Tanja Dievenbach.«

Auf der B 9

Kalle drehte sich auf dem Beifahrersitz zu mir um. »Was steht denn nun auf dem Zettel?«
Ich hatte die Atemmaske abgenommen und Linda beim Ausziehen des Mantels geholfen. Vorsichtig nahm ich den gefalteten Zettel aus der Hosentasche.
»Ja, lies laut vor«, bat Steffen. Wir hatten die Verbindung zu ihm immer noch nicht unterbrochen.
Das Papier hatte ursprünglich einmal hellblaue Linien gehabt, die obere Kante war leicht gezackt. Ein Blatt, das von einem Notizblock abgerissen worden war. An den Knickfalten war das Papier brüchig geworden, trotzdem konnte man die schwarze Schrift noch überall gut erkennen.
»Hier stehen Zahlen. Sechsundfünfzig, zweiundsiebzig und achtzehn. Dahinter in einer Klammer das Wort links. Und darunter gibt es eine zweite Zeile mit den Zahlen dreizehn, vierundzwanzig und zweiunddreißig. Daneben wieder in einer Klammer das Wort rechts.«
»Das ist alles?«, fragte Kalle.
»Nein, hier unten hat jemand in einer anderen Handschrift noch etwas geschrieben, das sieht aus wie ›Camp K.‹.«
Kalle kratzte sich ratlos am Kopf. »Mhm, ein bisschen dürftig für eine Schatzkarte. Könnten die Zahlen Koordinaten sein?«
»Dann würde nicht ›rechts‹ und ›links‹ danebenstehen«, gab Tanja zu bedenken.
»Stimmt auch wieder. War ja auch nur so ein Gedanke«, räumte Kalle ein.
»Ich finde dieses ›Camp K.‹ viel interessanter«, sagte Linda, »vielleicht, weil es mich an zu Hause erinnert. Ihr wisst schon:

›Camp D.‹ wie Camp David, der Erholungssitz unseres Präsidenten.«

»Oh, ich liebe diese Frau«, sagte Steffen und kicherte leise.

»Paul, du bist ein Glückspilz.«

»Herzlichen Dank für das Kompliment«, erwiderte Linda, »aber womit habe ich das verdient?«

»Es gab tatsächlich so etwas wie ein Camp K. oder besser gesagt Camp Konrad. Das war die spöttische Bezeichnung für die sogenannte Adenauer-Villa in der Eifel. Gebt mir mal kurz ein paar Minuten, ich überfliege schnell die Internettreffer. Tanja, du hast doch im Auto eine Freisprecheinrichtung, oder?«

»Ja, die läuft über die Radiolautsprecher.«

»Prima, dann beende ich jetzt die Konferenzschaltung und melde mich gleich wieder bei euch.« Es knackte in meinem Ohrstecker, als Steffen das Gespräch beendete.

»Adenauer-Villa? Habt ihr davon schon mal gehört?«, fragte Linda.

»Ich meine, da gäbe es eine Bauruine am Ortsrand von Duppach, keine zehn Kilometer von Hillesheim entfernt. Ich war dort mal wandern«, sagte Tanja.

»Na, das würde doch gut passen«, sagte Kalle, »ein Hinweis auf ein Haus, das Adenauer gehört hat.«

Steffen rief tatsächlich nach wenigen Minuten zurück. Tanja fuhr gerade in Godesberg aus dem Tunnel, als ihr Handy klingelte.

»Okay, das ist alles sehr vielversprechend«, begann Steffen. »Im Sommer 1955 hat Friedrich Spennrath, Vorstandsvorsitzender der AEG und Präsident der Berliner Industrie- und Handelskammer, einen Bauantrag unterschrieben. Geplant war eine pompöse Villa in der Eifel. Das Ganze war als Alterssitz, Gäste- und Jagdhaus für Konrad Adenauer vorgesehen. Ein Geschenk der Industrie an den Kanzler. Der Bauantrag wurde ratzfatz genehmigt, und schon nach zwei Wochen begannen die Bauarbeiten. Die Adenauer-Villa sollte drei Geschosse und sechshundert Quadratmeter Wohnfläche haben.«

»Nicht übel für ein Wochenendhäuschen«, sagte Kalle.

»Kann man wohl sagen. Adenauers Schwiegersohn fungierte als Architekt, der soll sogar einen Hubschrauberlandeplatz auf dem Dach vorgesehen haben. Dazu kam es aber nicht mehr, das ganze Projekt ging den Bach runter. Nachdem das großzügige Geschenk öffentlich bekannt wurde und man über die Verflechtung von Industrie und Politik spekulierte, wurde der Bau gestoppt. Adenauer soll sein Geschenk nie angenommen haben. Er wusste, dass er sich mit dieser Villa auf dünnem Eis bewegte. Adenauer vereinbarte mit einem Freund, dem damaligen Präsidenten des Bundesverbandes deutscher Banken, die ganze Angelegenheit möglichst geräuschlos zu beerdigen. Heute ist dort nur noch eine einsturzgefährdete Bauruine.«

»Okay, Steffen. Glaubst du, dass die Millionen aus der Spendenaffäre in der Adenauer-Villa versteckt sein könnten?«

»Warum nicht? Ich finde, das ist die beste Spur, die wir haben. Und übrigens – ich habe mir auch schon Gedanken über die Zahlen gemacht.«

Das hatte ich ebenfalls. »Na ja, das dürfte aber kaum deinen Kopf zum Rauchen gebracht haben«, sagte ich, »was sollen die anderes sein als ein Tresorcode?«

»Mensch, Paul, du bist echt ein Spielverderber. Ich war richtig stolz auf mich, dass mir das eingefallen ist.«

»Du hast heute schon genug geleistet, auf das du stolz sein kannst, Steffen.«

»Herzlichen Dank. Und wie geht es jetzt weiter?«

»Tanja fährt uns nach Andernach, ich lasse meinen Wagen bei dir in Koblenz stehen. Wir nehmen Lindas Auto, um nach Duppach zu fahren.«

»Wir könnten doch auch direkt dorthin fahren«, bot Tanja an.

»Mir wäre lieber, wir hätten zwei Fahrzeuge zur Verfügung, beispielsweise wenn einer von uns Hilfe holen muss.«

»Mal nicht den Teufel an die Wand«, brummte Kalle.

Adenauer-Villa Duppach/Vulkaneifel

Ich widerstand der Versuchung, einen Abstecher zu Helga zu machen, um zu sehen, wie es ihr ging. Kalle hatte erzählt, dass Helga mit Klaus und Rosa den Tag verbringen wollte. Bevor wir mit Lindas Auto losfuhren, entfernte ich den Sender. Das Kästchen legte ich auf einen Stein am Rand des Parkplatzes. Sollten Schmitt und Heller doch ruhig glauben, dass der Toyota immer noch hier stand. Ich schaute auf meine Uhr, es war kurz nach vierzehn Uhr, die A 48 sollte jetzt noch frei sein. In einer guten Stunde konnten wir bereits in Duppach ankommen.

Linda hängte sich an Tanjas Wagen. Nur eine Stunde und wir würden wissen, was uns in der Ruine der ehemaligen Adenauer-Villa erwartete. Ich war gespannt.

***

Das Piepsen des Empfängers sorgte dafür, dass Schmitt aus dem Halbschlaf aufschreckte. Er hatte auf dem Fahrersitz gedöst, während Heller hinten im Transporter schlief. Er drehte sich zu seiner Partnerin um. »Heller, wach auf. Es geht los.«

Heller hatte offenbar nicht sehr tief geschlafen, sie war sofort hellwach. »Fahren sie mit dem Toyota?«

Schmitt grinste. »Der Sender zeigt immer noch den gleichen Standort, aber der zweite Sender, den ich versteckt habe, fährt gerade in Richtung Kloster Maria Laach.«

»Worauf wartest du dann noch?«

»Wie wäre es mit einem ›Gut gemacht, Schmitt‹?

»Gut gemacht, Schmitt, und jetzt fahr endlich los!«

***

Tanjas Wagen bremste neben einer Kuhweide, Linda hielt hinter ihr, dann stiegen wir alle aus.

»Ab hier geht es nicht mehr weiter«, sagte Tanja und zeigte

auf einen breiten Wirtschaftsweg. »Da oben ist die Ruine. Wir müssen durch den Wald laufen.«

Ich schaute mich um, ruhig war es hier. Ein paar hundert Meter weiter grasten ein paar Kühe. Trotz der Idylle hatte ich ein ungutes Gefühl, mehr eine Vorahnung. Ich hatte gelernt, auf solche Vorahnungen zu achten, das hatte mir mehr als einmal den Hals gerettet.

»Tanja, du fährst zurück in den Ort. Behalte diesen Zufahrtsweg im Auge. Wenn du einen weißen Transporter siehst oder ein anderes Auto mit Bonner Kennzeichen, dann schlägst du Alarm. Wir lassen die Handys an, sag direkt Bescheid.«

Tanja passte der Job als Wachposten offenbar gar nicht. »Oh nein, Paul, noch einmal warte ich nicht im Wagen darauf, ob ihr es schafft. Nicht mit mir. Ich war schließlich schon mal oben an der Ruine. Kalle kann genauso gut Wache halten.«

»Aber, Schatz, das geht –«, begann Kalle.

»Was soll denn da nicht gehen, du Sturkopf? Und mal ehrlich, beim letzten Training auf dem Schießstand habe ich dich um Längen geschlagen, schon vergessen?«

Entschlossen stieg Tanja aus dem Auto und warf ihrem Zukünftigen die Schlüssel zu. »Da, und jetzt hätte ich gerne deine Dienstpistole.«

Ich unterdrückte ein Grinsen, schließlich hatte Tanja recht, warum sollte ausgerechnet sie im Auto zurückbleiben? Im Haus der Geschichte war das etwas anderes gewesen. Ein Polizist, so unser Kalkül, hätte je nach Aufseher mehr Eindruck gemacht. Aber hier, mitten in der Eifel …

Kalle wusste jedenfalls genau, wann er sich geschlagen geben musste, wahrscheinlich erkannte er schon an Tanjas Blick, dass sie in diesem Punkt nicht bereit war nachzugeben. Mit einem Schnauben nahm er den Gürtel ab und gab ihn samt Dienstwaffe weiter. Tanja nahm die Pistole und prüfte routiniert, ob sie gesichert war.

»Warte, Tanja.« Kalle löste auch die Schutzweste mit dem Aufdruck »Polizei«. »Zieh die bitte über. Wer weiß, was euch da oben erwartet. Man kann ja nie wissen.«

Tanja nahm sie mit einem Nicken entgegen, küsste Kalle und sagte: »Wird schon nichts passieren.«

Kalle seufzte: »Okay, aber meldet euch, wenn ihr was findet.«

Vor mehr als sechzig Jahren war der Anblick von hier oben wahrscheinlich atemberaubend gewesen. Selbst jetzt, wo alles zugewuchert war und Bäume aus den letzten Jahrzehnten die Sicht versperrten, konnte man das noch erahnen. Die Natur hatte sich das Grundstück und den alten fensterlosen Backsteinbau zurückerobert. Ein Bauzaun versperrte den Zugang, aber als wir daran vorbeigingen, fanden wir ein aufgeschnittenes Vorhängeschloss, das nur noch lose an einer Eisenkette zwischen zwei Zaunelementen baumelte. Ich wechselte einen Blick mit Kalle und Linda.

»Ben?« Linda sah bei ihrer Frage alles andere als glücklich aus.

»Gut möglich. Schauen wir nach«, erwiderte ich.

»Passt auf, wo ihr hintretet, die Hütte sieht selbst von hier unten schon baufällig aus«, warnte Tanja.

Wir zwängten uns durch den Spalt im Bauzaun und betraten wenig später das, was ursprünglich einmal die Außenterrasse hatte werden sollen. An manchen Wänden waren sogar schon Stromkabel eingegipst worden. Ein großer Kamin aus Ziegeln lag in Trümmern vor uns. Man hatte geplant, dass sowohl im Haus als auch hier auf der Außenterrasse ein wärmendes Kaminfeuer angezündet werden konnte.

Von irgendwo tiefer in der Ruine war plötzlich lautes Hämmern zu hören. Tanja spitzte die Lippen und nickte mir dann zu. Ich sah, wie sie eine Hand an ihre Pistole legte, und verfluchte mich dafür, dass ich meinen Revolver bei Steffen in Koblenz gelassen hatte. Hintereinander betraten wir das, was von der Adenauer-Villa übrig geblieben war.

»Hallo, Ben, hast du die Millionen schon gefunden?«

Bei Lindas Frage wirbelte der Mann vor uns herum. Ich erkannte ihn anhand des Fotos, das Linda mir gezeigt hatte, nur dass der Mann vor uns ziemlich heruntergekommen aussah. In einer Ecke lag ein zusammengerollter Schlafsack auf einer Isomatte, daneben standen ein Kocher und eine Plastiktüte mit ein paar Lebensmitteln. Ben hatte die letzten Tage hier in der Ruine gewohnt.

»Hallo, Schwesterherz, das ist ja eine Überraschung. Wobei – wenn ich es mir richtig überlege, ist die Überraschung gar nicht so groß. Ich habe mir schon gedacht, dass du es herausfinden wirst. Du warst schon immer die Schlauere von uns beiden. Ich habe wochenlang einen alten Mann ausgehorcht. Bis ich ihm endlich den Hinweis auf diese Ruine entlocken konnte, musste ich endlose Spaziergänge ertragen. Tja, schade, eigentlich wollte ich längst weg sein.«

»Längst weg? Du meinst, du holst dir die Millionen aus dem Tresor, machst deinen Deal mit Antonov und tauchst dann für immer unter? Während ich um meinen toten Bruder trauere?« Linda war laut geworden.

»Oha, du hast mich nicht nur gefunden, du kennst auch den ganzen Rest. Respekt!«

»Ach, halt doch die Klappe, Ben. Du hast einen Unschuldigen ermordet, und wegen dir wurde Friedhelm Breuning getötet.«

Zum ersten Mal zeigte Ben so etwas wie Unbehagen. Er deutete mit dem Kopf auf Tanja. »Ist deshalb die Polizei bei dir?«

Linda schüttelte den Kopf. »Nein, Tanja ist eine gute Freundin. Und Paul hier an meiner Seite hat es erst möglich gemacht, dich zu finden. Wir brauchen Tanja nicht, um dich zu verhaften. Du wirst freiwillig mitkommen, du wirst dich stellen und die Verantwortung für das, was du getan hast, übernehmen.«

»Fuck. Einen Scheiß werde ich. Immer noch dieselbe gerechtigkeitsgläubige große Schwester. Du kotzt mich an mit diesem Getue. Verantwortung übernehmen, von wegen!«

Noch bevor Tanja, Linda oder ich reagieren konnten, hatte Ben hinter sich in den Hosenbund gegriffen und eine Pistole gezogen. »Glaubst du wirklich, ich geh freiwillig in den Knast? Was glaubst du, wie lange ich dort überleben werde? Antonov hat gute Verbindungen, der wird mich auch hinter Gittern erwischen. – Los, vorwärts, wir gehen jetzt nach vorne, dort werde ich euch leider fesseln müssen. Ich hab hier noch zu tun, und ich möchte nicht dabei gestört werden.«

Bens Blick flackerte, aber die Pistole hielt er ganz ruhig auf uns gerichtet. Er stand viel zu weit weg, als dass wir ihn irgendwie hätten entwaffnen können, das brauchten wir gar nicht erst zu versuchen. Ich schaute zu Tanja, die nickte nur leicht.

»Wird's bald? Na los, ich will keine Zeit mit euch verschwenden. Zwingt mich nicht, einem von euch eine Kugel ins Bein zu jagen, nur damit ihr merkt, dass ich es ernst meine.«

Wortlos drehte sich Linda um und verließ den Raum. Tanja und ich folgten ihr, Ben zielte weiter auf unsere Rücken. Als der Schuss durch den Raum knallte, ging ich in die Knie und warf einen blitzschnellen Blick über die Schulter. Im ersten Moment hatte ich gedacht, Ben hätte geschossen. Aber Linda vor mir und auch Tanja an meiner Seite hatten sich ebenfalls geduckt, beiden war nichts passiert. Erneut wandte ich mich zu Ben um. Auf seiner Stirn prangte ein Einschussloch. Mit einem ungläubigen Staunen im Gesicht brach er langsam, wie in Zeitlupe, in die Knie, schlug dann der Länge nach auf den Boden.

»Ben!« Lindas verzweifelter Schrei brach sich an den Wänden der Ruine.

Zwei weitere Schüsse schrammten neben mir den Beton auf. Ich warf mich zur Seite, rollte mich ab und ging hinter zwei großen Steinblöcken in Deckung.

»Verdammt, warum hat Kalle uns nicht gewarnt?«, schrie Tanja zu mir herüber, während sie gleichzeitig auf dem Boden nach vorne robbte, Kalles Dienstwaffe in der Hand. Ein weiterer Schuss prallte oberhalb der Steinplatte ab, hinter der ich Deckung gesucht hatte. Ich fischte mein Handy aus der Hosentasche. Kein Funknetz, na prima. »Wir haben hier drinnen keinen Empfang!«

»Oh Mann, das hat uns gerade noch gefehlt«, stöhnte Tanja, erhob sich und feuerte zwei schnelle Schüsse ab. Als Antwort erhielt sie einen kurzen Schrei und heftiges Dauerfeuer, das sie zurück in die Deckung zwang.

»Da haben sich die Stunden auf dem Schießstand doch mal gelohnt.«

Ich überschlug im Kopf unsere Chancen, heil aus der Ruine herauszukommen. Die tendierten gegen null, egal, wie treffsicher Tanja war. Die ersten Schüsse waren mit einem Scharfschützengewehr abgegeben worden, das Dauerfeuer aber klang nach Sturmgewehr. Wer so was einsetzt, hat in der Regel auch genügend Munition zur Verfügung.

»Waffe fallen lassen!« Der Befehl kam von der Seite. Das Dauerfeuer hatte uns abgelenkt, hatte dem Angreifer Zeit genug gegeben, um sich von der Seite an uns heranzuschleichen.

»Na los, wird's bald!«

Ich überlegte fieberhaft. Schnell, ich musste etwas finden, das sich als Waffe eignete. Unser Glück, dass wir in einer Bauruine festsaßen: Vor mir auf dem Boden lagen kurze Eisenstücke. Ich griff nach einem etwa zwanzig Zentimeter langen, daumendicken Eisenstab und erhob mich langsam aus der Deckung.

Schmitt, der Preisboxer, zielte mit seiner Pistole auf Linda, die wehrlos mit erhobenen Händen vor ihm stand. Also hatte Tanja mit ihrem Schuss wohl Heller erwischt, sie war es gewesen, die geschrien hatte. Leider hatte sie das nicht davon abgehalten, mit dem Sturmgewehr auf uns zu schießen. Tanja stand ebenfalls auf, aber ich sah auch, dass sie die Pistole locker in der herunterhängenden Hand festhielt.

Schmitt schaute kurz zur Seite in den Wald und rief: »Ich hab sie, du kannst kommen!«

Tanja nutzte den Moment und suchte meinen Blick. Ich nickte ihr unauffällig zu. Meine Entfernung zu Schmitt betrug nicht mehr als fünf Meter.

Schmitt hob die Pistole ein wenig an, nahm Linda ins Visier.

»Sorry, aber Auftrag ist Auftrag.« Sein Zeigefinger krümmte sich am Abzug. Mit einer blitzschnellen Armbewegung schleuderte ich den Eisenstab. Die scharfkantige Spitze bohrte sich in Schmitts Hals und blieb dort stecken. Augenblicklich quoll Blut hervor. Mit einem erstickten Schrei griff er mit der linken

Hand nach dem Eisen, hielt aber rechts seine Waffe fest umklammert. Tanja riss die Pistole hoch und feuerte zwei schnelle
Schüsse hintereinander ab. Beide Kugeln trafen Schmitt in die
Brust. Der zog noch den Abzug durch, doch seine Kugel schlug
irgendwo weit über uns in die Mauer ein. Dann brach Schmitt
zusammen. Ich stürzte nach vorne, nahm ihm die Pistole aus
der Hand, zwei weitere Schritte und ich war bei Ben. Dessen
Pistole warf ich Linda zu, die sie geschickt auffing.
Ich sprang über Schmitts Leiche hinweg und ging neben Tanja
und Linda in Deckung.
Viele Jahre lang hatte ich bei meinem Meister mit dem Kunai geübt. Das Kunai war ein japanischer Dolch gewesen, ursprünglich ein Alltagswerkzeug, das später auch als Wurfmesser
eingesetzt wurde. Ich schickte ein stilles Dankgebet an Meister
Wang, er wäre stolz auf meinen Wurf gewesen.
Zwischen den Bäumen hindurch blitzte plötzlich Blaulicht,
und ein Martinshorn durchschnitt die Stille. Laute Rufe waren
im Wald zu hören. Ich erkannte Kalles Stimme.
»Die Kavallerie – das wurde aber auch Zeit!«, murmelte
Tanja.

Campingplatz Pönterbach

Der Nieselregen hatte aufgehört, die Sonne ließ die feuchten
Grashügel des Pöntertals in einem satten Grün leuchten. Ich saß
auf der Bank vor unserem Haus und atmete tief durch.
Kalle hatte seine Polizeikollegen alarmiert, nachdem er vergeblich versucht hatte, uns zu warnen. Die Polizei hatte Heller
festgenommen. Sie hatte ziemlich stark aus einer Streifwunde
an der Schulter geblutet – Tanjas Treffer. Wie ich von Kalle
und Tanja erfahren hatte, hatte Heller bereits ein Geständnis
abgelegt. Sie musste sich für die Ermordung von Friedhelm
Breuning verantworten. Wer aber hatte diesen »Eifelmord«, wie

ein Boulevardblatt ihn genannt hatte, in Auftrag gegeben? Ich würde jede Wette eingehen, dass Heller auch dazu die Karten auf den Tisch legen würde. Und um Antonov und seine Männer musste ich mir auch keine Gedanken mehr machen. Dank Steffen hatte Sophie den Zugang zu genügend Beweisen erhalten, um Antonov aus dem Verkehr zu ziehen, und zwar für viele, viele Jahre.

Neben mir öffnete sich die Ladentür, wenige Augenblicke später setzte sich Linda zu mir auf die Bank. Sie hielt wie ich einen Becher Kaffee in der Hand, lehnte sich zurück und genoss schweigend die Aussicht. »Schön ist es hier«, murmelte sie.

Ich schaute sie von der Seite an und stellte fest: »Nächste Woche beginnt wieder dein Dienst.« Bei diesem Satz bekam ich einen Kloß im Hals.

Ohne mich anzusehen, erwiderte Linda. »Ich werde den Dienst quittieren. Dank Tanjas Hilfe werde ich keinen Ärger mit der Polizei in Trier bekommen, aber Bens Mord an diesem unbekannten Italiener, dem armen Kerl, darf nicht unaufgeklärt bleiben. Ich habe schon meine Aussage gemacht. Gut, dass Dad nicht mehr mitbekommen wird, dass sein Sohn zum Mörder wurde. Die Ärzte haben Dads Zustand als ›stabil‹ beschrieben, was aber auch heißt, dass er nie mehr richtig ansprechbar sein wird. Nein, Paul, mein Entschluss steht fest, ich werde aus der Army ausscheiden.«

»Im Ernst?«

»Ja, ich dachte an einen längeren Urlaub an der französischen Atlantikküste.«

»Du würdest vor Langeweile umkommen.«

»Ich habe eigentlich vor, mit dir dorthin zu fahren. Wir beide.« Jetzt schaute mich Linda ernst an. »Natürlich nur, wenn du mit mir zusammen sein möchtest.«

Ich küsste sie sanft. »Reicht dir das als Antwort?«

»Fürs Erste.« Sie lächelte. »Das ist doch schon mal ein Anfang.«

»Und danach?«, fragte ich. »Was kommt nach diesem Anfang?«

»Ich denke, du brauchst bei deinen Ermittlungen eine Partnerin.«

Ich fiel sprichwörtlich vom Hocker und glotzte vermutlich wie ein unterbelichteter Karpfen mit offenem Maul. Auf so was wäre ich in meinen kühnsten Träumen nicht gekommen. Nicht von allein.

»David und Becking, private Ermittlungen. Wie klingt das für dich, Paul?«

Ich grinste breit. »Das klingt nach einem ausgeklügelten Plan, Major Becking.«

»Das bedeutet aber auch, dass du anbauen musst, mein Lieber, deine Wohnung hinter dem Laden wird für uns zwei zu klein sein.«

Ein Büro in Bonn

Als er die Stimmen im Vorzimmer hörte, wusste er, dass sie gekommen waren, um ihn zu holen. Schmitt und Heller hatten sich nicht mehr gemeldet. Sie waren aufgeflogen, hatten geredet, sie redeten immer irgendwann. Es war aus, das wusste er. Die Tür zum Vorzimmer war halb geöffnet, deshalb verstand er jedes Wort.

»Aber Sie können den Herrn Konsul im Moment nicht stören.«

»Mein Name ist Sophie Claude, ich arbeite bei Interpol, und das sind zwei Kollegen vom Bundeskriminalamt. Ich denke, wir dürfen Konsul Hermann Platzeck jederzeit stören, denn diese Herren hier wollen ihn verhaften.«

Platzeck stöhnte auf. Sie wollten ihn nicht nur holen, sie wollten ihn auch ein für alle Mal wegsperren. Der plötzlich stechende Schmerz in seiner Brust warf ihn in seinem Sessel zurück. Mit zitternden Fingern versuchte er verzweifelt, nach den Tabletten in der Schublade zu greifen.

»Verhaften? Oh mein Gott, was hat er denn getan?«

»Das möchte ich Ihnen lieber nicht alles aufzählen. Wenn Sie uns jetzt bitte zu ihm führen würden.«

Seine Fingerspitzen berührten schon das Tablettenröhrchen. Sein ganzer Brustkorb brannte, es war, als wäre sein Oberkörper in einem riesigen Schraubstock eingespannt, der langsam enger gedreht wurde. Plötzlich wusste er, was er tun musste. Mit letzter Kraft schob er die Schublade zu. Keine Tabletten, keine Rettung. Er lehnte sich zurück. Mit einem grimmigen Lächeln begrüßte Hermann Platzeck die nächste, die letzte Schmerzwelle.

Zwei Wochen später: Französische Atlantikküste

Konsul Hermann Platzeck war ein Urgestein der Partei, so ein Sprecher der CDU/CSU-Fraktion im Deutschen Bundestag. Hermann Platzeck starb im Alter von siebenundachtzig Jahren an Herzversagen. Der österreichische Honorarkonsul hatte als junger Mann unter Konrad Adenauer und Ludwig Erhard gearbeitet, bevor er die Tochter eines Frankfurter Medizintechnikunternehmers heiratete. Platzeck formte mit viel Ehrgeiz und Energie aus der kleinen Firma seines Schwiegervaters ein internationales Unternehmen. Gleichzeitig beteiligte er sich an zahlreichen weiteren Firmen. Platzeck galt als großer Förderer und Unterstützer der CDU, sein Name tauchte allerdings auch im Zusammenhang mit Schwarzgeldkonten und der sogenannten Flick-Affäre auf. Wie in den Jahren danach immer wieder betont wurde, konnte man dem Unternehmer aber nichts nachweisen. Nach dem Tod seiner Frau kam Platzeck nach Bonn, wo er zuletzt zurückgezogen in einer alten Villa lebte. Platzeck hinterlässt eine erwachsene Tochter, die schon vor Jahren nach Kanada ausgewandert ist. »*Wir haben nicht nur einen Unterstützer unserer politischen Arbeit verloren, sondern einen Freund*«, *so das Urteil eines Abgeordneten in Berlin.*

Ich ließ die »Süddeutsche« sinken. Hermann Platzeck, ein junger Mann, der als unbedeutender Assistent im Bundeskanzleramt plötzlich in der Lage war, einen Industriebetrieb nach vorne zu bringen und ein Imperium aufzubauen. Dafür braucht man Starthilfe, idealerweise eine mehr als fünfundzwanzig Millionen schwere Starthilfe, dachte ich. Kein Wunder, dass Ben dort oben in der Eifel nicht mehr fündig geworden war. Ich schätze mal, dass Platzeck ihm mehr als fünfzig Jahre zuvorgekommen war.

»Paul?«

»Mhm.«

»Steht was Interessantes in der Zeitung?«

»Nein, nur das Ende einer langen Geschichte, die vor vielen Jahren angefangen hat.«

»Gut, dann kannst du mir ja den Rücken eincremen.«

Linda sah in ihrem Bikini neben mir im Sand wirklich sexy aus. Und sie hatte ein umwerfendes Lächeln.

Danksagung

Dieser Paul-David-Krimi wäre nie entstanden, wenn dem Emons Verlag nicht meine Plot-Idee vor dem Hintergrund des HS-30-Skandals gefallen hätte, obwohl sie anders als die übrigen Paul-David-Krimis war. Danke für die Unterstützung und Begleitung. Lothar Strüh hat als Lektor auch diesmal wieder Paul David bearbeitet. Herzlichen Dank für die tolle Zusammenarbeit, Lothar.

Meine Agentin Anna Mechler war es, die diesen Roman vorangetrieben hat, es ist wunderbar, mit ihr zusammenzuarbeiten.

Alles, was ich zum HS-30-Skandal und zur Adenauer-Villa geschrieben habe, kann man in verschiedenen Quellen, u. a. im Archiv des SPIEGEL, nachlesen. Nur die geheime Schublade im Adenauer-Schreibtisch habe ich erfunden.

Mein besonderer Dank gilt Peter Hoffmann, Pressereferent im Haus der Geschichte. Er nahm sich nicht nur die Zeit, mit mir über meinen Plan zu reden, sondern sorgte auch für die Erlaubnis, Adenauers Schreibtisch in der Romanhandlung in die Ausstellung zu verlegen – nur deshalb konnten Paul, Kalle und Linda das Möbelstück untersuchen.

Alle Sicherheitsvorkehrungen, die ich beschreibe, sind natürlich von mir frei erfunden.

Meine Frau Christine hat sich wieder jede Seite durchgelesen und den Plot mit mir diskutiert. Ohne sie wäre dieses Buch nicht das geworden, was es ist. Danke für alles!

Andreas J. Schulte
EIFELFIEBER
Broschur, 240 Seiten
ISBN 978-3-95451-952-1

»Mit schnellen Schnitten und Szenenwechseln, einem schnörkellosen Stil und unzähligen Cliffhangern kreiert Schulte eine Geschichte, die an Dramatik und Geschwindigkeit nicht zu überbieten ist.«
Durchblick/Kultur-Magazin

»Hollywood-Thriller in der Eifel.«   Julia Nemesheimer, hunderttausend.de

Andreas J. Schulte
EIFELRACHE
Broschur, 240 Seiten
ISBN 978-3-7408-0210-3

Ein Mord am Laacher See gibt der Polizei Rätsel auf. Oberkommissar Kalle Seelbach bittet seinen Freund Paul David um Hilfe – sehr zum Ärger seiner Vorgesetzten. Denn der ehemalige Militärpolizist und NATO-Sonderermittler gehört für die Soko zu den Hauptverdächtigen. David bleiben nur wenige Tage Zeit, seine Unschuld zu beweisen. Wie wurde das Opfer am Laacher See getötet? Und welche Rolle spielt der Besuch eines russischen Oligarchen in der Vulkaneifel?

www.emons-verlag.de

Andreas J. Schulte
EIFELDEAL
Broschur, 240 Seiten
ISBN 978-3-7408-0527-2

Eine Serie rätselhafter Todesfälle sorgt in der Eifel für Aufsehen. Der ehemalige Militärpolizist Paul David geht der Sache auf den Grund und stößt dabei auf eine neue Designerdroge, die ihre Konsumenten offenbar in den Tod treibt. Die Suche nach den skrupellosen Hintermännern bringt David mehr als einmal in Lebensgefahr – bis er erkennt, dass der Schlüssel in seiner eigenen Vergangenheit liegt …

www.emons-verlag.de